泥土芳香

田润 著

北京日报出版社

图书在版编目（CIP）数据

泥土芳香 / 田润著. --北京：北京日报出版社，2021.12
 ISBN 978-7-5477-3959-4

Ⅰ.①泥… Ⅱ.①田… Ⅲ.①长篇小说-中国-当代 Ⅳ.①I247.5

中国版本图书馆CIP数据核字(2021)第071478号

泥土芳香

出版发行：北京日报出版社
地　　址：北京市东城区东单三条8-16号东方广场东配楼四层
邮　　编：100005
电　　话：发行部：（010）65255876
　　　　　总编室：（010）65252135
印　　刷：成都兴怡包装装潢有限公司
经　　销：各地新华书店
版　　次：2021年12月第1版
印　　次：2022年2月第1次印刷
开　　本：710毫米×1000毫米　1/16
印　　张：18.75
字　　数：270千字
定　　价：68.00元

版权所有，侵权必究，未经许可，不得转载

时代乡村巨变图

——长篇小说《泥土芳香》序

刘晓平

  从纷繁的工作事务中退下来后，我极想有一份宁静的生活，可以闲聊式地写点生活类的感想之作，写点人生类的总结之作，这是我的一种理想与渴望。但是现实却又难能可为，几十年勤耕文学，尤其是多年的编辑工作，身边早已有了一群青年文学朋友，也不泛中年、老年文学至交，想有一时清静确实难为。是啊！朋友们提出要你看看、提提意见或是作序什么的，你还只能硬着头皮应承下来，替别人想想，别人向你提出要求的时候，心中对你是满怀尊重与渴望的，你又怎好予以拒绝呢？给田润的长篇小说《泥土芳香》一书作序，就是处于这种情况下应承下来的。

  田润是一位默默做事，也是默默做人的作家，在我们相互认识之前，她已写作发表过不少诗歌、散文作品，并尝试着创作长篇小说。但她为人很低调，总以一副学习的心态出现在你的面前。几年前，我从市委刚调文联时，她便上门请教拜访，我也把她当作一位文学爱好者予以接待，并以我的可能，送给她一些学习书籍资料等，我没想到现在她在写作长篇小说。当时，省作协正组织"圆梦2020"扶贫文学创作工作，我特意组织作家有针对性地进行创作，评比结果一公示：全省两个长篇（小说、报告文学）一等奖，均是我市作家获得，而且还很意外地获得了一个长篇三等奖，一看作者竟是田润。我心中为田润高兴的同时，也在纳闷和埋怨她，田润啊田润，你何时又写长篇了，你为什么在写作的同时，也不声张一下呢？由此可见，田润的为人是何等的低调；后来她把获奖作品《苍山作证》一书送来我过目，我即把我的一些想法与她说了。细读《苍山作证》的序言与正文，我觉得李炳华先生为其写的序，没有夸张，写得很到位："田润是一个默默的女子，这样说并不是因为她是一个默默无闻的作家，而是因为她从来就不是一个碌碌无为的女子，更是因为她个性如此，秉性使然：低调做人，低调作文，低调做事，但却一直心怀善念，诚以待世。""小说堪称扶贫题材作品中的力作，作品描述的是发生在湘西地区海拔1000多米的高寒山区，交通条件非常落后，偏僻到近似乎与世隔绝的永安县苍山村里的脱贫故事。故事发生与情节变化的场景依托，融合了不同时代、不同性格特点的真实人物，作为小说中主要人物的原型，真实地再现了一幅张家界版的乡村生态图。小说以近乎白描的手法，简约而不简单地描绘出农村现实生活中的诸多问题，将不同时期形形色色的人物形象刻画得淋漓尽致……《苍山作证》展示了'天下为民'、'天下无贫'的理想主义色调，这也恰恰是我们正在追求的'脱贫梦'、'小康梦'以及'中国梦'的过程中不可或缺的一部分。"我为什么花这么多笔墨引用该小说的序文，是因为我认为田润是一位理想主义者，她总是满怀激情地一再描写贫困乡村巨变图。她的《泥土芳香》不是扶贫题材，而是从另一个角度再次叙写乡村巨变，其内涵更赋有时代性，其现实生活和人物同样赋有理想色彩，她描绘的是一幅跨世纪的乡村巨变图，情节里的生活和人物赋有时代的光环。

　　《泥土芳香》的故事发生在二十世纪末至二十一世纪初，主人公刘芳华，是一名乡镇的公务员。是一个由中专毕业生逐步成长为能独挡一面的乡镇政府一把手的人。怀着对美好生活的期望，抱着愿家乡人民过上好生活的小小心愿，刘芳华中专毕业后被分配在高家坪乡政府工作，分给她的第一项工作是三山变一山，她来到老家白璧岩村，费尽周折首战告捷。为了乡民能多打粮食，她利用所学的农业技术，推广杂交水稻、杂交玉米品种，教农民防治水稻病虫害知识，均取得优异成绩，得到了广大农民的信任和好评，在乡政府换届时，高票当选为高家坪乡副乡长。上任伊始，刘芳华在全乡进行丘岗山地开发，通过几年的努力，使高家坪乡逐步形成了一乡一品，一村一业。物质文明丰收后，刘芳华又将眼光盯在精神文明建设上。她带着相关人员挖掘传统文化，进行教育、文化扫盲工作，对全乡孕产妇进行跟踪检查，均取得骄人成绩。国家取消三提五统后，乡政府食堂开不下去，刘芳华发动乡干部利用空闲时间自己种菜，改善了生活现状。在又一次乡政府换届时，她高票当选为乡长。当上乡政府的行政一把手后，刘芳华觉得责任更大，她想方设法地为几个未通公路、未通水电的村，修通了公路、接通了水电。奉行着守土有责的原则，刘芳华带领相关工作人员对全乡土地进行全面清理整顿，拆除违章建筑，规范土地使用范围，为全县树立了榜样。为了给乡民一个更好的生活环境，刘芳华筹建农贸市场，引进资源开展销会，严厉打击黑恶势力。孩子要上学了，想给孩子一个好的学习环境，她又投入教育基建工作。她也想有更多机会为家乡服务，刘芳华参加了公开选拔县直机关一把手的考试，她凭着过硬本领入围，过五关斩六将后就任县农业局局长。当上局长后，亲朋好友求她办事的人很多，但她坚持原则，对老公的二叔也不开后门。得到广大人民群众的尊敬和赞誉。刘芳华将自己最好的青春年华，贡献给了自己热爱的这片热土，浑身上下散发出浓郁的泥土芳香。

  小说采用双线式写法。明线是刘芳华的成长经历，暗线是农村几十年的发展历程。

  她的小说从二十世纪末写到了二十一世纪初，写了农村几十年的发展历程。小说的主人公刘芳华，就是一个理想中人物，她把自己的青春年华都奉献给了乡村，最终使乡村发生了巨变。她给我们描绘的乡村巨变图，就是田润本人心中乡村的理想画图。田润长期在区（县）级扶贫办工作，甚至多次深入基层扶贫现场，对乡村生活与工作十分熟悉，对乡村百姓和乡镇工作的先进人物了如指掌。其实，她写农村生活写得很现实、很有时代的特点，是一种很理想、很现实的时代生活图。我与她开玩笑说过："你如此熟悉农村生活，你是很投入地在自己生活与创作的氛围中难以自拔，真正地做到了创作的生活化，生活的艺术化。"我仔细地思考了一下田润的创作特点，还真是这么回事，她创作呈现在读者面前的生活与人物，其实就是乡镇工作中生活化了的那些事和那些典型人物；而在典型人物的塑造上，她又是把无数个人物形象很艺术地融合为生活化的个体人物形象。这样，作品中描述的生活就十分真实，塑造的人物也就很真实感人。

在《泥土芳香》出版之前，田润嘱我写序，我就啰嗦地说这么多，并且概括起来赠田润两句话："你是真正创作生活化、生活艺术化的践行者，生活真实感人，人物真实感人，且赋有理想化的艺术特质。"是为序！

2020 年 6 月 16 日
于张家界市委

刘晓平，中国作家协会会员，作家与诗人，现有文学著作十三部，其散文作品入选中国新编全日制中学语文课本第二册第三课（科教版），其诗作在大众化题材和口语化的探索上做艰辛尝试。中国诗歌学会原会长，《人民文学》原主编。韩作荣在《人民文学》《文学报》推介，称之为"城市与乡村的寓言"。2018 年被评为"全国十佳实力诗人"，2019 年组诗获"中国第二届土家族文学奖"。现任市文联名誉主席、一级调研员，兼张家界国际旅游诗歌协会主席、湖南省散文学会副会长。中国作协九大、中国文联十大代表。

目　录

第 一 章	走向社会	001	第 二 十 章	初当管家	086
第 二 章	初回故乡	006	第二十一章	兢兢业业	090
第 三 章	勇挑重担	011	第二十二章	险受处分	095
第 四 章	风波立起	015	第二十三章	公正查灾	099
第 五 章	身体受伤	020	第二十四章	坚持原则	104
第 六 章	领导赏识	024	第二十五章	人情世故	107
第 七 章	推广受阻	028	第二十六章	两情相悦	111
第 八 章	落实稻田	032	第二十七章	宏图初定	116
第 九 章	好事多磨	036	第二十八章	圆满办场	121
第 十 章	试验成功	040	第二十九章	管理树苗	127
第十一章	洪灾过后	044	第 三 十 章	一村一业	132
第十二章	组织捐款	048	第三十一章	柑橘滞销	137
第十三章	首次任职	052	第三十二章	情路坎坷	143
第十四章	取得信任	056	第三十三章	冰释前嫌	147
第十五章	新法育苗	061	第三十四章	挖掘文化	151
第十六章	牵绳插秧	064	第三十五章	登台表演	155
第十七章	田间卫士	069	第三十六章	孕情普查	160
第十八章	严厉打假	075	第三十七章	兄弟和睦	165
第十九章	姑母生病	080	第三十八章	集体婚礼	171

第三十九章	扫盲成功	176	第五十三章	修通公路	241
第 四 十 章	控流保学	183	第五十四章	小女上学	246
第四十一章	空降乡长	188	第五十五章	开展销会	250
第四十二章	收农业税	191	第五十六章	制止偷树	256
第四十三章	粮食入库	195	第五十七章	笔试入围	260
第四十四章	有了孩子	200	第五十八章	魔鬼训练	263
第四十五章	分身乏术	205	第五十九章	面试成功	266
第四十六章	取消税费	209	第 六 十 章	环境恶劣	269
第四十七章	祖孙相依	213	第六十一章	主动严打	273
第四十八章	管理食堂	218	第六十二章	居有定所	277
第四十九章	当上乡长	222	第六十三章	土地确权	280
第 五 十 章	撤除危房	226	第六十四章	发展经济	283
第五十一章	大义灭亲	231			
第五十二章	遭遇误解	235	后　记		288

第一章
走向社会

　　刘芳华双手捧着自己的简历和分配表，忐忑不安地摆放在面前老旧的木质办公桌上。她微微抬头，看见办公室有两个人，不知道应该和谁说话，怯怯地站在原地。

　　办公桌后，坐着一位有些秃顶的中年男子，他用审视的眼光看着刘芳华，探手去拿简历，桌上的电话铃声却突然响起。

　　他的手迅速转变了方向，抓起话筒，轻声问道："你好，请问你是哪里？"

　　两秒钟后，中年男子头稍许向前倾斜，谦恭地说道：

　　"县政府办王主任啊，您好您好，您是要了解我乡'三山变一山'的工作情况吗？那我现在汇报一下进度，我乡一共十七个村，目前李家河村已经启动……"

　　她看这人忙着，就往沙发上望去，只见一位高大威武的中年男子端坐在一张老式沙发上，刘芳华走到他面前，轻声说道："你好。"

　　那男子微微一抬头，问她："你找我办什么事？"

　　她赶忙怯怯地回答道："我是来这里报到的。"

　　大个子男人听见这话后，眉头一皱，伸出手指对她点了点，但看了眼正在接电话的秃顶男子，压低了声音，摇了摇头，埋怨起她来："县人事局来通知，说分配来的人今天报到，我都差不多等一天了，你怎么才来？现在的新人都这么没有时间观念吗？"

　　听着这严肃的语调，刘芳华像是回到校园里，面对严厉的班主任一样。

吓得两只手不知往哪儿搁，语无伦次地解释起来："领导，对不起，我……我其实动身很早的，因为今天逢场，下天梯时等了好久，赶到县人事局时，工作人员下班了，我只好等到下午办手续，所以来迟了。"

这个严肃的男人听了她的解释后，不再跟她说话，走到办公桌边，拿起她的简历，随意至极地翻了翻，在分配表上唰唰签字后，噔噔噔地走出去了。

她看那个秃顶的中年男子还在打电话，便不知所措地站在沙发与办公桌之间，忐忑不安地望了打电话的人一眼后，就不时捏一下自己的衣角。

中年男子看她这副窘迫的样子，便对着一个柜子指了指。刘芳华猜想：他可能是要自己去找县人事局所发的入职文件。她便小心翼翼地走到柜子前，轻轻地在一沓文件里翻找。不多一会儿，她终于找到一份有自己名字的红头文件。

拿着文件，她又忍不住对自己的名字多看了两眼，眉头上扬，嘴也忍不住咧开了。人们常说的端上了铁饭碗，进了铜板册，原来就是指这种入职的东西啊。

她将文件恭敬地递给那个打电话的男人，那人夹着话筒，伸手对着沙发又指了指，示意她坐下，她才轻轻坐下。

不堪重负的老式沙发，发出咯吱咯吱的声音，和头顶上有气无力转动着的吊扇发出的噗噗声相呼应。说是电扇，其实那扇叶好久才转动一次，根本感觉不到有风。而窗外吹进来的也全是热风，很快，她额头上的汗水便直往下淌。

好不容易，刘芳华等到了中年男子放下电话，拿起文件。她马上站起来，走到办公桌前。中年男子有些满意地点点头，把眼镜往上推了推，将文件与铺在办公桌上的简历、已经签字的分配表仔细对照后，问她：

"你就是刘芳华，农校应届毕业生？"

她听到问话后，马上轻声答道："是的。"

中年男子抬抬头，见她低眉顺眼的样子，指指头上的吊扇和老旧的沙发，柔声问她：

"你不用紧张，这里办公条件如此艰苦，你以后就要长期在这种环境下工作，能习惯吗?"

她鸡啄米般点头:"能，肯定能。"

中年男子又仔细核对了她的信息后，看向她，轻声问道：

"你是白壁岩村的?"

刘芳华急忙答道:"是的。"

中年男子走到门口，随便叫住一个人，吩咐道:"你赶快把老陈找来，我找他有急事。"

过了一会儿，她猛一抬头，只见一个肥胖的老头儿，边咳嗽边慢腾腾地走进办公室，不经意地用右手将后背拍几下。满脸尽量挤出笑容，大声问道："张大管家，你那么着急地召唤我，有什么好事啊?"

中年男子面向刘芳华，手指向老头儿，浅笑道："我们这里的'老黄牛'，大伙儿都管他叫老陈。"

她马上很恭敬地回应："你好，陈叔，我什么也不懂，以后还要请你手把手指教。"

中年男子又笑着向老陈介绍："这是新分配来的中专生。她说自己能吃苦，你那边的任务最重，进度也得赶一赶了，今天上级都打电话来催了，就让她跟着你先跑一段时间吧。"

老陈很真诚地看向她:"欢迎你，年轻人，我们这些老人已经完全不中用了啊。"

中年男子等两人客气完，从一个办公抽屉里拿出一串钥匙，向着办公室斜对面的一个小房子指了指：

"那是给你安排的房间。"

老陈咳嗽一声后，对她笑笑："哎，还未安顿下来就向你讲工作的事，多不好意思啊，可是，我也实在没有办法了啊。"

老陈话还未说完，一阵洪亮的钟声响起，只见乡干部一个个地从房间走出来，迈向乡政府食堂。老陈见状就说：

"一块儿去食堂吧，边吃边聊。"

远远看去，食堂是一栋砖木结构的三间平房，盖着小青瓦，旧木质的大门。屋子前面的右边挂着一口大钟，还在左右微微摇摆。走进屋子，中间一张宽大的木桌子上，摆着一大碗红辣椒米汤糊，一大盘苦瓜，一大钵酸菜，一大盆酸菜汤。旁边木墩上，一个大木甑子里面装着米饭。

几十个干部从旧木柜子中间取出不同颜色的大碗，又从竹篓子中间取出木筷子。舀一大碗饭，在桌子上夹点菜后，泡上一瓢酸菜汤，走到门前或蹲或站，边吃边聊天。

刘芳华舀点饭，夹点辣椒和苦瓜后，走到门口，看见那些人端着饭碗，边吃边天上地下地海吹。她扒了几口饭后，见碗里的菜没有了，准备再添点，一看，桌子上的菜已经光盘了，横七竖八地堆满了看不见残留有米粒和菜屑的碗筷，几滴残汤剩水从木桌子的一角往地上流。

之前给她签字的那个大个子，正在将一个火红的干辣椒拿在手上，蘸点食盐往嘴里送，吧嗒一下后，扒一大口饭，如此反复几下后，一大碗饭便吃完了，然后，这人又在灶台上的大盆中舀一大碗清水一样的米汤，呼呼几下喝完后，大步迈出食堂。

刘芳华看看剩下的半碗饭，再看看桌子上的光盘，也学那人泡点米汤，将碗里剩下的饭就着米汤咽下肚，走出食堂。只见刚才泡米汤的人正站在乡干部中间，手舞足蹈地高声谈论着什么，不时引来众人哈哈大笑。她就悄悄地问老陈：

"陈叔，刚才那个正在讲笑话的大个子是谁？"

"他呀，是我们这里最大的官，名字叫赵闯。"

"啊！"她惊愕地张大了嘴巴。

不知道什么时候已经站在她旁边的办公室主任见她惊讶的表情，笑眯眯地告诉她：

"你可能不理解这个人工作与生活中不一样的表现吧，赵书记就是这个脾气，其实，他为人可好了，以后你就慢慢体会到了。"

吃完晚饭后，她看分配给自己的房子已经很久没有人住过了，里面很脏，唯一的一张小木床摆在一角。她便向老陈借来扫帚、水桶、拖把和一块抹布，在房子后面的水井中拎一桶水，打扫起来。

虽然房间里又热又闷，但是她依然哼着小曲儿，咧开嘴笑个不停。拖把和抹布也在应和着她欢快的旋律。

房子打扫干净后，她把从供销社买来的棉絮、床单铺好，又点上了蚊香。

她躺在床上，听着蛙鸣声，累得连翻身的力气都没有了，虽然又累又热，但还是抑制不住兴奋。想着今天发生的事，乡党委书记前后不一样的表情，办公室主任的亲和力，老陈和善坚毅的眼神，交给自己的"三山变一山"任务。

从哪里入手呢？她歪着头想了好一阵，对，明天要先在办公室查资料，学有关政策，然后再走访一些有经验的人，看能得到什么好建议……

想着想着，她实在太困了，竟然迷迷糊糊睡着了。

第二章
初回故乡

天刚蒙蒙亮，政府大院对面小学的起床铃声就将刘芳华叫醒了。她翻了个身，将被子蒙在头上，以抵御这贯耳的魔音。但就在铃声停止的同时，她突然惊醒，这不是自己家，这是乡政府宿舍，自己昨天已经正式上班了。她掀开被子，张开双臂向上举起，昂起头，打着哈欠，腰向后翻。穿上衣服，又翻身下床，将脚伸进拖鞋里面。想着今天要爬山，便又找出一双运动鞋穿上，系紧鞋带，走出屋子。

她走向水龙头，洗漱一番后，便拿出老陈昨天交给自己的文件和资料，一字一句翻阅，将重要内容抄在笔记本上，摇头晃脑强记，歪着头思考、领会。

学习时，感觉时间过得好快，乡政府干部先后起床了，有人开始打扫操场，食堂大师傅点燃柴火，铲煤向灶膛，炊烟升起来了。

在吃早饭前，乡干部们大多聚集在食堂门前，赵书记又在谈天说地，和昨晚一样，人群中时不时传来笑声。刘芳华有些好奇，跟着张主任，也凑上去听个热闹，原来，他正讲的是一个同事搞"三山变一山"工作时闹出的那些笑话——她愣了一下，赶紧把这些东西记在小本子上，提醒自己千万不要犯同样的错误。

不多一会儿，老陈就过来叫她一起去吃早餐。她走进食堂，同样是红辣椒米汤糊、酸菜汤、酸菜，只不过将昨天的一大盘苦瓜换成了一大盘土豆丝，众人三下五除二就吃完了，剩下的饭同样要泡米汤才能咽下肚。吃完饭后，她和老陈就坐上了去白壁岩村的车。

下车后，就是漫长而崎岖的上坡路。刘芳华从小就在这条路上爬上爬下，但以她的速度，最快也要两小时，这也是昨天她晚报到的原因。

老陈的体力显然比不过年轻人，在过悬天梯时，看着笔直陡峭的白亮亮的岩壁，赶忙紧紧抓住两旁的铁索，步履艰难地往上挪动。上完天梯，额头上布满了汗珠，他建议歇一会儿。停下来的间隙，在那条唯一通向外界的山道上，很多肩挑背驮上下山的老百姓，都恭敬地叫老陈"陈主任"，她望向老陈，老陈笑着告诉她："我叫陈松柏，是乡企业办公室主任。"

刘芳华听到"办公室主任"这几个字时，某根神经被激活，她突然想起了自己还不知道那位办公室张主任叫什么名字，看老陈似乎比较好说话，于是问道："乡政府办公室主任叫什么名字？"

"他叫张贵平。"

"办公室主要从事哪些工作？"

"上传下达，主要还是为书记服务。"

说到"书记"两个字，老陈像是想到了什么，扑哧一声就笑了出来，她不自觉地想起了早上听到的笑话，也忍不住笑了，就在这笑声中，老陈问她："你这辈子也没见过这么爱讲笑话的领导吧？"

她回答："是啊，别说乡党委书记了，我以前的班主任们，都一个个板着脸，像借他米还他糠一样。"

老陈用手撑一下腰，附和道："是呀，在我认识的乡党委书记中，他是最得人心的。"

过悬天梯后，再拐一个弯，还要过独木桥。刘芳华张开双臂，穿着白色运动鞋的脚踩在独木桥上，掌握着平衡，几步就跨过去了。老陈随手捡起一根木棍，走一步，用棍子往下面的泥土杵一下，摇摇晃晃着过去后，直喘粗气，又建议歇一会儿。就这样走走停停，边走边聊，两人足足走了四个小时才到村小学。

她环视一下自己就读了五年半的村小学，石头外墙很多地方已经垮掉了，露出教室中间的陈旧桌椅，外面的标语已经掉了漆，旗杆也肉眼可见地有些腐朽了。

陈松柏喝了一大碗水，喘足气后，才指着她向村干部们介绍：

"这是协助我工作的刘芳华，你们都认识，我也不多讲了。"

村干部们听后，个个张开嘴笑，村书记凡志远得意地回答："她呀，是我们村父母教育孩子的榜样。刚刚毕业就工作了，了不起啊，小丫头。"

她听了这番话，眉头也舒展开来，谦虚地回应："哪里啊，我只是一个中专生而已。"

在陈松柏宣读完文件后，她目光柔和地扫过每个人，诚恳而充满期待地说："各位父老乡亲，你们是看着我长大的，我好不容易有个工作，希望父老乡亲支持我、帮衬我，我拜托大家了。"

随着她的这句话说完，其乐融融的氛围突然消失了，村主任猛地抽了几口烟，将烟头狠狠一丢，急吼吼说道："这项工作陈主任来本村召开了几次会议，主要是界址不好搞，因为山体是不规则的，上面又有杂草树木，连接处划不出具体的界线。"

她默默记录。抬眼望了一下其他村干部。村秘书瞥她一眼，轻咳一声，叹了一口气，站起来缓缓道来："要讲起来，就是恶人仗势强占便宜，老实人吃亏，还想不出对付的办法来。"

村书记凡志远摆了几下头，随即发言："讲句良心话，陈主任长期联系我们村，刘芳华又是本村人，我们理应全力支持，要想干好这一工作，可能要请乡林管站的专业人员来。这就要很大一笔开支。目前，我们连开个会都要在村小学，钱从哪里来？"

凡书记见老陈默默不语，刘芳华一字一句记录，在会场上走了一圈后，接着补充："组与组之间，因为是公对公，相对来讲，矛盾少一点，但户与户之间，牵涉到每个家庭的切身利益，矛盾就集中起来了。"

在接下来的会议里，大家又翻来覆去地喊苦、讲困难，但讲来讲去，也不过就是工作不好做，刘芳华也放下了记录的笔。

陈松柏见状，环视了四周后，眼光从那些发过言的脸庞迅速扫过，做出总结："各位说的也都是实情，但这项工作确实拖了全乡后腿。昨天张贵平主任又在催我进度,我觉得,任务再重,只要村干部和组长带好头,是不愁完不成的。今天的村主干会就开到这里,散会。"

几个村干部相视一笑后,没有再说什么了。凡志远叫她和老陈在自己家吃晚饭,刘芳华客气一番后,带老陈回了家。老陈一到她家,就说自己很累,要休息一会儿,她母亲黄冬梅给他安排好床铺后,就给他们张罗晚饭。她父亲刘正义知道他们的来意后,端着长烟袋,猛吸了几口后,咳嗽几下,皱着眉头,看向自己的女儿,担心地说道:"白壁岩村不出三代都是亲戚,搞得不好就会得罪人,你会惹祸上身的。"

刘芳华拍了几下爹的后背,安慰道:"爹,你只管放宽心,我将良心放在中间,对事不对人,不会有事的。"

山区的夏夜,凉风习习,她望着对面一座座青山,家门前的一条小路,小路下面潺潺流动着的小溪水,仔细分析老陈宣读的文件要求、几个村干部说的那么多困难,想着对策。

母亲黄冬梅做好饭后,刘芳华去敲门喊陈松柏吃饭,发现老陈躺在床上起不来了。他捂着腰,面容痛苦地对刘芳华说道:"小刘,我可能今天爬山扭到腰了,腰椎痛得不行……"听到这里,刘芳华急切地打断了他:"要不要紧?要不我和我爹现在就送你去乡卫生院。"

老陈连忙摆手:"不用不用,我这是老毛病了,膏药什么的都带着呢,就是明天怕是起不来,到时你找村干部,让他们叫组长来开会,然后对照文件让各组按照要求填表格。"

刘芳华再次确认了一下,看陈松柏真的不用去医院,便去给老陈舀一碗饭,夹一些菜送过来,看老陈强撑着身子坐在床上吃饭。饭后,她接过老陈手里的公文包,一边打开,一边说道:"好吧,你就好好休息,我保证完成任务。"

她在公文包里翻找了一会儿,抬起头来,奇怪地问:"表格在哪?我怎么只看到一堆白纸?"

陈松柏面露难色,愧疚地说道:"你看我这记性,乡里唯一的油印机坏了,根本就没有表格,只有一张模子纸,其他的表格得用手画。"

静谧的夜晚很快过去，转眼之间，天已经现出鱼肚白，靠窗的小木桌上，刘芳华在每张白纸上面，画出密密麻麻的线条，分为姓名、人口、山场面积等。然后，又对着一张写有白壁岩村每组户数的材料纸，将这些画上线条的白纸分成一堆一堆的。

　　分好表格后，她将双臂往后一伸，长长地吐了一口气：

　　"总算将到组到户的表格画好、分好，过一会儿就可以派上用场了，一夜工作，还是有成绩的。"

第三章
勇挑重担

刘芳华分好表格后,也没有再睡觉,在家洗漱完毕,不多一会儿,母亲把早饭也弄熟了。她敲开老陈房门,问他怎么样了,老陈蒙着被子,痛苦地对她说道:"不好意思,实在起不来。"

她吩咐父亲照看老陈,自己就往村小走去。这天刚好是周六,在村小学一间教室里,村干部召集来九个组长,刘芳华看着比自己年长很多的组长像小学生一样坐在教室里,就不由自主地紧张起来。她频频向那几个组长点头,缓缓走上讲台,扫了几眼下面后,轻声说道:"我作为一个新人,按说是不应该由我来主持这个会的,但昨晚陈主任生病了,我就勉为其难,希望得到家乡人支持。"

她先宣读文件,村组干部大多瞪大眼睛看着她,有的认真听,有的不屑一顾。文件宣读完,她又环视一下会场,继续说道:"昨天散会后,关于各位提出的几个问题,我想了很久,关于界址问题,我觉得还是有办法的。"

众人瞪大眼睛,齐刷刷地望着她,异口同声地问道:"有什么好办法?"

她慢慢拿起粉笔,在黑板上画起图来。她指了指所画的一座小山,用手比画起来:"像这个有明显山脊线的,就以山脊为分水岭,关键是定好上、中、下三个中点。"

她又指着小山旁边所画的坡地说道:"像这块没有明显山脊线的坡地,就牵绳子丈量面积,关键也是定好左、中、右三个中点。"

村组干部听完刘芳华详细讲解的定点分山场面积后,都一副恍然大悟的表情，情不自禁地感叹道："原来这个办法这么容易操作啊。"

众人都马上坐直，眼睛瞪着黑板，将双腿并拢，手放在课桌上，认真听她讲解。村书记走到她身边，看向村组干部，自豪地说道："我们白壁岩村走出去的人，不错。"

只有一组组长皱着眉头，无可奈何地说道："你所讲的分山技术我也懂了，现在的关键是人的事不好处理。你们知道的，我组那个罗有利，我不管从事哪项工作，他家都要设置障碍。"

其他组长也七嘴八舌地附和："是啊，这个罗有利真的麻烦，谁要能搞定他，这个工作就完成一大半了。"

组长们你一言我一语，她边听边做记录，归纳了一下，除罗有利之外，组长们提出的问题大部分与昨天村干部说的差不多。她眼光扫过那几个村干部，问他们还有补充的没有，几个人摇摇头。她看向一组组长，鼓励他道："特殊困难特殊解决，只要我们做到仁至义尽，不愁打动不了人心。"

说完后，就将昨晚通宵画出的那些表格，分发给每个组长，组长们数了一下，发到自己手上的表格与自己组上常住的户数对得上号。他们看见每张表格都是手画的，一齐惊叹："这是你手画的？画这么多表格可能要通宵，多辛苦啊，真是难为你了。"

她只是轻轻笑笑。看基本统一了思想，就最后定夺："如果各位没有新问题，那就试试我刚才讲的办法分山，散会。"

刘芳华一回家就给陈松柏说了组长会议情况，陈主任一听到"罗有利"这个名字，就什么都明白了。第二天吃过早饭后，马上就要将村里的山场分到各组了，陈松柏强撑着腰杆，提起公文包，要与她一起工作去，刘芳华却夺下了包。

陈主任看向她，摇摇头，叹口气轻轻说道："小刘，你下山读书离村已经很多年了，尽管是一个村的人，这个罗有利有多难缠你肯定不清楚。"

她看他这个样子，就真诚地对他说道："陈叔，你都这个样子了，怎么行动，还是继续在家休息吧，我会尽力处理好的，我如果弄不好，你再出马也不迟。"

他无可奈何地叹口气，不再勉强了。

刘芳华比罗有利年纪小，之前又在山外读了很长时间的书，虽然是一个村子里的人，其实并不认识罗有利，但整个村子只有这么大，户户都沾亲带故的。刘芳华与村书记凡志远准备去罗有利家，一路上，她听凡书记介绍："罗有利是我们村出了名的烂仔，仗着几兄弟个子大、力气足，与任何人打交道都是用拳头说话的。他母亲也是白壁岩村的人，都与你母亲一样姓黄，而且同辈，你应该叫老人姨妈。但你这个姨妈与你妈的性格不一样，骂死人不要命。"

两人来到罗有利家不远处，只见一栋联排五间的大房子，周围占地比白壁岩村其他农户大一倍不止。不多时，就到了罗有利家，她看见一个缠着黑纱巾的老妇人正坐在火坑边烤火，心想这可能就是书记在路上对自己说的姨妈了，就叫一声"姨妈"，那个妇人咧开没有多少牙齿的嘴，笑着答道："你是华丫头，哎呀，你看你都长这么大了，我怎么能不老啊，年轻时，我与你妈一块儿长大，她命比我好啊。你从小就是读书的料，我们村里同龄孩子谁不羡慕啊，现在有出息了，不像我这几个儿子，耍锄头把，靠力气吃饭。"

正说话时，一个满脸横肉，脸上有大块黑色斑块的大块头走进屋来，她一看这个人的样子，就猜到可能是罗有利，为了确定，她看了凡书记一眼，书记会意地点点头，于是，她单刀直入地说道："罗有利，不，应该叫你表哥，在白壁岩村，你是最有能力的人，我这次来，关于分山场的事，想征求一下你的意见，你有什么好点子就尽管说出来。"

罗有利受宠若惊，故作谦虚地说道："我哪有什么好点子，芳华你折煞我了。"

他想了想后又拍着胸脯表态："不过请你放心，只要你不让我家吃亏，我肯定不会为难你的。"

她得到肯定答复后，就与凡书记离开了，去一组组长家安排分山具体事宜，她没想到罗有利这么好说话，一路上打的腹稿都被憋了回去，就一路哼着欢快的歌儿，同行的凡支书提醒她："罗有利说的话没有几句算数的，还经常出尔反尔，你别看他说得好听，到做的时候，就难说了。"

不多时，他们就到了一组组长家，组长让媳妇备上好菜，端出自家酿制的白酒，要给他们敬酒，组长走到刘芳华跟前，真诚地说道："老乡，以后，我这个组，还要得到你的支持。"

她也向一组组长表态："那是肯定的，我们就从一组开始，将每户的山场分好后，再去搞第二组。"

她迟疑了一阵后，疑惑地问组长："你经常与罗有利打交道，你分析一下，他说的话到底有几成算数？"

组长笑笑后回答："那只有天晓得了。"

她安慰组长："走一步看一步，应该问题不大。"

之后，她每天带着村组干部，翻越大大小小山岭，画出草图，然后对照全村的在册人口，以及居住的房屋位置，对怎么分山场，广泛征求村组干部意见，最后，大家心里有了大体轮廓。

刘芳华白天翻山越岭，带领村组干部定点、划分界址；晚上，就着昏暗的煤油灯光，逐组填写表格，将组与组之间的四至界线填写清楚。这样的日子过去了好几天，终于将村里面的山场分到了各组。

那些组长都很高兴，他们见面后谈论的都是同一话题：

"这下好了，将白壁岩村的所有山场都分到组了，现在各组管理、支配自己的山场，组与组之间再也没有界址纠纷了。"

"别看刘芳华是个小姑娘，做起事来，还有点章程啊。"

第四章
风波立起

　　刘芳华带领村组干部将白壁岩村的所有山场分到组后，继续将到组的山场分到户。她从第一组开始，每天与村书记凡志远、一组组长一起，爬上一座座山峰。照着将村里的山场分到组时的办法，画出草图。

　　夏日的夜晚，蚊子嗡嗡叫，一组组长召集劳作了一天的组民开会。他们三三两两来到组长家门前的晒谷场，有的拿着蒲扇扇风，有的用衣袖揩汗，有的还端着饭碗。组长就近找来板凳让他们坐，自己忙点上一堆干杂草驱蚊虫。

　　就着依稀月光，凡志远进行简单的介绍后，刘芳华边与乡亲们打招呼，边轻轻走到人堆中间，用手电筒照着，宣读起县政府的文件来。然后，她环视了一下众人，就将具体分山办法给群众详细讲解。

　　那些农户听说要将山场分到户，就叽叽喳喳闹个不停，她一一回答他们的问题，有了之前村组干部的提问，她总是能又快又准地给出答案。

　　那些农户算是听明白了，这次是将山场直接分给个人，山中的树木无论大小都是自己的，将来只要在乡林管站批个砍伐证，就可以砍树用；分到山场中的坡地，喜欢种什么就种什么，而且种啥都是自己的。这样的好事，竟然降临到自己头上，农户个个都很高兴。又见刘芳华对答如流，人人显出略微吃惊的样子，都不停地点头。

　　等刘芳华讲完，接下来就到了群众表态环节，但组民们一阵窃窃私语，却没有人主动站出来说话。

这个时候，罗有利站出来了，他扫视了一遍全场，然后大声说道：

"我表妹分山方案做得这么公道，我是很支持的，谁要是反对我表妹，就是反对我罗有利，到时候，我认识你们，我的拳头可不认识你们。"

有了罗有利这句话垫底，再加上她的方案确实公道，随后几个被推举上台的代表，也都纷纷表态支持她，她便觉得没什么问题了，就宣布散会。

夜已经很深了，在一组组长家，刘芳华还在与村书记和组长商量从哪家开始，组长建议："既然罗有利表了态，那就从他家开始，看看他到底说话是否算数。"

凡书记轻轻咳了一声后，接着说道："是的，先从罗有利家开始，把他拿下来后，才有震慑力。"

她仔细分析当前形势，考虑了一会儿后，笑着拍板："既然你们都说把罗有利拿下就等于成功了一半，那我们明天就先从他家开始吧，应该不会出什么问题的。"

天空刚刚现出鱼肚白，她要组长通知罗有利和与罗家分界址的农户，自己一马当先，按照政策和分山的统一标准，对照两家人口，先爬上最高峰，定好一个点后，钉桩，由年纪较大的凡书记站在这里守住这个桩；然后，她又跑到山脊的最中间，再选点、钉桩，喊组长站在桩边守界址；她又跑到最低处，在山脊的正中间选点、钉好桩，自己掌握。这样三点一线，将山场分给两家农户。

她正在最下面定点、钉桩，隐隐约约听见半山腰有争吵声，像是在骂人。她扯着嗓子问是怎么一回事，却没有人回答她。

她又从山的最低处往半山腰爬，在爬山的过程中，她猜想，这人是谁呢？应该不是罗有利，他几次都当着自己的面表态，甚至还在那么多人的大会上承诺，绝对不会惹麻烦的。

她来到半山腰，看到钉的桩，便拿着一根木棒，半眯着眼睛，全神贯注地仔细望向上面的山脊，又向下看山场，基本上三点一线。

她便准备给那个站在一棵树下骂骂咧咧的农户做工作去，走近一看，骂人者正是罗有利，她心里一惊。昨天开会的人，大部分也赶来看热闹。罗有利正在用力挥舞着手指，指着对方的山场，嘴里骂个不停："你们评一下理，邻居家的山场是否成材的树多些？"

那些人望望两边的山场，都默不作声。

她扫了一眼众人后，笑着解释："表哥，你昨天不是说得好好的吗？确实，对方山场的树要多一些，但人家户口上的人，要比你家多四口啊。"

罗有利看了她一眼后，从鼻孔中哼一声，公开叫板：

"我罗有利是什么人，你应该早就听说过了，我管他人口比我多不多呢，我给你面子，在那么多人面前挺你，你就是这么对我的？你可是保证说公平的，地比别人少，树也比别人少，这就是公平？"

"这次是按人口分山场的，文件上说得清清楚楚，昨天晚上也当着大家的面讲政策了，你也说得很好，今天怎么就变卦了？"她继续对他解释。

没有想到，罗有利竟然捏紧拳头，威胁她："我只知道我的地比别人少些，树也少些，我罗有利一辈子就没吃过这样的亏，我向来都是靠这个说话的。"

她这时才知道，还是陈主任、村支书、组长这些人看得透彻，罗有利所谓的支持，是建立在能让他得利的基础上的，但自己的这套方案并不能让他得利，而自己也没有徇私的想法，那他这种人，说变也就变了。

罗有利边嚣张地叫嚷，脸上那黑色斑块不停地跳动，边强行将钉好的木桩往与他家分山的农户那边移动，将对方成材的几棵大树圈到自家这边来。组长曾经多次见识过罗有利的厉害，看罗有利那一脸横肉和那块恐怖的大黑斑，又有亲弟弟帮忙，根本不敢阻拦。那个农户个子较小，也不敢吭声，只是无可奈何地望向刘芳华。

她当时想：就算不是他的对手，也要有气势，不然这项工作就坚持不下去了。她只略微迟疑了一下，便搬起锄头，挖出那根木桩，继续钉在原来的位置上，并迅速从挎包中拿出表格，唰唰填写起四至界线来。

她正当着众人大声宣读四至界线时，罗有利走到她面前，一把抢走表格，撕得粉碎，一扬手，那些纸屑便散落下来。撕碎后，罗有利还不解恨，高高扬起粗大的拳头，就要砸到她头上来。

恰在此时，只听见一个声音从刘芳华身后的山路上传来，大喝道："住手，你竟然敢妨碍公务！"

在众人的惊诧声中，那人边喘着粗气往山上爬，边从挎包中拿出手铐，要将罗有利铐上。罗有利一见来人是乡派出所副所长刘利民，原来就有案底的他，此时心里虽然有点虚，但还在极力争辩。那人嘿嘿笑道："罗有利，我们也不是第一次打交道了，亏你说得出口，我刚刚亲眼所见，你还想狡辩？你知道你要打的人是谁吗？她可是乡政府今年刚招的正儿八经的乡干部，还是我姓刘的本家！"

罗有利就不敢再闹了，乖乖束手就擒。那人边铐边说："你打别人，我最多定你一个寻衅滋事，破了天也就是故意伤害；你敢打她，妨碍公务是跑不掉了。"

刘利民走到刘芳华面前，着急地说道：

"老同学，幸亏我来得及时，不然你刚才就吃大亏了。你昨天派人给我带信，让我今天无论如何要来白壁岩一趟，这路可真不好走，我紧赶慢赶，差点就让你挨打了，我得给你赔个罪。"

她笑道："我带信给你也是以防万一，有劳你了。"

那些看热闹的人见罗有利被铐，都忍不住议论纷纷：

"幸好刘芳华提前有准备，不然后果真的不堪设想啊！"

"知道不，恶人还是有人修理的。"

罗有利吃了这个哑巴亏后，便给亲弟弟使眼色："赶快将老妈请上山来。"

罗有利的弟弟便飞跑着下山，刘芳华边守住木桩，继续填写四至界线，边继续给罗有利做工作，他哪里肯听。只是反反复复说自己支持她，而她却是个白眼狼恩将仇报，书记也劝他，他更加不耐烦。

临近正午，毒辣的太阳光刺痛着人们的眼睛，大多数人都躲在大树下乘凉。这样过去了一会儿，突然从远处传来骂骂咧咧声：

"华丫头，你真是六亲不认，我与你妈虽然不是亲姊妹，但我们一起长大，你一点卫护心都没有，还帮助外人来对付我儿子。你以为自己了不起，一个小指头大的官，还敢在我家耍威风。"

这时，刘芳华才看见一个老太婆头上缠着黑色纱巾，拄着拐杖，喘着粗气，几步一停地走上山来，边走边一把鼻涕一把泪地骂人。她快步走到老人跟前，笑着叫了一声"姨妈"，解释道："我这也是为了工作，都是一视同仁，并没有偏袒谁，不要骂了，有事好好说。"

老人用手揩一下额头上的汗水，满口口水喷在她脸上，吼道："谁是你姨妈，你这个不知天高地厚的丫头。"

她一直好言相劝，老人根本不听，一直陈芝麻烂谷子地骂个不停，骂几下，深吸一口气，再骂。猛然一抬头，看见儿子戴着手铐坐在地上，便呜呜哭起来。边哭边扬起拐杖要打派出所副所长，刘利民用手挡了两下，但遇到这样的老太太，他也不敢多做什么。众人见这光景，担心得不行。"连派出所所长都没办法，这如何是好啊？"

第五章
身体受伤

  罗有利的老妈倚老卖老,要打那个副所长,整个身体几乎压在拐杖上,猛喘几口气,咳出一口痰吐在地上,哼了几声后,定了定神,扬起拐杖,又要打刘芳华。刘芳华只好往旁边躲闪,老人一直追着她,她只好一直往后退。
  突然,她看到面前所有人惊恐的表情,隐约听到他们在喊些什么,但那一脚还是不由自主地踩下去了,踏了个空,整个人顺着山势掉了下去。
  目光所及处,全是白色的绝壁,她惊恐地手脚乱舞,试图抓住一点支撑物。她在空中转了几下后,借着风势,感觉身体落在一根枞树枝条上,身后是几块向下滚落的沙石。只听见"咔嚓"一声,枝条断裂,她的身体再次向下滑去。
  她又条件反射般地到处乱抓,企图抓住点什么,终于手中握住一点东西,哪知道是一蓬荆棘,她感觉手和脚都很疼,往下一望,身下有星星点点的红色,她觉得自己可能快没命了,天旋地转了几个圈后,好不容易停了下来,发现自己竟然掉在一小块坡地上。
  她用力捏了一下自己,感觉全身哪儿哪儿都痛,原来自己还没有摔死,真是太幸运了啊。
  而在此时,山顶上那些看热闹的人都大声吼叫起来:
  "芳——华,你怎么样了?听得见我们叫你吗?"
  "不会出人命吧?"
  "可怜的刘正义,一门心思送子女读书,什么苦没有吃过?现在,大闺女刚刚中专毕业参加工作,就遇到这样的惨事,太可惜了啊。"

掉在谷底的刘芳华，耳朵嗡嗡作响，思绪也模糊一片，已经完全听不清大家在说些什么了，但被铐在原地的罗有利倒是听了个真切，他有些心虚，但还是霸蛮地说道："刘芳华如果死了，我负责偿命。"

那个老太婆吓坏了，他怕儿子抵命，就对罗有利幽幽地说道："你还年轻，我已经这么老了，而且刚刚确实是我把她打下去的，还是由我抵命去。"

听见她这样嚷嚷，副所长刘利民狠狠瞪了她一眼，踏上一步正要说些什么，凡书记拉起刘利民的衣袖，边走边说："救人要紧。"

两人抓着树枝，慢慢攀爬到悬崖根。走近一看，刘芳华落在一块荒坡上。手上、腿上都在流血。凡书记检查了她的伤势后，发现她腿脚摔脱臼了，手臂、小腿都划破了，便当场给她揉起来，将脱臼的腿脚归位，她痛得眼泪盈满了眼眶，很想"哇哇"叫出声，但她强忍着，额头上全是汗。

凡志远攀上岩壁，就近摘来草药给她包扎。刘利民当场折下一根树枝当拐杖，两人左右护着她，她拄着拐杖，忍受着疼痛，一步一步慢慢往上爬。

她一瘸一拐地爬上来后，第一眼就发现木桩被人移动了，她强忍着剧痛，正准备再弄，刘利民瞪了罗有利一眼，大声说道："芳华，你先歇着，我们来弄，罗有利一家人要再敢动，我就把他们母子全弄到派出所去。"

罗有利举起戴着手铐的双手来回摆动："我再也不敢了，刘所长，给我解开手铐吧。"刘所长与凡书记对视后，给罗有利解开了手铐。

凡书记搬起锄头，挖出木桩，钉在原先的位置，并从刘芳华的挎包中另外取出一张表格，重新填写后，当众宣读两家的四至界线。

罗有利的弟弟远远看见刘芳华被救上来了，走近后，又见她腿上还有星星点点的血迹，就伸手轻轻扯住老妈的衣角，示意她不要再闹了，老太婆刚刚张开的嘴便马上闭上了，罗有利觉得不用偿命了，但又怕她找自己要医药费，便让家人从人群中悄悄开溜。

看到他们灰溜溜地离开，村民们才聚拢过来，他们这时才真正松了一口气，由原来的惊恐转为嘀嘀咕咕：

"你看，芳华为了工作都差点出人命了，太不容易啦，现在感觉怎么样？"

"是呀，小姑娘办事那么公道还要受这个窝囊气，太不值得了。"

"罗有利一家人算什么东西,芳华你千万不要与他们计较,免得影响心情。"

正当众人议论纷纷时,只见远处的山路上影影绰绰走来几个人,一个老妇人声嘶力竭地高喊道:"有利娃,你把我家华丫头怎么样了?"

原来陈松柏在芳华父亲的帮助下,在白壁岩村找到一个民间医生,用偏方治疗几天后,身体恢复了一些。他担心刘芳华一个新人担不下这么重的担子,就赶来现场。芳华父母向来知道罗家人的厉害,担心自己孩子受伤害,听了老陈的担忧后,也随老陈来到分山现场。

他们在山脚下远远望去,只见半山腰众人吵吵嚷嚷,还隐隐约约听见了刺耳的尖叫声,老陈误以为有很大冲突,觉得自己可能掌控不了局面。正准备下白壁岩喊人去,无奈腰椎又隐隐作痛起来,只好作罢。只好在山下面的小路上等着。

芳华妈听见尖叫声后,隔很远就这么高声叫道,芳华爹丢下老陈和老伴儿,一路小跑着,但因为要爬山,很久才到现场,看见女儿的腿在流血,怒火中烧,找到刚刚准备下山的罗有利一家人,便要与他们厮打,罗有利的弟弟看哥哥躲起来了,便与刘正义过招。两人从山上一直滚到山下,凡书记上前制止,但哪里制止得了,直到刘利民赶来大喝一声后,两人才住手。

黄冬梅见到女儿流着血的腿后,也随丈夫赶来,找到罗有利家人,质问自己的叔伯姐姐:"你们就这样欺负我女儿的?我跟你们拼了。"

黄冬梅一看丈夫与罗有利的弟弟已经滚出去好远,担心丈夫吃亏,就呼天抢地地号叫:"老天,你要长眼睛哪,他们欺人太甚了啊。"

众人忙着劝解,刘芳华也安慰母亲:"妈,一切都会处理好的,不要太担心。"

黄冬梅的情绪这才慢慢平息。众人忙着绑担架,抬着刘芳华下山。她父母要跟着去,刘芳华要他们在家照顾好老陈。

他们过独木桥,攀悬天梯,折腾了好久才下山。刚刚走到山脚下,看见一行人正要往山上赶,两路人相逢时,那些人一看担架上抬着刘芳华,办公室主任张贵平赶紧凑到副乡长跟前,对他耳语几句,副乡长走近担架一看,她腿上还有血迹，便关切地问道："芳华，感觉怎么样？还疼不疼？"

"还能忍住。"

"赶紧去医院，一刻也耽误不得。"

一行人往山下走了一段路后，就到了县级公路上，张主任等人把担架弄到乡政府唯一的小破车上，送往乡医院。

这是一辆破旧的吉普车，张主任兼任司机。由于人太多，副乡长从乡政府带来的那拨人，除副乡长外，其他人自己坐班车回去。

上车后，坐在后座扶住刘芳华的村书记凡志远便将刘芳华怎么舍命护桩的事说与副乡长和张贵平听。两人听了事情的原委后，便对她竖起了大拇指，坐在她另一边的刘利民首先点赞道："芳华，还真看不出来，你确实有一股韧劲，不错，以后肯定有发展。"

坐在副驾驶位的副乡长往后看了一眼，诚恳地说道："小刘，辛苦了。"

挤在后排的组长也随声附和："真难为芳华了，不然，这山场，我是真的分不下去了。"

刘芳华感受着来自领导和同乡的温暖，激动得泪光闪闪："我——不疼，还能坚持住。"

她继而惊喜地问道："你们怎么赶来了？"

张贵平答道："是红老头专程下山叫我们的。"

原来，家住白壁岩，负责给白壁岩村送信的乡邮递员袁红兵正准备下山取信，专门寻找凡书记，看有没有给乡政府汇报的事情。他在分山场的山下听见吵闹声，觉得事情不妙，听见凡书记在山上大声喊他快去乡政府叫人时，袁红兵二话没说，一口气跑下山，向办公室张主任汇报了情况，张贵平马上向分管农、林、水的副乡长汇报，副乡长又赶忙叫来乡政府的一帮人，其中就有乡林管站的站长。

这些人想着事态严重，便开着乡政府的吉普车，急急忙忙往山上赶，尽管一路没有耽误，但因为这样一来二去，这个时候才赶到山脚下，听凡书记介绍事情已经平息了，大家都长长地舒了一口气，一门心思往乡卫生院赶。

第六章
领导赏识

乡卫生院，白色的墙壁，白色的床单，刘芳华的脚打着石膏，高高挂在托钩上，令人想起一个词，叫"倒挂金钩"。后来，人们给她起了个绰号，叫"金钩妹"。这绰号并无贬义，而是对她的一种认可和赞扬。

她和同事们的第一次见面，大多是在乡卫生院里。既然是第一次见面，大家也就是礼貌地自我介绍一番，放下礼物，安慰两句便走了，只有老陈和她的老同学刘利民与那些人截然不同。老陈见她这个样子，竟然情不自禁得老泪纵横："芳华，你是代替我受的伤，只怪我这腰椎病，唉，不中用啊。"

她见老陈这个样子，端着杯子一口水还没有喝完，马上放下，急忙安慰道："陈叔，千万不要自责，你又不是故意的。"

她继而担心地问道："我下山后，白壁岩村的'三山变一山'工作推进得怎么样了？"

老陈听到这里，马上眉飞色舞起来："你那次凭着一颗公心，搞定了罗有利，我后来在你父亲的帮助下，又找到那个开偏方的，将我的病很快治好了。我就照着你的办法给其他农户划定界址。大部分农户都觉得很公平，那些原打算占点小便宜的人，早听说了，在罗有利事件中，你是多么厉害，办事也很公道，虽然心里不爽，也不敢闹事了。"

与老陈一起来的刘利民听了老陈的话，自豪地插话："咱老同学，杠杠的。我虽然不管乡里的闲事，但也听说白壁岩村已经成了乡里的标杆，那些老百姓个个得到实惠，都欢天喜地地经营自己刚刚分得的山场，这可全是老同学的功劳啊！"她望向刘利民，谦虚起来："不，那其实是你的功劳，若不是你制服了罗有利，不要说完成任务，我可能早就被他打成废人了。"

刘利民马上不好意思起来："哪里哪里，和你们比起来，我纯粹就是一个跑腿的。"

他们几个人正在相互谦虚推说不是自己的功劳，乡党委书记赵闯一脚跨进来，笑得合不拢嘴："哈哈，你们都是功臣！这次我在县里开会，特别有面子，都是你们帮我挣来的。"

几个人不约而同地望向赵书记："我乡受表扬了？"

赵书记眉毛上扬，咧开嘴炫耀道："是呀，之前，由于白壁岩村的任务最重，拖了后腿，现在，这项工作已经走在全县前列了，县长亲自点名表扬了我们乡，你们说，我能不高兴吗？嘿嘿。"

"那就好，那就好。"几个当事人兴奋地附和。

赵书记看一眼刘芳华的腿，安慰道："小刘，安心养伤，暂时不要考虑工作的事。"

赵书记看病房里氛围沉闷，就讲了两个笑话，逗得大家哈哈直笑。

夏末秋初，阳光普照。高家坪乡政府办公室，联系这个乡的县委宣传部部长杨国庆端坐在办公椅上，这是个看起来四十岁上下的中年干部，虽是女性，但工作作风却雷厉风行，绝不亚于男子。

此刻，乡党委书记赵闯在向她汇报工作，她则认真地聆听着，在她身边的工作人员负责记录，不时有相机"咔嚓"一下。赵书记自豪地介绍道："前段时间，由于我乡白壁岩村是全乡最偏远的山区村，山场多，任务最重，几乎占了全乡总任务的70%，而现在，该村100%完成了此项工作任务，由此推动了全乡任务的完成。据几天前的县政府大会通报，目前，我乡的'三山变一山'工作，已经走在了全县前列。"

向来风风火火、喜欢打断下属的领导，这一次破天荒地没有出声，默默地听着，然后颔首微笑，问道："是哪个干部具体负责这项工作的？叫来认识一下。"

张贵平马上去乡卫生院叫刘芳华，她得到通知后，喊医生赶忙将绑在腿上的石膏换下，缠着绷带，一瘸一拐地走进办公室，一看这么多人，就有点忐忑。赵书记介绍过之后，杨部长一看她竟然是一个小姑娘，腿上还绑着绷带时，喉咙像被什么堵塞一样，半响说不出一句话来。过了好一阵，她站起身来，当着手下那么多人的面，拍拍她的肩膀，对她竖起了大拇指，赞许道："小姑娘，不错，像极了年轻时候的我。"

刘芳华不知道怎么回答，只好手足无措地看向赵书记，赵书记趁机说道："杨部长可是很少表扬人的，芳华你以后要加倍努力啊。"

他看看她的腿，继而问她："你昨天还打着石膏，今天怎么换绷带了？"

她腼腆地答道："我看打着石膏不好走路，刚刚才喊医生换下的。"

她话音刚落，那些跟随杨部长来的工作人员都纷纷议论起来：

"这么年轻的包村干部，任务完成得如此出色，实在是没有想到啊。"

"一个小姑娘担这样重要的事，不简单啊。"

她轻手轻脚地退出办公室，跟着杨部长来的媒体紧接着采访了她："白壁岩村工作基础那么差，条件那么艰苦，你是怎么打开局面的？"

刘芳华又望了一眼赵书记，书记笑着鼓励她。于是，她揉揉眼睛，低着头，轻声地将怎么想出的分山办法、怎么搞定罗有利的过程，向采访者一五一十地介绍着。

那些人听后，不约而同地鼓起掌来，掌声经久不息。

杨部长再次走到她跟前，一只手用力地握住她的手，高高举起，严肃地对在场的所有人说道："你们看，就是这个才参加工作的小姑娘，挑起这么重的担子，你们还有谁敢说，任务不能完成？嗯？"

杨部长又指着她的腿，动情地说道："所以呀，没有做不好的事，只是用不用心的问题。小刘为了干好这个工作，简直拼命了，腿上现在还绑着绷带，对比一下，你们有的人还好意思说工作难推动吗？"

刘芳华红着脸，连声向杨部长和众人道谢。赵书记也不停地向领导点头。

没过几天，县委的简报上发布了杨部长在高家坪乡调研的信息，其中就有刘芳华的事迹，当地的日报也在头版头条刊登了她如何勇挑重担的文章。

乡政府其他干部知道后，都很羡慕她，茶余饭后，嘀嘀咕咕议论这件事：

"刘芳华才参加工作,就得到了县委宣传部杨部长的认可,还上了电视、报纸,好厉害啊。"

"是呀,她将来肯定前途无量。"

"刘芳华为了完成任务,摔下悬崖,连命都差点丢掉了,不容易呢,她得到荣誉也是应该的。"

她偶尔也听到这种议论,似懂非懂,也没有将这些话放在心上,继续做着自己认为对的事。

第七章
推广受阻

随后的日子里,乡政府没有给刘芳华安排什么工作,她便守在办公室里,一边跟着大家学习,熟悉业务,一边安心养伤。

春节,刘芳华拿着自己这半年工作攒下的积蓄和年终奖,回到家中,给父母及弟妹们分别买了礼物,左邻右舍见到后都很羡慕:

"刘正义家大丫头有工作后,一家人日子好过多了,你看,她给一家老小买的衣服好漂亮啊,有的吃食我们还从来没有看到过呢。"

"看来还是要送儿女读书,才有盼头。"

父母听了左邻右舍赞扬女儿的话后喜上眉梢,弟妹们也拿着姐姐买的东西在小伙伴中间炫耀,一家人开开心心过春节,规划未来。吃罢团圆饭,父亲刘正义告诉家人们:"俗话讲得好,正月栽竹,二月栽木,今年除自留地以外,还分得了山场,过年后,我们家就要在远处的荒坡上种些楠竹,过段时间,就在近点的荒坡上栽点果树,稍许平坦的地方就种蔬菜。"

母亲黄冬梅笑得合不拢嘴,看向自己的大女儿:"去年分山场这件事确实对咱们老百姓有利,不然哪有那么多的荒地。是的,多栽点果树好,几年后,孩子们就有吃的了,还可以卖点,换些零用钱。"

假期的最后一天,下着零星小雨,刘芳华正与父母一起,戴着斗笠,在离家很远的荒坡上栽种楠竹,该村邮递员袁红兵戴着一顶破斗笠,穿一件很旧的黑色棉袄,双手插在袖口中,挎一个草绿色旧帆布包,匆匆忙忙找到她:

"芳华,乡里有紧急任务,要你马上下山去开会。"

她刚刚回到高家坪乡政府，便遇到乡党委书记赵闯从县城开会回来，心急火燎地要召开全体班子成员会议，这时的他，一改往日言笑无忌的样子，眉头紧锁，忧心忡忡地传达会议精神："今天县政府开会的重点，就是要求各乡都要推广杂交水稻品种，大家看怎么完成任务。这个任务可是要与今年的年终考核挂钩的，完不成，全部不及格。"

于是，大家各抒己见，但说来说去，还是老办法，各村都派人去搞这个事。方法确定后，就当场研究人选。其他基础好的村都有了合适人选，只有白壁岩村和樟树岗村，一个交通不便，一个村情复杂，讨论了好一阵，没有结果。

刘芳华知道后，主动请缨去白壁岩村，但乡长说："白壁岩村虽然交通不便，但'拦路虎'已经被你解决，还是继续安排老陈去，毕竟熟门熟路。"

随后，樟树岗村的名单也定了下来，因为村情极为复杂，所以书记直接指定了年长的副乡长李东强去，会议结束。

第二天早上，刘芳华刚刚走进办公室，就听到赵书记正在和李东强通电话："你真的坚持不了了？好吧，你先好好休养，去樟树岗村的人，我再想办法，实在不行，我自己去！"

她听到这话，好像意识到了什么，上午上班时，又听张主任说了李东强生病住院的事情，于是，赵书记刚挂上电话，她便对赵书记坚定地说道："赵书记，我愿意去樟树岗村搞杂交水稻推广工作。"

赵书记听她这么一说，紧锁的眉头立即舒展开，嘱咐道："你能为我分忧，我自然很高兴，但那里村情复杂，你一定要注意方式方法啊。"

刘芳华默默点头。于是，她被分配到樟树岗村，进行杂交水稻的推广工作。

刘芳华入村后，决定利用所学的农业技术推广知识，分期分批去做思想工作。

她首先召开村组干部会，在这个全村带头人会议上，村书记田尚武只是将她介绍给其他村组干部，对工作内容却只字不提。村主任见状，也对她不冷不热的，她只好唱独角戏，会议不欢而散。

之后，她邀请田书记一起去各组召集群众开会宣传，田书记几乎天天都在推说家里农活太重分不开身；村主任更是说自己要出一趟远门，近期要请假。她想自己去召开群众会，但那些组长见了她也是能躲则躲，异口同声地说："老百姓干了一天农活后，晚上没有精力再劳神劳力，根本召不来群众开会。"

直到这时，她才意识到，还没有入村时，赵书记对自己说的所谓村情复杂，就是村组干部根本不作为啊。但她还想做最后努力，深入个别农户做推广工作。

她哪里知道，那些村民见到她后，都在低头捣鼓自己的农活，对她的介绍更是无动于衷。虽然她逢人便宣传推介，但没有丝毫效果。

她感到很奇怪，就打听到底是怎么一回事。有人看她一眼后，摇摇头不说话；有的人聚在一起小声嘀嘀咕咕；还有的人要她问田书记去。

她为了弄清楚事情原委，也没有更好的办法，只能给田书记做工作，想要他带头少部分试种后，逐步带动。

主意拿定，她来到田书记家，将自己的想法直言不讳地告诉了他，没有想到的是，她话还没有说完，书记媳妇马上反驳："哎，按说我家应该支持乡政府工作，但是，几年前，乡政府在我们这里安排技术员推广黄花，我家带头将那些良田都种了黄花。先是干旱，枝秆、花蕾都很小；在采收时，又遇上了连绵大雨，蒸熟后不能晒干，只能用大锅炒，不是炒煳了就是炒不透，没有好成色，只好贱卖掉。"

书记媳妇说话时，泪水情不自禁地在眼眶里打转。这时，田书记的邻居一脚跨进门，接过书记媳妇的话："是呀，那一年我家也跟着种黄花，亏了三千多元，连买米的钱都没有赚到，我们找乡政府讨说法，但那些干部说是执行上级政策，没有钱赔付我们，哎，现在想起来都后怕。说句良心话，那年田书记亏得比我还多，还自掏腰包补给一些困难户，就算这样，还差点被骂死。"

田尚武皱着眉头，默默无语，低头吧嗒吧嗒抽烟，屋里只听到烟袋发出持续的响声。刘芳华见此情景，也不知道怎么反驳。

书记媳妇看她不知所措的样子，便马上对她挤出几丝笑容，不好意思地解释:"我们多少辈人都是种的常规水稻品种,如果现在换成杂交品种,今年没有收入,那我们一家人吃什么?相对于我家的经济条件来说,不能冒险啊。小刘,我不是针对你,是穷怕了,折腾不起啊。"

她见再说也是徒劳,就走出去,试着去给其他村干部做工作,结果与田书记家一样没有效果。她又深入到各组,给组长宣传政策,组长更是拒绝。

她再次试着给村民做工作,不管她如何宣传种植杂交水稻品种怎么高产,樟树岗村没有一个村民愿意听她推广。

不仅如此,村民们听了她的推广后,当着她的面议论纷纷:

"什么鸟品种?村干部都不愿意种,还好意思发动我们,有没有天理?"

"一朝被蛇咬,十年怕井绳,那年种黄花将我们害惨了啊。"

"哎,一个小姑娘怎么担得了这么大的事?怕是混日子来的。"

"是呀,你以为这里的人都像你老家白壁岩村的人那么傻?人家说什么就是什么?"

"要是亏了,你赔给我们吗?"

她听见这些话后,每每想要辩驳,却又不知道怎么回答,因而陷入深深的苦恼中。

第八章
落实稻田

　　刘芳华在樟树岗村推广杂交水稻品种受阻后，心情沮丧。一天傍晚，她一个人闷闷不乐地走在弯弯曲曲的田坎上，想着对策。突然下起了大雨，这时，有把伞不经意地撑在她头上，她抬头一看，是一张熟悉但又显得有点陌生的脸。

　　他一见到她，就很激动地说道："我隔老远看到有人淋雨，就过来帮忙搭把伞，走近一看，背影就觉得像你，没想到果然是你，老天真是让人惊喜啊。"

　　这个人名叫李建设，是刘芳华高中时的老同学。以前两人关系就挺近，自从高中毕业后，她上农校，他上师范，不在一个城市读书，来往就少了。两人在这种场合相遇，都有点惊讶。

　　刘芳华摆了几下头，甩甩头上的雨滴，看见不远处有间房子，建议去那边屋檐下躲雨。一路上，刘芳华看到李建设把伞都偏向自己，他的半边身子却被淋湿了，就问他："你怎么会在这里？"

　　李建设见她愁眉苦脸的样子，用手刮了一下她的鼻子，回答道："我刚调到乡中学当初一的班主任，因为一项教研成果出色，被学校重用，要我兼任教研室主任。今天是来家访的，没想到在这里遇上你，真是想不到啊。"

　　屋檐下，两人站在一起，他比她高一点，低下头问她："你怎么这个时候了还不回乡政府？"

　　她叹了一口气，幽幽地说道："我推广杂交水稻品种受到阻力，想自己拿钱租田来搞试验，你帮忙斟酌一下，看是否行得通。"

两人并排站在屋檐下，她看见李建设的半边身子已经被大雨淋湿了，水珠正从上往下滴，但他全然不顾，看向远方，仔细分析：

"这个事说起来有利也有弊，利处是，你拿钱出来，或许可以高价租到地搞试验。弊端是，你出钱了，试验失败了，到时候两头空。"

她抬头向他望了望，见他一脸严肃，便轻轻说道："你的意思我知道了，我可以少租点地搞试验，但这个事不搞是不行的。"

李建设见她这样坚持，便朗声笑了起来："果然还是我认识的芳华。"

他沉思了一会儿后，给她建议："其他的田地都是承包到户的，是村民们的饭碗，他们态度坚决，是绝对不肯拿出来搞试验的，但还有一处机动田可以转租。"

她得知村里的机动田还有转租的机会，便兴奋不已，急切地问道："哪里有田？快带我去。"

他看她一眼后，故意停顿了一下，接着说："看把你急的，我刚家访的那家就是租田的，他还算好说话，我们现在就可以去。"

眼看雨小了很多，她迫不及待地要他带自己去寻那户人家。李建设看她实在心急，也就撑开伞，像之前那样打在她的头上。两人就着手电筒的微弱光亮，深一脚浅一脚地来到那个栽种机动田的人家。自我介绍后，刘芳华说明来意，一个看不出实际年龄的男人正在家里磨锄头，他对李建设点点头，对她不理不睬，继续做自己手上的活，他媳妇给她搬来板凳让她坐。

那人做完手上的活后，闷声闷气地问道："村里那么多田，为什么偏偏看上我这块？"

"你这不是村里的机动田吗？"

那人瞪她一眼后，气愤地说道："机动田怎么了？我可是交了租金的，而且还与村里面签订了合同。"

她紧追不放，小心与他协商起来："我估算了一下，种常规品种，一季稻谷每亩一般收四百斤，我能不能与你签订合同，假如种杂交稻，早稻所打的粮食超过了以往的每亩四百斤，所得归你所有，假如所打粮食每亩少于四百斤,就按照市场价格,我给你补齐差价,你觉得怎么样?"

那人便冷笑起来,大声说道:"这话也能信?上次种那个黄花的时候,推广人也是拍着胸脯说亏了他赔,结果,唉,想起来我都后背发凉。"

李建设看他不愿意腾出田,就递给那个人一支烟,并帮忙点燃,边吸烟边拍着他的肩膀,劝道:"老甘,成全芳华吧,她一个小姑娘家,为了工作,天这么黑了还在村里面求人,确实很不容易呢。要不这样,我来担保,你信不过她,我一个教书匠,还是你小孩的班主任,你总能信得过吧?"

老甘叹了一口气,猛吸了一口烟,呛得咳嗽起来,然后,老甘掐灭烟头,眼睛瞪着李建设,重重点头。

于是,他们也不管衣服是否已经淋湿了,忍受着阵阵冷气,撑着雨伞,打着手电筒,带着租田人,一块儿去田书记家。

田书记正准备休息,看到她后,以为她又要让自己去召开群众会,就眉头紧锁;但看到她带着那个租田的人和李建设来,又有几分弄不懂,就边指板凳让他们坐下,边疑惑地问道:"你们这是唱的哪出戏?"

她还没有坐下,就赶忙回答:"我想自己拿钱转租村里面那点机动田。"

村书记看看老甘,轻声说道:"村里面可是与他签订了合同的。"

刘芳华将头微微昂起,迎着村书记的目光,看向老甘,坚定地说道:"我与租田人已经协商好了,现在,马上就签订合同,请书记给我们做个中间人。"

田书记不相信地望向刘芳华,李建设见状,定睛看着田书记,一字一句补充道:"是的,刘芳华就是这样的人,为了工作,她什么都可以舍去。何况一点钱,田书记,你就做个见证人吧。"

田书记反过来问他:"要是真亏了,芳华不赔,你赔这个钱吗?"

他凝视着她,笑笑说:"我信芳华,万一她亏了,我与她一起承担风险。"

刚刚还阴沉着脸的田书记听到这里,马上眉头舒展开来,立即从里屋给她取出纸和笔。刘芳华坐下来,准备写合同,李建设却抢过纸张,在一张桌子上迅速写好合同,然后拿起来要老甘过目,老甘要田书记帮忙把关,田书记仔细看完合同后,对老甘点点头。

于是，刘芳华从口袋里掏出钱交给田书记，作为保证金。当着田书记的面，双方签字画押，李建设和田书记作为见证人也签上了名字。刘芳华一看，老甘名叫甘来财。

签完字后，田书记又派人将村秘书叫来，盖上村里的大红公章，合同一式三份，刘芳华与甘来财各执一份，村里面留一份，由田书记保管，也算是皆大欢喜。

这么多天来，刘芳华总算落实了种杂交水稻的试验田，睡了一个安稳觉。

第九章
好事多磨

租到了试验田，刘芳华自然很高兴，往后的日子里，她几乎将全部心思都放在了实验田上。每天驻扎在樟树岗村，只要一睁开眼睛，就在检查、督促甘来财侍弄试验田。

她知道，要想试验成功，培育早稻秧苗是关键。她来到甘来财家里，先将自己买来的谷种晒一下，再用清水洗干净，浸泡，让杂质和枯粒浮出去。然后，她拿着温度计掌握水温，待水温适合后，将自己准备好的杂交水稻种子浸泡在一个小木桶中。浸泡几个小时后，沥干，放一段时间再降低水温浸泡，又沥干，如此反复几次。

与此同时，她监督老甘按要求犁田、耙田，几犁几耙均匀，做好秧田，然后按要求起垄。一段时间过后，谷芽蹦出来了，她要老甘及时撒播在做好的秧田中。之后，天天观察秧苗的生长情况。待秧苗长壮后，又监督他插入试验田中。看见她这样上心，那些村民带着疑惑开始嘀咕了：

"一个乡干部，对这丘稻田这样上心，不值当啊。"

"是呀，听说她还自己掏钱搞这个试验，是不是疯了啊？"

"哎呀，人家想要政绩嘛，她做的事不是我们老百姓能想得明白的。"

面对这些议论，她没有动摇，继续监督老甘干活。田书记的一丘稻田与老甘的那丘田相邻，田书记尽管不支持她搞试验，但也想看看她究竟能否成功，就时常偷偷观察这丘田的动向。

眼看着与书记同一天插的早稻秧苗，书记种的常规品种每株插一小把秧苗，而她只要老甘插两株秧苗，而且每株间隔要求在十五厘米以上时，很多人就讥笑她：

"小刘毕竟太年轻，做的事跟小孩子过家家一样。"

"插那么稀疏的秧苗能成活吗？简直在开玩笑。"

这时，有的人很羡慕，有的人不以为然，还说一些风凉话。她暗暗告诉自己，等以后结果出来，再用事实说话吧。

这段时间，因为有刘芳华一直监督着，再加上老甘怕不听她指挥影响产量后而得不到她押在田书记那里的钱，就按照她说的要求办。

没过多久，乡政府有急事叫她回去处理，刘芳华离开了本村一小段时间。这时，与甘来财相邻的田书记的那丘稻田所种的常规稻，因为秧苗很多，刚刚插在大田中，秧苗还很细小时，她试验田的秧苗看起来稀稀疏疏的，那些村民就趁机讥笑甘来财：

"老甘，你种了一辈子田，而今受一个小姑娘指挥，心里是什么滋味？秧苗那么稀疏，怎么会有好收成？"

这样的话听多了，老甘心里就有点不舒服了。再加上老甘想着有芳华的钱保底，反正干好干坏一个样，不如把力气多花在自己其他田里。于是，在她离开樟树岗村的那段时间里，甘来财就偷懒，稗草不扯，也不施肥。

她回来后，看见稗草长得比秧苗还高，秧苗叶片呈黄色，肺都快气炸了，她找到老甘，将他拽到试验田边，指着那丘稻田质问道：

"老甘，你自己瞧瞧，稗草有多高？秧苗是什么颜色？"

没有想到的是，甘来财竟然闷着头抽烟，对她不理不睬。她气得说不出话来，便强行拽着他，与他一起下田扯稗草。然后，又买来化肥，自己施肥。这时，各种挖苦讽刺一齐向她袭来：

"好歹是个干部，还自己出力出钱帮人种田，何必呢？"

"这就叫费力不讨好，自找的。"

她也懒得理睬这些，继续观察自己的试验田。她在与甘来财一起劳作时，一次又一次地劝老甘用心经营这丘田，将来多打了粮食，是他的，但他就是对她爱理不理的。

过了一段时间，试验田的秧苗很快分支，从细小的一株分成几株，整丘田都青幽幽的，几乎没有什么间隙了。村民们也时不时地来这里进行比较：

"你还别说，这杂交稻的秧苗就是不一样，长得好壮实啊，田书记那丘田的秧苗与这无法比啊。"

"是呀，照这样下去，老甘发财了。"

甘来财在劳作的间歇，也经常将自己稻田的秧苗与田书记稻田的秧苗作比较，看见自己稻田的秧苗长得粗壮很多，便暗暗高兴，经常咧开嘴嘿嘿笑。

面对这种状况，老甘对她的态度好了许多。

一天晚上，电闪雷鸣，刘芳华正与他沟通时，李建设跑步来到他家，来不及喝口水，与刘芳华打了一声招呼后，就马上告知这人："老甘，你儿子在学校与同学打架，将那个同学打伤住进医院了，同学的家长找到学校，强烈要求将你儿子开除学籍。你看怎么办？"

甘来财抓住李建设的手，像抓住了一根救命稻草，哀求道："李老师，我只有这一个儿子，你一定要帮忙保住我儿子的学籍啊，要是开除了，我也不想活了。"

刘芳华也一个劲儿地帮腔，说一个农村孩子，要是被开除学籍了，一个家就没有任何希望了。

李建设答应他尽力帮忙。几个人讨论怎么先给人治病，取得家长的谅解。趁着夜色，刘芳华、李建设陪着甘来财去了伤者所住的医院，问清了病情，老甘没有钱，刘芳华掏出皮包中所有的钱帮忙垫付。李建设协调双方，最后确定只要老甘治好孩子的伤，就不再提开除学籍的事了。

从医院回家后，老甘二话没说，第二天，他竟然不用刘芳华催促，就闷着头主动下到那丘试验田除草去了。他还留刘芳华在家中吃晚饭，吩咐媳妇给她弄几个好菜。

秧苗长势喜人，没有想到，一场暴雨，将很多稻田洗劫了。田书记所种的常规品种，大多枯萎，已经所剩无几了。

再育秧苗显然是行不通的，赶不上季节啊。这时，村里人只好到处去找现成的秧苗栽种，但大部分地方都不同程度地受了灾，哪里有那么多的秧苗，很多人没有办法，只好放弃，改种玉米、黄豆等其他作物。

田书记也只找到很少的一点秧苗。她所种的秧苗，也死了一部分。村里的人虽然不敢冒险栽种杂交品种，但也始终关注着她。眼看她种的秧苗也死了一些，说什么的都有了：

"什么好品种，还不是死了。"

"那不同的，毕竟枯死的只是少部分，真是神了。"

她趁机告诉那些人："不是神了，而是杂交稻根系发达，抗逆性强，不容易被刮走。"

她给剩余的秧苗又加了一点肥料，秧苗就青翠欲滴了。之后，她搞试验的那丘田秧苗几乎是见风长，不久后，更加青油油的。而此时，村里的很多田里的秧苗稀疏，她那丘小田"鹤立鸡群"了，她很高兴，种杂交品种的老甘更加欢喜。

第十章
试验成功

俗话说好事多磨，她的秧苗长势喜人，就有个别人盯着它，打它的主意。一天早上，她刚刚来到这丘田，老甘便上气不接下气地告诉她："秧苗被人偷走了。"

她观察后发现，秧苗确实稀疏了许多，她心想，秧苗怎么会无缘无故少这么多呢？肯定是被人偷走了。

但她转念一想，如果不是有特殊困难，背一个小偷骂名，确实是一件得不偿失的事；但这种偷盗风气不及时制止就会有蔓延的可能，因为今年受了灾，秧苗特别金贵，而且，她搞试验的地方，大家都知道，今天他偷一点，明天别人再偷一点，用不了多久，搞试验的秧苗就没有了，不行，一定要让这个偷盗者受到惩罚。

主意拿定后，她叫老甘不要声张，自己会给他一个交代。甘来财想反正有保底的收入，又见刘芳华对自己说好话，而且，秧苗还剩那么多，收入再怎么少，也比自己往年种植的常规品种收成强，虽然心里有气，但也没再说什么。

她暗暗调查，自己所种的品种与别人不同，况且，学农的她，对很多品种都熟悉，要到各个田里去查，只要花点心思是查得出来的。

经过她的努力，终于在一丘小田里面发现了那与众不同的秧苗。正在田里面施肥的那个人见到她后，知道她发现了这个秘密，就很不好意思地低下头，轻声告诉她：

"上次大田中的秧苗遭暴雨洗劫后，那时媳妇正好得了急症，只好去医院治疗，等她病治好回家，我们到哪里找秧苗去，我知道你租田做试验的地方，一看秧苗青枝绿叶的，就想栽种到自己这丘田里，但我只是想想，没有动手。"

"那是谁动的手？"两人一回头，看见身后随她赶来的甘来财气冲冲地在质问。

那人低着头，轻轻说道："是我的小舅子罗有利。"

"什么？又是他？"刘芳华吃惊地问道。

"唉，他当时来看他姐姐，我就跟他说了这个事，他二话没说，就拽着我指路，自己噌噌地下田扯了起来，我也以为他做得隐蔽，神不知鬼不觉的，还是被你识破了。哎，我也是实在想不出其他办法了，才出此下策啊，不然，也不会允许他干出这丢人现眼的事。现在，就任由你们处罚了。"

刘芳华看他说得实在，想处罚他于心不忍，不处罚又不行，况且，老甘也不会答应，内心挣扎不休，过一会儿对那人说："这件事你确实做得不妥，其他人都侍弄好了稻田，就你一个人稻田空着，这时候，你需要匀一点秧苗完全可以跟我和老甘明说，何必要去偷呢？但既然这事已经发生了，不处罚你也说不过去，那你给甘来财赔礼道歉，再买包化肥算作补偿，给我做杂交水稻的宣传员可好？"

那个人看她极力维护自己的声誉，就一个劲儿地点头。

对于这个处理结果，老甘有不同意见，他说："我最恨偷东西的人了，但你是个老实人，我同意小刘这个处理意见，你明天送一包化肥来，道歉就算了。但那个罗有利，就另当别论了，山上山下的，都知道这人不是什么善类，前不久我媳妇与他媳妇在市场上赶场，两个人卖的东西都摆在公路上，只因为争放东西的位置吵过架，过后，乡政府司法所都处理好了，过了很久还是挨了罗有利一拳，这次，我绝对不会放过他的。"

于是，老甘马上去了乡派出所报案，刘利民接到报案后，来现场调查取证，准备好资料后，上白壁岩村，将罗有利抓去拘留了一周。

偷秧苗的人也按照要求，买来一大袋化肥放在老甘家门口，刘芳华叫老甘加紧施肥，将那剩余的秧苗培育壮实点。

没过多久，甘来财那丘试验田里的秧苗就更加绿油油的了，相比之下，田书记所种的稻谷，秧苗更显得稀稀落落。

看到这两副对比明显的景象，那些村民都前来参观，亲眼见证了这个奇迹，都感概很多：

"哎，今年的杂交早稻丰收在望，我家没有种这个杂交稻，很可惜。"

"还没有到最后时刻，说不准的，等收割时再说吧。"

刘芳华趁机做工作，介绍这个品种的好处。

过了几个月，她的杂交稻谷粒饱满，穗大粒多，谷粒压弯了水稻秆。到收割时，租给她田搞试验的老甘，看到这丘黄灿灿的整齐稻株，将烟叶卷成喇叭筒，吧嗒吧嗒吸几口，笑得合不拢嘴，拿着镰刀舍不得下手割；老甘媳妇眉梢喜成一弯新月，乐个不停。

村民们来到这丘稻田，像欣赏艺术品一样，赞美不绝，羡慕不已，讨论个不停：

"这金灿灿一片，羡煞人啊，恐怕每亩有八百斤吧？"

"你怕讲得，亩产一千斤只多不少，老甘发财啦。"

紧挨着老甘这丘田的田书记，看看自己颗粒稀少的稻田，再瞧瞧老甘黄灿灿的稻田，懊悔不已：

"早知道杂交品种这么好，我应该更换品种的，白白耽误了一季时间啊。"

其他人安慰田书记："谁能有先见之明呢，还不是那年黄花害的，胆子吓小了啊。"

在收割时，看着饱满的稻穗，那个怂恿小舅子偷秧苗的人向亲朋好友介绍："小刘这杂交稻，确实与众不同，我家今年也丰收了。"

通过刘芳华的身体力行，樟树岗村的老百姓看到了实实在在的东西，晚稻全部自觉更换了杂交稻谷品种。老百姓看着自己绿茵茵的晚稻田，小小的村寨沸腾了：

"芳华这丫头确实不错，竟然自己拿钱搞试验，现在，我们晚稻全部种上了杂交品种，到时候，起码每亩要比种常规品种多打几百斤稻子，吃饭再也不用愁了啊。"

"是呀,这个小姑娘给我们全村人送来福音啦。"

杂交水稻在樟树岗村试验成功的消息不胫而走,而此时,其他村还迟迟没有行动,无疑,她受到了重视。于是,她去那些毫无动静的村现身说法。每到一处,农民都仔细询问具体栽种过程,收成怎样,她都如实相告。他们又去樟树岗村打听,得知刘芳华所说都属实后,很多村都栽种起了杂交稻。

第十一章
洪灾过后

刘芳华在樟树岗村杂交早稻试验取得了成功，农户自觉地将晚稻种子全部换成了杂交稻。她又在那里巩固成果，进行晚稻培育管理。

也不知道为什么，进了秋天，雨水却格外地多起来。某一个阴天，她正在田间向农户讲解晚稻秧苗的管理办法。猛然间，电闪雷鸣，暴雨随即而至。她叫村民赶快回家躲雨，自己就近去甘来财家避一下雨。

刘芳华一脚跨进老甘家的门，刚好听到老甘儿子好像在说"泥石流""塌方"等字眼，她来不及甩掉鞋子上糊着的泥巴，马上惊疑地问道："孩子，哪儿出事了？"

那个学生带着哭腔答道："刘阿姨，我们学校被泥石流淹了。"

不等男孩说完，她就急切地问道："那你们学校老师和同学有人受伤没有？"

那个孩子摇头回答："我不知道，我们的教室都倒塌了，童校长就让大家先回家，我就回来了。"

刘芳华知道灾情严重，其他乡干部肯定都去了乡中学，自己驻扎在村里面，没有收到通知，现在听到学校是这个情况，犹如晴天霹雳，一个趔趄差点摔倒。随即，她扶着墙站稳，马上镇定下来，恨不得长出一双翅膀飞到乡中学去。

她顶着雷声跑出门，老甘媳妇马上追出来，给她送来一把雨伞。

她深一脚浅一脚地向学校奔去，呼呼怒吼的狂风，多次将她撑开的雨伞卷起来，雨点打在她身上，本就湿透的衣服裹在身体上，很难受，心里五味杂陈，不管不顾地迎着暴风雨向乡中学跑去。

一到学校，刘芳华看到曾经上课的教室已经成了废墟，此时，乡政府的干部们都三三两两分布在废墟上忙碌着。学校让老甘儿子那样的低年级学生放假回家，高年级学生与老师一起，正在这废墟上忙活：有的在用手刨土，有的在搬横七竖八的木头，校长在逐个询问那些班主任：

"张老师，你们班上放学时学生到齐没有？"

"报告校长，我们班上人都在。"

"李老师，你们班呢？"

"齐的。"

"校长，我们班李新民没有到。"

"赶快查，小心找。"

乡长杨民清听见这话后，举着喇叭高喊："全体人员注意，掀开砖瓦、木头找人时，大家一定要小心翼翼地刨，以免伤到失踪学生。"

刘芳华也加入到人群中，蹲在场地上仔细掀起砖瓦来。看着以前学习过的地方成了现在这个样子，她的眼泪不自觉地在眼眶里打转，但她强忍着，默默地用纤弱的双手刨砖。

她正在低头刨砖，其中有一块大砖头，由于砌墙时糊的水泥浆太厚，与其他砖块裹在一起成了一个大石块，实在是太大太沉。她试图用手刨开周围的泥土，纵然双手刨出了血泡，也没有刨动，她就地找来一根棍子，想撬出来，又怕下面有人，不敢太用力，自然是徒劳。

正在她不知所措时，突然，她感觉从身旁伸出来一双大手，不动声色地使劲刨，那大石块开始松动，他们再用力刨，不一会儿，大石块被撬起来了。

直到这时，她才猛然抬头一看，帮自己的人正是李建设。她心里隐隐压着的一块石头才真正落了地，她突然就觉得安心了，长长地舒了一口气。

随着大石块的移动，刘芳华隐隐约约听到下面有小孩的哭声，李建设可能也听见了，马上跳下坑，他惊喜地发现，就在那块大石板下，竟然奇迹般地有个空间，一个男孩蜷缩着趴在课桌下面，李建设搬出课桌，露出了小男孩。

刘芳华高兴地叫起来："失踪的学生在这里！"

一个老师走过来，看见自己的学生后，惊喜地叫喊道："他就是我班失踪的李新民。"

"受伤没有？"

这时，那个孩子哇哇大哭起来："老师，我好害怕啊。"

男孩捏捏自己的手臂后，惊讶地说道："我还活着。"

大家听了这话，一齐围着那男孩欢呼起来，异口同声地高喊道："人救出来了，太好了啊。"

男孩被救上来后，马上被班主任和刚刚赶来的父母送往乡医院进行全面检查。刘芳华看到李建设的手臂在流血，赶快找块布为他包扎起来，她边包扎边问他感觉怎么样，他甩了几下手臂，笑着答道："没什么，只是刮了一下，你看，我不是好好的嘛。"

他们又挨在一起默默地说了一会儿话，她见他闷闷不乐，就安慰他："教室没有了，乡政府和学校领导会想办法的。"

他见她跟着担心，便苦笑着答道："是呀，办法总比困难多。"

看见这个失踪的学生被救出来了，乡党委书记赵闯伸了一下腰，舒了一口气，吩咐道："全体乡干部注意，现在吃饭去，吃了饭开会。"

大家在仅存的几间房子的屋檐下面，每人吃了两个馒头后，大雨也停了，全体乡干部就站在暴雨肆虐过的废墟上开大会。赵书记眼光扫视着大家，缓缓说道："学校的灾情大家亲眼所见，现在的问题就是重建校园，这笔钱，我会向上级部门去争取，但是，拨款是有一个过程的，远水解不了近渴，我提议，乡干部们先自发捐款，帮师生们共渡难关。"

赵书记的话音刚落，乡干部们纷纷从挎包中取出钱来，你几十，我一百，几乎掏空了身上所有的口袋。但大家来学校时都很匆忙，有的人根本就没有带钱，所以，只募捐到很少一部分钱。

乡长杨民清见状，提议道："大家下个月的工资奖金先缓发，先用来维持师生们的生活。"

乡干部们听到这话，傻眼了，大家你看看我，我望望你，沉默好一阵后，就七嘴八舌地讨论起来：

"一个月就那么点工资，计划着用的，全部捐了，难道我们不养家了？"

"捐款这种事情，得由民政部门牵头，我们乡政府是没有这个能力搞的。"

刘芳华见大家都不乐意捐一个月工资，就紧接着建议："大家工资确实都低，还要养家，我们还是发动社会捐款的好。"

大家听了这话，便转忧为喜，议论道：

"是的，可以发动那些有能力的人捐款。"

"只是说得容易做起来难，到哪里拉捐款去。"

杨民清更是忧心忡忡地叹道："社会捐款哪有那么好找啊，难哪。"

乡党委书记赵闯看着这个场面，点燃一支烟，猛吸了几口后，坚定地说道："拉捐款，有难度没有，说句良心话，确实有，但凡事都怕'认真'二字，只要下决心了，没有不成功的，我们直接去点对点地找钱，我舍面子去找乡里的几个厂子和比较富裕的经济大户，他们听了我那么多笑话，也得交点买票钱出来是吧，再向上级争取点，其他的就要看大家的能力了。"

听了赵书记这幽默的话语，大家紧绷着的神经逐渐松弛下来，都笑起来。

第十二章
组织捐款

　　乡党委书记赵闯看乡干部们参加救人后又在湿地上站了这么久，便宣布散会。

　　散会后，刘芳华便向一个爱好摄影的老师借来相机，当场拍下了一些废墟上的照片，又去县城照相馆守着，将这些照片一张张洗出来。

　　她给之前自己就读的中专和高中同学一个个写信，信中夹杂着这些照片，恳切地倡议同学们伸出援手。同时，公布了乡政府财政所的一个公共募捐账号，请他们将捐款打入这个账号里面。

　　之后，她几乎天天都在催促同学们，分布在五湖四海的同学，都收到了她发起的倡议书，继而掀起了捐助热潮，捐款不时打入她指定的账号中。但那些同学几乎都才参加工作，而那些没有考上大学的同学，自己做生意赚钱，也才刚刚起步，所以，即使每个同学都捐款，也没有多少。

　　一天，乡党委书记赵闯一脚跨进分管教育的副乡长办公室，焦虑地问道："乡中学那些孩子们现在安排在哪里上课？"

　　分管教育的副乡长恭敬地回答道："赵书记，你去县城开会后，为了不影响孩子们的功课，我与杨乡长商量，将那些学生统一安排进了乡政府电影院上课，电影院白天是上课教室，晚上才放电影。"

　　"师生食宿怎么搞的？"

　　副乡长眉头锁成了一条沟，不停地叹气："哎，县民政局拨的那点临时救济款，这么多师生要妥善安置，杯水车薪啊。"

"这我知道,我是问,我讨钱去的这几天,师生们吃的什么?"

副乡长将书记带到临时食堂,指着正在帮食堂切菜的一个小姑娘,愁眉苦脸地答道:"小刘及时搞来点捐款,给他们专门弄了个食堂,请了个临时煮饭的,每天的蔬菜,也都是在集市上新买的。捐款虽不多,但能撑几天,这几天过后,我还真想不出办法来了。"

书记也叹气道:"我这次去县城,会上会下,都是讨钱,有的推说自己单位本身都困难,有的答应帮助点,可是,都要等到年底,迟迟到不了账,真是急死个人啊。"

说完,他转过头来问刘芳华捐款是从哪里搞来的,她说是自己的同学们节衣缩食掏腰包捐助来的。

有一天,一个乡干部正在读报纸,猛然看见在省日报的最显眼处,记者刊登了高家坪乡中学的受灾照片,并附有刘芳华写给同学们的信,记者感慨道:"收到刘芳华同学情真意切的来信,看了这些受重灾的照片,内心无法平静,为了孩子们有一个遮风挡雨的教室,特此倡议:全省各有关单位和爱心人士向高家坪乡中学奉献出一片爱心。"

有了主流媒体的倡议,十元、二十元、五十元、一百元的捐款,一张张便像雪片似的飞来。乡政府成立了募捐资金领导小组,乡党委书记任组长,分管教育的副乡长任副组长。刘芳华为办公室主任,开展日常工作。

赵书记在全体乡干部大会上宣布了一件非常重要的事:"由于社会捐赠给乡财政用于重建校舍的资金是刘芳华拉来的,所以其管理权归刘芳华。只有经过她同意后才能动用这笔资金。但是,她必须记好两本账,一是收入,谁捐了多少;二是支出,钱用在哪了。每一笔都要记清楚,还要有正规发票,而这发票必须是用于帮助建校舍和与之有关的费用,并且要她经办、签字,然后由分管的副乡长签字,再由我把关。"

赵书记扫一眼参会人员,再严肃强调:"我平常爱讲个笑话给你们听,但要是谁把我刚才讲的当成笑话,那我宁可这个书记不当,也要把他变成个大笑话!都明白了没?"

刘芳华听了这话后,为了这笔资金的安全,便站起来说道:"既然领导信任我，要我管理这笔资金，那我就斗胆建议，我所记的这两本账都要公开。"

听她这么一说，会场上就有人嘀嘀咕咕起来："拿着鸡毛当令箭，她还当真了，毕竟是一个小姑娘啊，还嫩得很。"

见干部们颇有微词，赵书记没有丝毫犹豫，就同意了她的建议，但吩咐她要找好公开的合适场所。

说干就干，她及时给在省报社的那个同学写信，信中她说出了募捐资金来源和去向想在省日报公开一事，要同学帮忙。

没过多久，同学给她回话了，说社长非常支持这一正义之举。

于是，她将设在乡财政所的这个专用账户里面的数据，包括每个人捐多少，目前用去了多少，钱的去向、数目都一一进行了登记。然后，将这个明细账寄给省日报社的那个同学。

与此同时，乡政府请来在外地学厨归来的小李当驻扎在乡政府电影院师生的临时厨师。有一天，他手里拿着一摞发票，笑嘻嘻地与刘芳华搭讪："小刘，我俩年纪差不多，我是该叫你姐姐还是妹妹呀？"

"是吗？有什么事？"

"有点发票想请你签个经手人，这些钱都是给那些受灾老师和学生买东西用的。"

刘芳华瞟了一眼那些发票，直接拒绝了他："我这里的捐款都是用来帮助建校舍和与之有关的费用，不能报其他的，况且，我也没有亲自经办，对不住啊。"

那个人愤然离去。刘芳华为了省下点捐款，多办点实事，给师生买米，就找来板车自己拉；买学习用具时，统一购买后，请小四轮拖。而找这样的车是没有发票的，她就只能自己掏腰包付车费。

小李看到小四轮经常进临时学校，料定刘芳华没有发票，他拿定刘芳华不可能自己出钱付车费，觉得自己抓到了把柄，就将刘芳华告到了县纪委，举报她贪污募捐款。县纪委来人查了一整天的账，没有发现一处违规资金，查账人员反而告诉乡党委书记赵闯："恭喜你，赵书记，你乡出了个最清廉的干部，你选她管理捐助款，真是选对了人啊。"

经过这次波折，她更加细致地管理这些募捐来的钱。有一天下午，她正在查看资金账簿，赵书记兴奋地告诉她："小刘，有了你募捐来的这些钱，建校舍的费用基本上可以解决，县级有关单位领导天天看着省日报社公布的捐款数目，截至昨天晚上十点钟，已经有五十八万五千二百三十元了。今天上午，县教育局党组决定特事特办，从办公经费中挤出十万元，拨给我们乡中学，县财政局也决定尽量挤出资金向我们这里倾斜，这些钱，我们将全部用于建校舍。"

当天晚上，刘芳华在省日报社的那个同学给她打来电话，高兴地说道："芳华，你在我们报社详细公布的捐款去向引起了轰动。很多读者给我们报社写信，说所有的捐款去向都像这样透明就好了；省委宣传部、省教育厅等单位都在报上有针对性地发表了评论文章，说支持你的做法。"

有了钱，学校公开招标了本乡的一个建筑队，这个建筑队中的很多人，小孩就在这所中学读书。因而，他们保质保量，加班加点干活。乡财政所在经过刘芳华和分管领导同意、赵书记审核后，按照工程进度及时给建筑队拨了款，教室的主体工程很快完工了。到了春节后开学时，新教室启用了。教学楼的最显眼处，立了一块大大的石碑，密密麻麻记载着捐助者的姓名和捐款金额。

看着焕然一新的教学楼，赵书记和分管教育的副乡长脸上露出笑意；校长童海涛也眉头舒展；老师们拿着教案笑盈盈地走进新教室；那些坐在新教室上课的学生更加开心，他们洋溢着青春的笑脸，听起课来更加用心。刘芳华自然也很高兴。

在开学典礼上，为了庆祝新教学楼落成，分管教育的副乡长参加了大会，乡党委赵书记来了，县教育局局长来了，就连分管教育的副县长也来参加这个庆典了。在几位领导讲话后，刘芳华作为高家坪乡中学特邀代表也上台发了言，在她讲话后，台下爆发出热烈的掌声。

继而，学生代表当场宣读了一封感谢信，信中多次提到刘芳华和她众多同学的名字。会后，李建设缓缓走向她，热情地握住她的手，真诚而激动地说道："芳华，你看这些师生，没有一个不从内心里感激你的，真的太谢谢你了。"

她看着他，羞涩地抽回了自己的手，脸上满是红晕。

第十三章
首次任职

  通过各方努力，高家坪乡中学的校舍很快建起来了，师生们在崭新的教室里又开始上课了。全校师生个个喜气洋洋，校园里都在传颂刘芳华组织捐款的事迹。她征得领导同意，把剩余的一点捐款悉数交给了乡中学管理，要他们用于购买学习用品。和她交接的，正是担任学校团委书记的李建设，他激动地接过余下的钱，深情地望着刘芳华，再一次对她诚恳地说道："芳华，我代表全体师生，不会忘记你为学校所做的一切。"

  她看向他，眼里有说不出的柔情，诚恳地回答："没有什么，都是我应该做的。"

  办完这件事后，她又紧张地投入到收割晚稻的工作之中。

  晚稻收割时，村民们看着成片金黄色的稻田，犹如黄色画毯铺在山野间，手摸那沉甸甸的谷粒，像捧着颗颗黄金，人人抑制不住丰收的喜悦，个个见面便说：

  "小刘喊我们种杂交稻确实好，亩产八百斤可以说是板上钉钉，最起码现在我们吃饭不用愁了，杂交稻为咱们老百姓解决了后顾之忧啊。"

  "是呀，民以食为天，这是对子子孙孙都有好处的大事。"

  为此，乡政府办公室工作人员专门为她写了一篇报道，发在当地日报的头版头条，题目叫作《十八岁姑娘挑重担》。

  春节过后不久，全县召开经济工作会议。由于刘芳华在樟树岗村推广杂交水稻品种表现出色，之后又在其他村现身说法，使高家坪很多村种上了她推广的杂交水稻品种。而且，她在高家坪乡中学受灾重建过程中又表现突出，因此，受到了县人民政府表彰，县长亲自给她颁发了荣誉证书和奖金。

她从表彰会上一回来，赵书记马上找她谈话，要她担任乡团委书记一职，她喜出望外，含笑点头。过了几天，乡中学团委书记李建设来到她办公室，笑着告诉她："上次我们学校在灾后自救过程中，得到了你的大力支持，学校领导要我代表全体师生向你表示衷心感谢。"

她谦虚地回答："没有什么，我只是做了自己应该做的事而已，不值一提，倒是苦了你们全校师生。"

"芳华，说到这里，我也感慨很多，在重建校舍过程中，我校确实有很多师生表现突出，这次，我们想从那些表现好的学生中间发展一批共青团员，特地邀请你，给新加入的共青团员讲几句话，你看如何？"

"好呀。"

她应邀参加乡中学入团宣誓大会，来乡中学时，是李建设用自行车接她的，他让她整个身子先坐稳后，才跨上自行车前面的横杠，一路小心骑着车子去学校，下车时，很多师生好奇地盯着他们。

会上，她的讲话赢得了新团员们一阵又一阵热烈的掌声。

她讲完话后，因为急着去村里，李建设又用自行车送她，他照例让她先坐上去后，才跨上自行车前面的横杠，载着她向村里奔去。一路上，他们有说有笑地聊着之前在高中一起学习时的人和事，不禁感慨岁月流逝。

因为当时很多村里都征订了当地日报，很多人看到报纸后，发现了她的事迹和她的名字，就到处传播。这样一传十，十传百，不仅她所在的高家坪乡很多人知道她，她的事迹还在小县城传播开了。人们在茶余饭后津津乐道：

"听说高家坪乡有个参加工作没有多久的小姑娘出名了，你知道不？"

"怎么不知道，她的事迹上了报纸头版头条，听说县长都给她颁过奖，很了不起呢。"

"具体是搞什么工作的？"

"一个乡干部，推广杂交水稻成功了，为当地老百姓解决了吃饭问题；她所在的乡中学受灾后，她还给学校组织捐款、在省报公布捐款去向，很多人受到感染，纷纷捐款捐物，使这个乡中学的全体师生很快搬进新校舍，师生们对她感激不尽，这次刚刚提了乡团委书记。"

刘芳华得到重用后，干劲更大了。她冥思苦想，觉得农民要增产，光有好品种还不行，还要有新技术。但用什么新技术好呢？她在思考。

有一天晚上，她翻阅报纸，从一份国家科技报上看到发达地区在实行双（双株寄插）、两（两段育秧）、大（大蔸原蔸移栽）水稻种植技术。

她一看日历，快到育秧季节了，时间不等人哪，思考一阵后，就想将自己的想法及时向乡党委书记汇报。第二天去汇报时，书记不在家，她看时间紧急，就将自己的想法向乡长杨民清说了，杨乡长笑着告诉她："小刘，对于乡政府来说，这可是新鲜事，还是等赵书记回来再说吧。"

赵书记回来后，她将自己准备推广新技术的想法说给赵书记听，赵书记听完，没有当场表态。吃过早饭，他好像想起来什么，就拉着刘芳华一起进城，去找分管农业的张功成副县长，两人来到副县长办公室，赵书记向张副县长介绍完刘芳华后，就问起昨天会上办试点的具体要求来。

刘芳华听得明明白白，张功成副县长昨天曾经在大会上吹了风："有愿意推广'双两大'试验的乡镇，县政府可以拿出一点钱来进行奖励。"

从张县长与赵书记的对话中，她知道了具体要求，趁张县长接电话的间隙，她轻声告诉赵书记："这事靠谱。"

关于这事怎么搞，赵书记之前曾经在乡政府听了她的详细介绍，现在，又在领导这里得到确认，就当场答应下来。

回来后，赵书记就召开班子成员会，一是统一思想，二是进行具体分工。虽然有的副职对这事不太乐意，但既然书记已经在领导那里答应了，也不好反驳，况且还有奖励，对缺钱的乡政府而言，也是不小的诱惑。

在对乡干部进行包村分工时，考虑到刘芳华在樟树岗村差不多工作一年，有群众基础，就将她分配到樟树岗村进行推广。她熟悉农业技术，轻车熟路，工作搞得热火朝天。

关于这项工作，有一次，她在乡政府每个星期的例行碰头会上，听见赵书记对全体乡干部说道："为了办好这个全县的试点，得到奖金，上级要求我们要在全乡所有的坪区村铺开,通过刘芳华的努力,赢得了群众信任,樟树岗村从最弱的村如今变成了推广最快的村,倒是基础好的牛角湾村成了老大难。"

几个干部面面相觑:"怎么回事?"

赵书记缓缓道来:"老书记年纪太大了,他很清楚,明年换届时可能要退下来了,想着退之前将刚刚当兵复员回来的儿子安排到乡政府工作,但他儿子只是一个初中毕业生啊。我已经明确告诉他行不通,所以他从今年起,就很抵触乡政府干部。哎,不知道安排谁去合适啊。"

刘芳华听到这句话后,主动请缨去牛角湾村推广新技术。赵书记定睛看着她,觉得她不像开玩笑,就笑着告诫她:"芳华,你现在管着樟树岗村,你又不是孙猴子,可以拔根汗毛再变一个刘芳华出来去牛角湾村啊。"

听了这话,其他干部都大笑起来,刘芳华也抿嘴笑笑,然后诚恳地回答:"樟树岗村已经走上正轨了,我只要个把星期去看看就够了,反正我现在一个人吃饱全家不饿,周末我也没什么事做,抽时间去盯着就可以了。"

赵书记挥动着那双大手,再次明确告诉她:"你的热情很高,但千万不要勉强啊,那个村的书记不太支持乡政府工作。"

其他几个班子成员不知道怎么劝说她,就默默不说话。她环视了一下屋子里面的所有人,态度坚决地答道:"请各位领导、同事们放心,我会处理好的。"

第十四章
取得信任

　　刘芳华下到牛角湾村第一站，就是去村委会。她找了好半天，才问到村委会的地址，原来是三间砖木结构的房子，上面盖着小青瓦，与当时一般农户的房子简直没有什么区别，只是院子前面的一个大铁门宣示着它的权威。

　　她在大铁门外面敲了好一阵，一个穿着朴素、吊着两根长辫子的中年妇女出来给她开了门，她抬眼一看，是村妇女主任。两人走了一段路才到正屋，进去后，她看见几个村干部坐在屋里，王有明书记看也没看她们一眼，而是继续旁若无人地发着牢骚："刘芳华也就是一个中专毕业生，凭什么就可以在乡政府当团委书记？我儿子还当过兵，为什么就不行？"

　　她装作没听见这话一样，谦虚地喊一声"王书记"，他爱理不理的。她见是这种情况，犹豫了一会儿，还是硬着头皮单刀直入地说道："我到你们村推广'双两大'来了。"

　　王书记看她一眼，面无表情地答道："知道。"

　　其他村干部见状，没有一个人敢出声。她要王书记带头搞试验，他阴阳怪气地笑笑。要他召开组长会，他苦着脸说开不起来。刘芳华还想做最后努力，主动来到王书记身边，试图再争取他，但他只是摇头，她只好作罢。

　　看着王书记油盐不进的样子，以及村干部们偷笑的反应，刘芳华觉得自己在这里很多余，但一时间又没有什么好办法，只能先起身告辞。

　　她离开会场时，无意识地向大门口一望，才发现这个堂屋可以清楚地看到门外走来的人。此时，她才恍然大悟，原来王书记之前的那些牢骚话，是故意说给自己听的。

过了几天，全乡就这项新技术的推广召开了村支书参加的推进会，牛角湾村的王书记刚到乡政府大门外，就看到骑着自行车的樟树岗村田书记。乡政府的人都知道，他们俩以前当兵就是一个锅里刨饭吃的，复员回来后，又是多年的老酒友，王书记沉闷的脸立即舒展开来，笑嘻嘻地打招呼："老伙计，来得早哇。"

田书记拍着王书记的肩膀，回敬道："你也不迟啊，真羡慕你们，刘芳华这个推广能手去了你们村。"

听了这话，王书记一愣，但田书记没有注意到老伙计这个细微的表情变化，他们没有说上几句话，就到了会场。哪里知道，王书记一走进会场，马上变了脸色，气呼呼地第一个发言："乡政府也太不把我们村当回事了，我们村推广任务最重，乡政府那么多班子成员，竟然给我们村派一个毕业不久的中专生来，凭什么？"

乡里的赵书记见状，马上接过话："各位书记，刘芳华小小年纪，在樟树岗村推广新技术搞得很顺利，前不久又主动请缨去牛角湾村，大家想一想，为了什么？我们应不应该支持她？"

樟树岗村的田书记受到感染，也争着发言："赵书记说得没错，去年小刘来我们村时，我因为以前种黄花搞怕了，没有支持她。她几乎是孤军奋战，自己租田搞试验，硬是将杂交水稻推广开了，我很佩服她，还觉得有点对不住她。今年我们配合得很好，没有想到她又去了别的村，我们全村人都舍不得她。"

王有明看赵书记和田书记都反驳自己，表扬刘芳华，便恼羞成怒，但这里是会场，又不便发作，只好闷声坐下，整场会他都不再说一句话。

休会时，田书记走到王书记跟前，拍拍他的肩膀："老王，从小刘去你村到开这个会，我俩还未见面，也来不及好好沟通，你不要小看年轻人，不信你慢慢去体会。"

王书记倔强地说道："我听你忽悠，她有这么好？你糊弄鬼去吧。"

田书记一拳轻轻地打在他肩窝上："咱俩谁跟谁，我怎么可能忽悠你？"

开会回来后，王书记虽然对刘芳华还是老样子，但因为赵书记和田书记的话，他还是忍不住开始观察她的一举一动。由于她的勤奋，对她有了一点点好感，但工作还是纹丝未动。

有一天，刘芳华刚刚从自己的住户村妇女主任那丘田走上岸去乡政府，王书记披着军大衣，背着双手，踱着方步，表情严肃地来到这里，在田间没有看到刘芳华，就问她的住户村妇女主任："刘芳华去了哪里？"

正在田间忙碌的村妇女主任，将吊在胸前快贴着稻田水的一根长辫子用手往后一甩，抬头一看，笑眯眯地回答道："是王书记啊，乡里来人喊小刘回去，她刚刚回乡政府了。"

王书记鼻子一歪，不屑地哼哼："年轻人就是年轻人，在村里待不下去了吧？"

妇女主任头摇得像拨浪鼓，嘴角一歪，气鼓鼓地大声告诉王书记："我的老书记哎，你没有调查就没有发言权，不要戴着有色眼镜看人，乡政府来人喊她回去，说是省里来的记者回访乡中学受灾和重建校舍的事情，不回去怎么办？真是的。"

王书记的老脸抽了一抽，也不再说什么，扭头就回去了。

妇女主任所说的"省里来的记者"，其实就是刘芳华的那个同学，她说服了报社主编一起来高家坪乡中学，就重建校舍一事进行回访，在采访学校后，再来看望她。

主编知道她就是那个管理捐助款的人，很感兴趣，就将镜头对准了她："你怎么会想到将捐助款的去向在省报上公开的？"

她腼腆地答道："我只是觉得人家节衣缩食捐来的钱要用得明明白白。"

主编高兴地点头："要用得明明白白，说得好极了。"

"我听说你已经把这部分工作交回给了学校，那么，你接下来的工作重点是什么？"

她回答道："我近段时间在牛角湾村推广'双两大'新技术。"

"有什么困难吗？"

"没有，牛角湾村的干部都很支持我的工作，特别是我们的王书记，事事带头。村妇女主任也像亲姐姐一样在生活上关心我。"

她那个同学回去后，发了一篇在高家坪的采访实录，高家坪的很多人都看到了这篇文章。特别爱面子的王书记看自己的名字也上了省报，对刘芳华的态度有了一些转变。

想要彻底取得王书记的信任，那就要解决老书记心里记挂的事，但自己一个小小乡干部，有什么能耐解决他儿子的工作呢？她百思不得其解。

有一天，她回乡政府汇报工作，但赵书记办公室有其他干部在说事，于是，她去了张主任的办公室。张贵平也在忙碌，随口招呼了她一声，就让她先坐着，她给自己倒了杯水，又随手拿起一张市里办的报纸看。看完了新闻和娱乐板块，刘芳华抬眼看看，书记的办公室外面，还站着那么多人，于是她又继续翻到广告页，说的是县里新引来的外资工厂已经建好，正在高薪招聘各类人才。她眼前一亮，跟张主任说了一声，就把报纸收了起来。

轮到她的时候，她走进赵书记的办公室，还没开始汇报，先拿出报纸，问赵书记这事是否真的。赵书记轻描淡写地回答："我也听说这个事了，不过我们县里和他们协商的，是退伍军人优先，我们乡退伍军人不是很多，所以也不适合大张旗鼓地宣传，只能个别征求一下意见。"

于是，她将这一消息告知了高家坪乡的各村书记，要他们将适宜的对象通知到位。很多村书记听到消息后，不以为然。有个别年轻点儿的书记说找人问问。其他村通知到位后，她骑着自行车心急火燎地赶到王书记家，将外资企业招工的消息说与王书记听，要他通知牛角湾村的合适人选。

因为之前在省报上提到了自己的名字，王书记也愿意给刘芳华这个面子，忙不迭地出门去用高音喇叭通知适合招工的村民。走时，嘱咐了儿子一句："给刘姐沏茶喝。"

王书记的儿子给她倒茶的时候，刘芳华便想起了以前听说的"王书记为了给自己儿子找工作而与乡政府领导不和"的事情来，于是主动问道："听说你是退伍军人，有证吗？"

"有，有退伍证。"王书记的儿子回答得很干脆。她就把这事说给书记的儿子听，他一听，惊喜地问道："一个月真有那么多钱？"她点头肯定。

刘芳华告诉他:"赵书记也知道这个事情的。"一说这事,书记的儿子便揣着身份证和退伍证去报名了。他走后,王书记播完通知回到家里,知道了这个事,气得脸色铁青,顺手将一个板凳摔出去老远,气呼呼地说道:"孽子,等他回来,老子要打断他的腿。"刘芳华劝解起王书记来:"王书记,现在这个新时代,三百六十行,行行出状元,你儿子有退伍证,比其他人有优势,一定可以考上的。招工后,工资高,待遇好,工厂还给员工买三险一金,确实很不错了。"

但王书记哪里肯听,第二天,刘芳华便听妇女主任说,王书记把儿子揍了一顿,还把儿子的房门锁上了。

刘芳华来到王书记家时,听见书记儿子在房间里面大喊大闹。

她再次劝王书记:"老书记,你应该感到高兴,你儿子没有学那些社会混混在外面惹事,走的是正道,招工确实是好事,比闲在家里强一百倍,也解决了你的后顾之忧。"

快到工厂考试时间了,王书记的儿子很着急,就在房间里面摔摔打打,王书记冷眼旁观,始终不予理睬,儿子只好无奈地躺在床上蒙头睡觉。

刘芳华再次去找王书记,这时,王书记在吧嗒吧嗒地抽烟,眼皮往下耷拉着,也不跟她说话,她见状,搬起板凳挨着王书记坐下,继续好言劝说,王书记看她这样坚持,就磕了几下烟袋后,苦笑着点点头。

王书记的儿子听说后,马上翻身下床,书记严厉地望了儿子一眼后,大声告诉他:

"给老子争口气。"儿子边点头边哼着歌出了门。

经过层层筛选,书记儿子高大威武的形象和友善待人的品行,赢得了人事主管的认可,如愿当上了外资企业的保安队长,工资比工人们还要高一截。应聘成功之后,儿子回来拿换洗衣服,逢人便笑嘻嘻的,高兴得合不拢嘴。王书记五味杂陈,见儿子这样高兴,便对儿子说道:"要干活就好好干,不要给老子丢脸。"

以后,再看到刘芳华,王书记也不好意思摆脸子了。

第十五章
新法育苗

解决了王书记的后顾之忧，得到了老书记的支持，她的干劲更大了，将新技术的要领手写在每张小纸条上，要组长发放给村民看。她每天深入田间地头，只要一逮着机会，就现场向农户逐一介绍："这个技术分两个步骤，在育秧苗时，前期是在干土中培育，待长出小芽后，才移入准备好的秧田中，在插秧时，要注意密度，要求大蔸大行，不能太密。"

对于不识字的老农，她将每个步骤都形象地画在白纸上，给他们逐步讲解。

尽管她说得口干舌燥，但那些人一听她说要分两个阶段育秧时，竟然拍着手，笑得捂着肚子，哎哟哎哟直叫疼："太好笑了。我们历来都是在水田中撒种，哪有在干土中育苗的道理。大蔸大行，插两株秧苗，那么稀，怎么长得出稻谷？"

她看这样不行，就请来同行业的专家，办培训班给农户讲解技术要领。

哪知道，那些人听后，还是耻笑她："小刘，说句你不愿意听的话，不要认为请来了有点名气的所谓专家后，就觉得可以糊弄过去，我们泥腿子只认实实在在的东西，那些看不见摸不着的所谓新技术还是少来的好。"

她只好采取老办法，那就是用事实说话，她要村支书王有明带头搞试验，王书记爽快地答应了。她指导王书记找来细土，均匀地铺在阶檐上，在他浸种催芽后，再往细土上洒少量水和肥料，然后种在细土上。她和书记天天仔细观察，一天中午，王书记的媳妇欣喜地叫道："小芽拱出土了。"

王书记看见小芽，也很惊喜，高声叫起来："小刘，看来我们试验的第一步成功了。"

屋外大雨滂沱，王书记的阶檐上，也有零星的雨点不时洒落其间。黄中带黑，松软的泥土上面，冒出的白色牙尖，像用剪刀在稻粒中间剪出的小口子。白色的主根上，依稀可见粉红的茸毛，没几天就变成了细叶。

稻种出芽后，她和书记每天更加精心地侍弄这些嫩芽。这时，很多农户还在用传统方法育秧苗，浸种催芽后直接撒在秧田中间。

没想到的是，那一年是倒春寒。那些农户才撒进稻田还没有扎根的种子全部冻死了，他们只好再次买种子，再撒种。而此时，刘芳华在书记阶檐上的稻芽，却在雨水的浇灌之下，显得更为娇媚，水珠在叶子上流动，鲜艳欲滴。

有了对比，有少数农户开始相信这项技术，但大部分农户还是再次买种直接撒在秧田中。她见苦口婆心劝说没有用，就及时召开村支两委及组长会议，就当前的农时与推广"双两大"问题进行讨论。

她及时提醒大家："如果继续任由农户传统种植，不仅耽误农时，还与上级精神不符。"

鉴于这种情况，她提出建议："愿意用这项技术种植的，由村里统一垫付资金，购买种子，然后一家一户进行现场指导。"

那些村组干部听了她这个建议，急吼吼问她："村里没有钱，怎么办？"

她瞟了一眼那些村干部，叹了一口气，缓缓答道："哎，我在樟树岗村的时候，就这样干过，现在我也可以拿出全部积蓄垫付，在农户早稻收割后再收回垫付的钱。但我个人毕竟能力有限，所以只能先垫一少部分人的种子钱。"

王书记看她拿出了钱，就号召那些村组干部："大家都清楚，小刘的老家在白壁岩村，条件比我们这里差多了，一个农家子弟，家境肯定好不到哪里去，她为了我们村能推广新技术，竟然拿出了自己的所有家当，我们作为主人翁，都要尽自己的一份力。"

王书记话一说完，就回家拿钱去了，见老书记带了头，她的住户村妇女主任也回家取钱去了。那些村组干部见主要领导带了头，也都纷纷拿出了钱。

她利用一切机会召开群众会，见缝插针地继续讲解这种种植技术的好处。当有的农户听说是村里出钱买稻种时，就有点动心。她趁热打铁，马上对有意向的人员进行登记。之后，又去各家各户，手把手地教他们怎么培土，怎么育苗。

秧芽拱出土后，长势喜人，不久就移入秧田了，看着这些稻芽，那些搞试验的农户就忍不住笑，移入秧田后，比同时期的大宗秧苗长得粗壮，还可以早些天插秧，他们自然欢天喜地。

这时，那些不听号召没有搞这项技术的农户开始坐不住了，很多人开始后悔没有听她的话。更有甚者，还找村干部和她的麻烦。村里唐家垭组新出一霸，名叫唐新贵，在外面赌博输惨了，被人追债，才躲回老家，哪里将种田当一回事，根本不配合这项工作。但是，眼看老父亲传统育苗法培育出来的秧苗比别人家矮一大截时，又很不服气。思来想去，他便将刘芳华告到乡长那里，说她鼓动村里面出钱买稻种，分配不公，优亲厚友。

某一天傍晚，她忙完工作后，刚刚回到乡政府，乡长杨民清找到她，绕山绕水与她谈话："小刘，你工作确实辛苦，但也要注意工作方法。"

"村里面对我有什么不良反映吗？"

乡长皱皱眉，就唐新贵反映的情况，问她是怎么一回事，她一五一十地向领导说明缘由，乡长听后没有任何反应，思考一阵后，对她点点头："好，我知道了，你继续加油干，有什么困难随时向我报告。"

她鸡啄米一样不停地点头。唐新贵看告黑状根本行不通，就干脆在村里面吵，要求给自己父亲补种子钱。她继续对他宣传政策，唐新贵竟然鼓着圆圆的眼睛威胁她："你知道我这几年在外面干什么吗？黑帮老大我都敢与他叫板，何况你一个小姑娘，你自己小心点。"

她不卑不亢地跟他解释："这是乡村干部给新法种植的农户垫付的种子钱，待早稻收割后要收回来的，并不是无偿给那些搞试验的人。至于你说的要我当心点，我觉得自己没有什么好担心的，毕竟我是一名党员。"

那人还说了很多过头的话，她懒得理睬这些，继续搞她的试验。

第十六章
牵绳插秧

刘芳华在牛角湾村按照两段育秧技术培育的秧苗，一阵风似的长大，马上就要移栽到大田里去了。她在村书记王有明的支持下，发动村民牵绳子插秧，具体做法就是按照稻田的固定方向，分成若干行，每行规定相应的距离，进行分行插秧。在群众会上，她反复讲解：

"传统方法插秧，疏密不均匀，秧苗多的多，少的少；而牵绳子分行插秧，每行插多少秧苗基本固定，这样就可以保证基本苗，为高产打下物质基础。"

很多农户都不理解她的说法，那些人叽叽喳喳反驳道："我们用多年的老办法插秧已经习惯了，牵什么绳子啊。"

说到传统插秧，有的人眉飞色舞："小刘，你可能不知道，我们农民将每年的插秧节看得多么重要啊，我干脆告诉你吧，那是比过端午节还要隆重的事。"

有人接过话头，继续说道："是呀，我们会相互调工，一家家地插秧，在劳动时，我们会自动围成圈，暗暗较劲，将手脚慢的人围在里面，俗称'关猪儿'。谁要被围在了里面，就会很长时间被其他人当成笑料。"

"在一丘田的秧苗快插完时，我们还会相互糊泥巴，谁糊的泥巴越多，打的粮食就越多，多带劲啊，如果牵了绳子，就只能规规矩矩地插秧了，有什么趣味可言。"

她看再说也是徒劳，就准备说服村书记带头，王书记虽然有点不乐意，但经不住她的软磨硬泡。况且，他看她一门心思为这个村做事，再说，她还间接地为自己的儿子解决了工作问题，不带头终究说不过去。

刘芳华是在村书记家做的育秧试验，他的秧苗比其他村民都早些成熟，当然是最早插秧的。

开秧门那天，王书记喊来几个人帮忙，他按照刘芳华的要求，从箩筐中扯出两根棕绳子接住，与媳妇两人各自按照所规定的距离，站在田坎上，拉直棕绳子。

刘芳华跳下田，手拿一把粗壮的秧苗，进行插秧示范：她低着头，在绳子旁边按照规定间距，每株两蔸，将秧苗原蔸移栽在大田中间。

一行秧苗插完，她爬上田坎，在书记这边取好距离后，再去书记媳妇那边取好间距，叫他们两个人将绳子拉直，又跳下田插秧，并且与自己之前插的那一行对齐。

她做了示范后，其他人也照着这么办。这样一来，一丘田插完，间距都差不多，远远看去，一行行很标准，每亩多少秧苗都能大体计算出来。

看见老书记这样牵绳子插秧，很多农户都觉得稀奇，放下手中正在做的农活，赶来围观，议论个不停：

"每蔸插两株，这秧苗怎么可能再发？将来等着喝西北风吧。"

"人家自然会有办法的，还轮得到你来操闲心。"

"插个秧还那么讲究，以为是绣花呢？到收割时，看那个小姑娘怎么收场。"

那些低头插秧的老农，听见这些议论后，受到感染，实在憋不住了，就开始笑话她和王书记：

"真是的，插个秧还牵什么绳子，这样中规中矩，没有一点味道。"

"是呀，不能插转转秧，更不能糊泥巴，确实枯燥得很。"

"这是搞科学，又不是娱乐，大家忍着点。"

老书记带了头，有少部分人也有点动心。对愿意牵绳插秧，而缺乏劳动力的，她准备组织人力帮忙插秧。恰在这时，乡政府通知她晚上回去开乡干部会。

在这个大会上，只见赵书记一改往日谈笑风生的做派，痛心疾首地说道："安排你们下去工作时，我多次强调要注意工作方法，参加会议的没有外人，我们自己摸着良心问一问，到底做得对不对？"

干部们默不作声。她还不清楚是怎么一回事，就轻声问坐在旁边新来的一个叫周春燕的年轻女干部，周春燕用手指着远处坐在角落里的一个脸上缠着纱布的人，捂着半边嘴巴，对她耳语道：

"李新强副乡长在村里面要求一个农户插秧牵绳子，别人不听，他就反复讲道理，嘴巴都讲起泡了，还是没有人听他的，他们照常插转转秧。没有想到他亲弟弟，就是那个缠纱布的人，刚好从那个农户田边路过，实在看不过去，就跳下田，将农户正在插的秧苗全部踩坏了。"

"后来怎么样了？"她急切地问道。

"那个老乡一看傻眼了，便在水田中与他弟弟打了起来，双方脸上打得都是血。听说两个人都住到乡卫生院去了。"

"有这样的事？"

"李师傅这次为了帮助哥哥完成推广任务，初衷是好的，但方法不对，在群众中造成了恶劣影响，我建议，李师傅当面去向那个农户道歉，并补偿人家的损失。"赵书记气愤地说道。

他又瞟了一眼李新强，余怒未消地说道：

"李新强作为副乡长，没有教育好自己的弟弟，也要一并承担责任。"

那个缠着纱布的人嘴里嘟囔着什么，她没有听清楚。只见赵书记扫了一眼众人，继续说道："我再次强调，今后各位在推广新技术的过程中，一定要注意工作方法，不要再犯这样的错误。"

高家坪乡政府李新强副乡长和作为乡政府临时工的亲弟弟，强行要求农户牵绳子插秧，在乡干部会上受到了严厉批评，并给农户道了歉，还赔偿了农户损失。这个消息不胫而走，很快，很多村都知道了这件事，牛角湾村也不例外。

当刘芳华回到村里宣传牵绳子插秧时，群众的抵触情绪就更大了。他们当面讥讽她：

"小姑娘，悠着点，别到时候犯了错误还蒙在鼓里。"

"是呀，年纪轻轻的，受个处分不值啊。"

她面对这个现实，只好从村组干部入手，一次又一次上门，苦口婆心地去给他们做思想工作，要他们带个好头。村组干部被她细致的工作作风感染，逐个行动起来。之后，又带动了周边少部分农户。

但大部分农户还是继续用老办法插秧，他们插秧时你追我赶，热闹非凡。当她路过时，他们对她挤眉弄眼，挑衅似的一唱一和：

"小刘，你看，我们多带劲啊，哪像那些村组干部插秧，死气沉沉的。"

"快看，大宝马上就要被围住了，加油啊。"

她叹口气，无可奈何地回应："我为你们着想，讲得口干舌燥，你们怎么就听不进去呢，以后搞试验的人有了好收成，你们不要后悔啊。"

又过了一段时间，牵绳子插秧的农田，基本秧苗充足，生长旺盛，露出来的空处，刚刚够阳光洒进来，施肥、打药都特别方便；而那些传统方法插的秧，间距不规范，有的地方秧苗密密麻麻，有的稀稀疏疏。

太密的地方，阳光照射不到秧苗根部，施肥、打药都要踩着秧苗。而且，那些太密的秧苗根部还易发生病变；太稀疏的地方，秧苗基本达不到标准。

看到这个情况，有少部分农户开始后悔没有听她的话，他们小声议论：

"你还别说，那些按照小刘指挥插的秧苗，不光好看，而且长得好快啊。"

"是呀，可惜当初没有听她的话。"

很快，收割季节到了。王书记喊来几个人帮忙，那些人走到老书记的稻田边，看着每株稻穗挂满谷粒，被压弯了腰，非常羡慕："老书记今年丰收了，恭喜啊。"

王书记咧开嘴巴，笑嘻嘻地回应："是呀，多亏了刘芳华那个小丫头，看来，我们要响应政府号召，才有搞头。"

那些农户边收割边对她赞不绝口：

"这个姑娘人小鬼大，有两把刷子的。"

"是呀，我当时要按她讲的种植方法搞就好了啊，哎，现在只有后悔的份儿。"

"要是这个姑娘长期帮扶我们村就好了。"

这样以点带面，毫无疑问，刘芳华在高家坪乡推广"双两大"种植技术成功了，也为全县做出了样板，县政府在年终总结大会上，给予高家坪乡很高评价。赵书记得到了荣誉，欢喜得不得了，在乡政府食堂门口的说笑声音更大了，同事们也个个开心满怀。

第十七章
田间卫士

刘芳华推广"双两大"育秧苗新技术成功了,高家坪乡牛角湾村的很多老百姓对她心服口服。等到种植晚稻时都自觉地通过"双两大"育秧苗,牵绳子插秧。

正当她在牛角湾村干劲十足时,没想到的是,那一年,高家坪乡因为夏天持续大雨,入秋后,又遇到高温天气,对晚稻危害很大,她带着同样从农校毕业,才分配来高家坪乡政府的新人周春燕,天天去牛角湾村里,帮助农户诊断病虫危害程度,以便于他们对症下药。

而当时的李家河村,晚稻种植面积很大,由于大部分人种的是常规品种,而且又采取传统方法栽培,相对于其他村,当然受灾也最严重。这时,很多农户人心惶惶,不知道该怎么办,都纷纷跑来找村支书李冬青:

"李书记,我们从来没有遭遇过这么严重的病虫害,怎么办啊?"

"我早稻没有收多少,全家可就指望着这点晚稻谷子的啊。"

"那时,要你们种杂交稻,你们不听;要你们新法插秧,你们也当作耳旁风,现在知道病虫厉害了。唉,我去乡政府找领导去。"

李书记急急忙忙跑到乡政府,见到杨民清后,急得话都说不完整:"杨……杨乡长,我……我村遭灾了。"

"什么?"

"遭了病虫灾害。"

杨乡长听明白后,就近找人,一看,几个懂点农业技术的人员都扑到村里去了。李书记怯怯地给乡长建议："杨乡长，你不用找人了，我就想要小刘到我们村去。"

"你倒是想得美，小刘已经去牛角湾村了。"

"麻烦乡长带我去找她，我只相信她。"

杨民清思考了一阵后，从乡政府食堂推出一辆自行车，让李书记坐在后面，一路飞奔到牛角湾村，去找刘芳华。过了一会儿，李冬青隔老远就在一丘稻田中看见了她，激动地大叫起来："乡长，赶快放我下来，刘芳华在那丘稻田里面。"

站在田坎上的王有明书记看见乡长和邻村的李书记后，开起了他们的玩笑来："乡长带着人给我村传经送宝来了？"

杨民清一眼望去，田坎上的周春燕身穿一袭白裙，脚蹬高跟鞋，哼着歌儿走来走去。而在一丘青幽幽的稻田中，一个小姑娘裤腿高高挽起，麻利地用手分开稻株，数着数，又从裤袋中掏出纸和笔，迅速地计算。然后将写好字的小纸条递给周春燕，叫周春燕挂在田坎边的稻株上。

"乡长，你带我办事来的啊。"

李冬青的一声提醒，乡长才回过神来，转而对王有明说道："王书记，情况紧急，向你借一个人给李家河村。"

"只要不是小刘，任何人都可以。"

"就是要借刘芳华。"

"乡政府那么多人，为什么要拆我的台？我这里晚稻种植面积很大啊。"

李书记马上给王书记点燃一支烟，恳求道："老兄，你看你们村的稻苗青枝绿叶的，而我村的稻株都快被虫啃光了，稻叶也枯萎了，帮帮我，要不然，我村很多农户到时候就要断粮了啊。"

李书记望一眼周春燕，继续对王有明说道："况且，你村还有小周在这里把关。"

王有明笑笑："那把小周借给你如何？"

当两个村书记正在纠缠时，杨民清大声喊道："刘芳华，快上来，找你有急事。"

她噔噔噔地跨上田坎，李书记像看见救星一样，抓住她的手："小刘，快救救我们李家河村的农民啊。"

她疑惑地看着眼前这几个人，乡长杨民清见她不知所措的样子，就对她吩咐道："小刘，你指导的牛角湾村稻田确实不错，一派丰收景象。可是，李家河村就不同了，那些稻株快被病虫祸害完了，赶紧救李家河村去吧。"

杨乡长看看周春燕，对王书记说道："这个村就交给小周了。"

刘芳华见王书记搓着手，头一直摇个不停。周春燕看着王书记无可奈何的样子，心里触动很大，都是学农的，为啥在村书记眼里，差别就这么大。可能还是自己对待工作、农民的态度有问题。当刘芳华向周春燕交代这个村的现状及注意事项时，周春燕不停点头，目送着刘芳华随乡长、李冬青去了李家河村。

几个人来到李家河村时，正当夕阳西下，天际的火烧云慢慢沉下去，天色渐渐暗淡下来。虽然有细微的风刮过来，但吹在人脸上是燥热的。

大片稻田土壤肥沃，田里有水。但稻子却被害虫吃得七零八碎。很多生病的稻田中，有的稻株呈灰白色、叶片枯萎，像水煮过一样；有的稻株呈褐色，叶片有不规则病斑，像火烧过一样。

农民们苦着脸，束手无策地站在田坎上，唉声叹气。

刘芳华看到这样的光景，心里特别难受。那些人见到村书记带着她和乡长过来后，略微抬一下头，目光散乱地扫了他们一下。

她来不及多想，便争分夺秒地与病虫害赛跑。不管刮风下雨，进驻李家河村的她，白天下田取样分析，晚上召开群众会进行宣讲，每天忙得团团转。

李冬青书记看她每天挽起裤腿下田，心里很感动，主动带头按照她所开的处方打药。她为了更直观地讲解技术要领，就将村组干部带到李书记位于杨家湾里的那丘稻田，让他们观摩村书记怎么用药。

她双脚踩在稻田中，当着那些村组干部的面掰开稻株仔细观看，然后，手拿一片稻叶很直观地对他们说道："这丘田稻叶像火烧了一样，得的是稻瘟病。"

"怎么办？"

"马上按照病情程度开处方。"

她边说边将裤腿挽得更高，在稻田中分五个点，取了五个样，然后计算出数值，对照数据及时开出用药的处方：打什么药，兑多少水，一一写清楚后，让那些人看，李书记马上将纸条装入自己的口袋中。

从稻田中走上岸后，李书记拿着处方，马上就近买来农药，回家背起药桶，将药均匀地打入到稻田中。

在李书记施药时，她又下到书记旁边的稻田，同样是五点取样，算出数据后，将打什么药、兑多少水写在小纸条上，然后将小纸条挂在干树枝条上，再插入稻田中间。

几天后，李书记稻田的稻瘟病有了缓解，有了样板，就有更多农户来找她诊断病虫害。

她随着一个农户去簸箕峪里的稻田，跳下田，分开稻株查看，直观地捎给那个农户：

"这丘田的稻株像水煮了一样，得的是纹枯病。"

她下田取样后，按照病情程度为这个农户开出处方。

在她一心一意为村民减轻稻田病虫害时，还是遇到了麻烦。一天傍晚，刘芳华待这个村的病虫害稍许缓解后，就返回乡政府准备好好洗个澡，她刚刚从村里回到乡政府，还没来得及吃一口热饭，就被乡长叫到办公室，问道："你到底是怎么搞的，又有人投诉来了，说按照你开的处方打了药，没有任何效果。"

她问清楚来龙去脉后，骑上自行车，立马飞奔到李家河村，找到了那个农户，原来那人叫李大友。

她来到李大友家后，看到三间砖木结构的房子，阴暗潮湿。堂屋中，没有任何装饰的火砖墙上挂着蓑衣、斗笠。屋子一角摆着一个小木桌，桌子上面摆一碗萝卜酸菜，用竹簸箕盖着。她心平气和地问他："李大叔，你是否按照我开的处方打了药？"

李大友愤怒地瞪她一眼，不耐烦地反问她："不用你开的处方，你说我哪里来的处方？"

她忍住委屈，直视着他，问道："那你的农药是在哪里买的？"

李大友听到这话后，更加气愤地吼了起来："在乡政府农技站啊，我还能到哪里去买，嗯？"

她就更纳闷了，问题到底出在哪里呢？纵使她绞尽脑汁，还是想不出问题所在。隔了好一阵后，她心里有点眉目了，就问李大友："处方还在不在？"

那人说打药后就撕掉了。她看见屋子一角的两个空农药瓶，就顺手拿着，然后拽着他去稻田。李大友也不清楚她葫芦里到底卖的什么药，就随她走到自己曾经打过药的一丘田边。

刘芳华仔细检查稻苗后，发现中间有死了的螟虫，便举着药瓶问："你在这丘田中到底打的是哪个瓶子的药？"

"是这个瓶子。"

"你确定？"

"确定，因为这个瓶子小一点，我记得很清楚。"

"那就对了，这丘峪里的田，得的是纹枯病，你打了治疗二化螟的药，另外一丘山岗上的田，是二化螟危害，你却打了治纹枯病的药，这样怎么会有效果？"

李大友听了这话，疑惑地问道："我真的打错药了？那怎么办？"

她马上用自行车载着李大友去乡农技站按照处方买药，怕他再搞错，又用自行车送他回家，手把手教他将农药兑水，看他背起药箱去打药，她再一次提醒李大友："李大叔，这个是治疗纹枯病的药，要打峪里那丘田啊。"

过了几天，李大友再见到刘芳华时，竟然不好意思起来，哆嗦着说道："小刘，是我错怪你了。"

"你那两丘田灾情都控制住了？"

李大友点点头："是的，我老糊涂了，都是没有文化害的啊。"

"没有关系的，灾情控制住了就好。"

夜色朦胧，她推着自行车上公路，李大友看见她的身影越来越小，喃喃自责道："我活了几十岁，还冤枉一个小姑娘，真不应该啊。"

从李大友家出来，村中有个叫李大力的农户找到她，半晌不说话，她见状，便问道："大叔，你那丘田我给你诊断了啊，照着处方打药就得了。"

李大力咬住嘴唇，好不容易憋出一句话："小刘，我，我没有钱买药啊。"

她听后，没有再说话，用自行车载着他，去乡农技站买了所需的药，自己掏钱付了账，李大力激动地说道："小刘，我，我今年运气实在太差了，小孩得了急症，花了很多钱，没有办法，实在不好意思啊。"

"没有关系的，谁都有为难的时候。"

"可是，你也有父母姊妹，遇到急事要用钱时怎么办啊？"

"车到山前必有路，总会想出办法来的。"

就这样，刘芳华将自己那少得可怜的工资，先是你一点我一点地借给了牛角湾村那些买杂交稻种的人。现在，又将自己几个月的积蓄借给了李家河村买不起农药的老百姓。

他们从内心里尊敬她，都将她当成了自家的亲人，走到哪里，都有人喊她吃饭。她也不推辞，从不讲究，端起大碗呼噜噜就吃。

由于她将这个村的老百姓当成了亲人般对待，真心实意为他们办事，老百姓也很配合，赢得了宝贵时间，病虫害得到及时控制。这样一来，就为李家河村农户挽回了不可估量的损失，刘芳华也被该村群众亲切地称为"田间卫士"。

第十八章
严厉打假

人们常说，做任何事都不可能一帆风顺，这话一点不假。刘芳华以她的真诚、勤劳、朴实和过硬的本领，赢得了老百姓的称赞。但是，出人意料的事情还是时有发生。有一次，她照例在李家河村下田取样，一个姓高的老农找到她，无可奈何地问道："小刘，我这丘田前几天刚刚打过药，怎么变成了这个样子？"

她带着疑惑赶忙问："什么情况？"

高老头几步下田，奔到她面前，指着一株枯萎的水稻，问她："你那天说这丘稻田是稻飞虱危害，我按照你开的处方打了药，怎么比没有打药时还要严重？"

"是不是打错农药了？"

"没有呀，我因为不识字，拿着你那个处方买的药。"

她一惊，马上随老高到他家，堂屋中间除摆放着几条木板凳外，什么也没有。她一眼就发现了一个空的农药瓶子，边检查边问他："你就是打的这个瓶子中的药？"

"是的。"

她自言自语道："是这个农药，没有错呀，问题到底出在哪里呢？"

她将那个装过农药的空瓶子转过来倒过去反复检查了几遍，终于在一个隐蔽处发现，商标与乡农技站的有点不一样，便忙问高老头："你在什么地方买的药？"

高老头转过头来,从鼻孔中哼哼着告诉她:"前几天,村里的一个熟人回来,说是今年刚在县城开了一间卖农药的铺子,同样的药,价格要比乡农技站便宜很多。我一听就动了心,随他去那个新店买了药。"

"是不是买到假药了?"

"怎么可能?几十年的老熟人了,他绝对不会做这种事。"

"现在还不能确定,要化验后才知道结果。"

刘芳华找出打过那农药的喷雾器,从中倒出残留的一点药,装入一个小瓶子中,提着这个瓶子与高老头一起,搭车去县城。

她在县城找到有关单位去化验。不一会儿,结果出来了,真的是假药。

高老头听到这个消息,犹如晴天霹雳,一屁股跌坐在地上,眼泪横流。她扶起高老头,找到县城的那个药店。一个美女售货员一见到他们,就热情地嚷嚷:"我们店里什么农药都有,价格比任何农药店都要便宜,两位想买点什么?"

高老汉听后,怒火中烧:"便宜?你们卖假药,还有脸讲便宜,把张茂林给我叫出来。"

售货员见高老头吵闹,马上变了脸色,一边拨电话一边对他们说老板不在。

高老头便在店里谩骂起来,引来很多行人驻足围观。刘芳华扯了扯老汉的衣角,便对售货员大声说道:"既然你们老板不在,那我们要赶车回去了,以后再来,告辞了。"

出了店门,他们在大街上转了几圈后,又折回这家店,高老头远远看见张茂林正在店里忙碌,他很气愤,忍不住要骂人,刘芳华示意老汉不要讲话,两人悄悄走近那家店,那个张老板见到高老头后,像没事人似的与他搭讪,高老头怒气冲冲地质问他:"你为什么要卖给我假药?"

"什么?卖假药?我这可是在县工商局注册了的正规药店,请你不要血口喷人。"

高老头气得脸色铁青,但又不知道怎么反驳他。张老板得意地哈哈大笑起来。

刘芳华走上前，从挎包中拿出化验单，对张老板扬了扬，又从店里找出与她提着的空瓶子同样品牌的农药，瞪着眼睛质问他："你敢不敢拿去化验？"

张茂林没有想到她会来这一手，犹豫了一阵，又在店里来回转了几圈后，摇摇头，叹了几声气。然后，慢慢伸手从一个罐子里拿出一点钱，看向高老头，连忙说好话："我这个小店刚刚开张，还没有赚到多少钱，看在同村人的份儿上，赔你这点钱好不好？"

高老头见他说了软话，哼了一声，接过钱，准备离开。

刘芳华瞪着张老板问道："你不止卖给高老头一个人假药吧？"

张茂林听她这样问，再扫她一眼，见她是个小姑娘，便满不在乎地答道："你也不要管得太宽了，已经给高老头退钱了，你还要怎么样，我就卖假药了，你能怎么着？"

见张老板这样反问，高老头数数手里面的钱，就劝她算了，多一事不如少一事。

张茂林见状，更加肆无忌惮，当着他们的面，将蚊子拍挥来挥去，嘴里骂骂咧咧，她心里想，要对付这个张老板，眼前确实力量太小，但自己身为一名国家干部，就这样放了他，实在太不应该。

于是，她当着张茂林的面，给有关部门打了举报电话。不一会儿，就来了好几个执法人员，查处了这家店。执法人员取出登记簿，眼睛扫了一下，疑惑地问道："登记的就这么点儿？"

张茂林唯唯诺诺地点头："千真万确，店刚刚开业不久，还没有卖出多少农药，因为给售货员的提成是按照销售额计算的，所以，每卖一件东西，都有登记，错不了。"

那些执法人员要拿走账本，将东西全部拖走销毁，还按照登记簿进行了适当罚款。张老板边接受处罚，边用眼角余光怒视着刘芳华。

刘芳华向执法人员借来这个登记簿，从自己的挎包中拿出记事本，抄下那些卖出的农药的名字和数量以及购买人的姓名。然后，她对那个工作人员说："这个名册我以后也许用得上，麻烦你对照后，在上面签上名字。"

那个工作人员看她说得诚恳，就签上了自己的名字。她又要高老汉也按了手指印，还借机让店老板张茂林也签上名字。自己也签上了名字。之后，他们随着那些工作人员一起走出那家店。

张茂林看着空空如也的店铺，恨得牙痒痒："这是哪里来的野丫头？白白让我受了这么大的损失。"

刘芳华没有再理会这些，带着高老头回去后，她叫高老头以后去乡政府农技站正规店买药。

从县城回来，他们没有回乡政府，而是随高老头去稻田取样，然后，再开出处方，高老头也不敢怠慢，拿着退回来的钱，随她去乡政府农技站买了药，及时喷到田里。高老头感慨道："是这个丫头救了我的晚稻，这等于救了我们全家啊。"

正当她干得起劲时，有一天，她正在乡政府食堂吃早饭，那个卖假药的张茂林来到乡政府，看见她，分外眼红，当场就骂了起来。

刘芳华没有理睬他，坐在旁边的一个副乡长问她到底是怎么一回事，她便一五一十地对那个副乡长说了事情的来龙去脉。副乡长便劝张老板冷静，那个人才想起来这里的目的。

张茂林皱着眉，告诉副乡长："自从有关部门查封了我的农药店后，墙倒众人推。牛角湾村的混混唐新贵，明明没有在我店中买农药，也带着几个混混趁机来敲竹杠，先前，为了省事，给了他一点钱，没有想到，这个人变本加厉，我实在撑不下去了啊。"

她听见这话后，便叫张茂林不要着急。张茂林从鼻孔中哼哼："你是黄鼠狼给鸡拜年，能安什么好心，我这一切都是拜你所赐，不要假惺惺的。"

刘芳华也不反驳，从自己办公桌的抽屉里取出那个手抄本，仔细对照，确实没有发现唐新贵的名字，看来，张茂林讲的是真话。

于是她将手抄本递给副乡长看，还对副乡长耳语了这个本子里面的内容。副乡长就叫她找来司法所工作人员，一起去牛角湾村处理这件事。

她与司法所工作人员一起来到唐新贵家，一看是他们，唐新贵就蛮横地问道："找我有什么事？"

司法所工作人员铁着脸，问唐新贵："你为什么敲诈别人？"

"敲诈别人？笑话，张茂林卖给我假药，理应赔偿损失。"

司法所工作人员手一伸："拿出证据来。"

"一个乡的人，买了农药，付钱走人，哪里要什么手续。"

张茂林听他这样说话，脸都气紫了，两人当场对骂起来，还差点打起架来。

这时，刘芳华从挎包中拿出那个签有几个人名字的名册，给唐新贵看，唐新贵说自己不认识字，他的一个哥们儿看后，对他耳语几句。

唐新贵在屋子里走来走去，转了几个圈后，眼睛瞟向刘芳华，从牙缝中挤出一句话来："哼，那可能是我记错了。"

"对不起，你敲诈了别人，要对你依法处理。"

不一会儿，乡派出所副所长刘利民就带着人将唐新贵带走了，说是送往看守所。

张茂林也因为有她保存的这个名册而避免了再次受到敲诈。这时，张茂林不好意思地抱拳道："不打不相识，感谢。"

由于她身体力行，她在樟树岗村、牛角湾村、李家河村老百姓中都树立了很高的威望，农户对她好评如潮：

"小刘用她的技术和吃苦耐劳的精神，为我们挽回了损失。起码一家人吃的粮食有保障了，要不然，我们连吃饭都成问题，我们要记着她。"

"是呀，我们的每粒粮食里面都有她的汗水。要不是她来我们村，稻谷恐怕早就被虫子吃光了。"

"刘芳华年纪轻轻的，还敢碰硬，不怕得罪人，真是不错。"

第十九章
姑母生病

刘芳华在李家河村防治病虫害，搞得风生水起。一天中午，她走到村边一个十字路口，正在代销店门前与一个农户交谈，听到旁边两个人闲聊：

"你们昨晚上看见白壁岩那条山路上的火光没有？"

"当然看见了，那是常事，肯定是山上的人生病了，抬下山治疗来了。"

她听后一个激灵，马上问道："你刚才说昨晚上有人从山上抬下来，是谁？往哪里去了？"

那人看她着急的样子，便告诉她："听说是一个姓刘的女人，抬到我们村里一个私人诊所去了。"

她当时想："姑妈身体不好，莫非是她？那就要快点去看看，就算不是姑妈，也是家乡人，看一下也好。"

于是，她问明诊所位置，飞奔而去。

到了诊所大门口，只听见医生大声说道："通过观察、几次把脉，你这个病太复杂，我治不好，你还是到别处去看吧。"

"是因为钱吗？我给她出。"是父亲的声音。

"不是钱的事，我确实治不好。"

刘芳华一脚踏进门，看见蜷缩在病床上打着吊瓶的姑妈，枯瘦如柴；姑父双手抱着头，不知所措地蹲着；父亲手里攥着一点钱，不停地央求医生救治；母亲一动不动地望向窗外。听见了响声，几双眼睛同时转向她，异口同声地问道："华丫头，你怎么知道的？"

她忍住在眼眶里打转的泪水，向医生询问病情，医生告诉她："我这里条件有限，确实治不好，你将她转到别处去吧。"

她回到病房，医生建议去县人民医院。姑父看了一眼妻子，女人死活不肯，刘芳华出门翻看自己的钱包，空空的，也就不再坚持了。

父亲见状，轻声说道："还是去乡卫生院吧。"姑妈犹豫了一阵后，缓缓点了点头。于是，一行人就去乡卫生院，父亲从口袋中掏出一点钱，结清了这个私人诊所的账单。

进入卫生院，医生就喊交钱，刘芳华对医生说道："病人是我姑妈，钱我今天就交来，可好？"

有了她的承诺，医生便检查起来，不一会儿，结果出来了。医生苦着脸告诉她："小刘，你姑妈的胃已经快穿孔了，必须马上手术，我这里没有做手术的设备，要将病人转入县医院去。"

几个老人听后，面面相觑，她安慰他们："你们不要着急，我马上筹钱去。"

她急忙去乡政府，向同事借钱，但乡干部都下村去了，所以没有借到钱。她又去乡财政所，想预支一点钱，但工作人员说要等乡长回来签字，况且，也只能预支一个月的工资。

来到病房，几个人又望向她，看见姑妈脸上细密的汗珠，她心里内疚得阵阵发痛，可是，自己身上确实没有钱啊，以前的积蓄都垫给了牛角湾村的农户买了种子，而后又借钱给李家河村的农民买了农药，现在，晚稻谷子还没有收割，上哪收钱去？她只好歉疚地对姑妈说道："我会筹到钱的，马上就送你去县医院做手术。"

姑妈按住肚子，边摇头边轻声说道："不要去县医院，就在这里治疗，我已经好多了，麻烦你了。"

她走出病房，准备再去乡政府，看同事们回来没有，父亲跟出来责问她："华丫头，你自从参加工作，很少给家里钱，你就真的一点积蓄都没有？"

她咬住嘴唇，轻声回答："爹，我的一点钱全部借给那些买稻种、农药的农户了，一时半会儿取不回来。"

"你这个丫头，不是我说你，你怎么分不出轻重，难道那些农户比你姑妈还要亲？"

她噙住眼泪，委屈地辩解道："爹，不是这样子的，我，我……"

见女儿无端受到责骂，跟着父亲赶出来的母亲便与丈夫吵了起来："刘正义，这么多年来，因为你们姐弟与别人情况不同，你接济你姐姐，我都没有说什么，现在，你又扯到女儿身上来，凭什么啊？"一向懦弱的母亲为了孩子豁出去了。

父亲也据理力争：

"黄冬梅，你明明知道我十一岁就死了爹娘，然后与十三岁的姐姐相依为命，那些年，姐姐勤劳苦作、忍饥挨饿，送我读书，帮我成家，她现在生病，是她以前小小年纪就干苦活、重活累的啊。"

父亲叹口气，又自言自语道："我姐命太苦了，在娘家，从小就挑重担；成家后，丈夫没本事，她家哪有钱治病啊，就这样一拖再拖，拖成了现在这个样子啊。"

母亲还想争辩，见丈夫眼睛里噙满泪水，又看见姐夫低着头走出来，便软了下来，停止了争吵。

刘芳华赶紧安慰父亲："爹，你别急，我会筹到钱的。"

他们一同回到病房，不知道是姑妈听到了父母的吵闹还是心疼钱，趴在床上，吧嗒吧嗒直掉眼泪，轻声对医生说："医生，你给我办出院手续，我要回家，病不治了。"

一时间，气氛很尴尬，这时候，只听见一个男人大声说道："不用担心钱的事，我已经搞定了。"

刘芳华转过头一看，是李建设，惊讶地问道："你怎么知道的？"

李建设边拿出钱，边说："我一直关注着你，乡里就这么大，很容易得知你送姑妈入院，知道你的钱垫付给了那些农户，就取出了自己的积蓄，但觉得还是不够，就向同事们借。芳华，你可能不会相信，同事们听说是为你借钱，都纷纷将积蓄掏出来。"

两人说完，主治医生来到病房，查看了病情后，催促他们道："病人的病情越来越严重，得赶快送县医院做手术，不然将会有生命危险，一刻也耽误不得。"

她一看，天完全黑下来了，就到处找车，但哪里有车，李建设只好在医院门口拦住一辆农用车。姑父坐在驾驶室旁边唯一的座位上抱起枯瘦的姑妈，刘芳华和父母以及李建设坐在后面的拖斗里面，趁着夜色去了县医院，一到急诊室，医生便急急地吼道：

"怎么病成这个样子才送来？马上办手续做手术。"

几个人面面相觑，几滴泪水从姑妈深陷的眼睛里滚出来。李建设急忙去住院部交钱，然后在医生的安排下，将姑妈推入手术室。

等在手术室门外，她的眼睛始终盯着手术室的门，既希望医生出来告诉他们手术成功，又怕医生中途探出头来告诉他们出现什么意外。过了几个钟头，医生没有出来，她估摸着时间，手术可能成功了。

此时，她想起了姑妈对自己和弟妹们的种种好处来：小时候，每次去姑妈家，姑妈总是弄来一点好吃的。过年时，给自己和弟妹们做糖油粑粑、印花粑粑。

每年，姑妈总会给自己和弟妹们每人做一双花棉鞋，姑妈特别心灵手巧，一手女红远近闻名，十里八乡的女孩子出嫁，都想得到她做的布鞋和鞋垫。

她清楚地记得：姑妈家的菜园中有一株蜜橘树，结了一些果子。有一年，姑妈摘了蜜橘，为了给自己和弟妹们留着，怕表哥和表姐偷吃，将蜜橘锁在一个木箱子里面，准备放在衣柜上，由于力气不够，整个人从板凳上摔了下来。

想起这些，刘芳华面对患病而无钱治疗的姑妈，觉得自己对不住她。但她转念一想，自己也没有做错啊，不借钱给那些买不起种子和农药的农民，他们打不到粮食，就会饿肚子，也不行啊。还好有李建设及时送来钱，不然，后果真的不堪设想。

这样纠结了好一阵，姑妈被推了出来，脸上没有一丝血色。刘芳华叫几个长辈休息，自己和李建设一起照看姑妈。长辈们推说了一番后，打着哈欠点了点头。

那天晚上，他们的眼睛一直睁着。一会儿喊护士换吊瓶，一会儿查看姑妈身上的管子，倒血水、尿。快天亮时，姑妈的疼痛减轻了一些，她望向他们，真诚地说道："华丫头，李老师，是你们救了我一条命，谢谢你们了。"

她内疚地说道：

"姑妈，是我不好，送来县医院太迟了，害你受折磨。"

直到这时，她才真正松了一口气，一个晚上来回奔波，又是通宵，年纪轻轻的她也受不住了，竟然坐在医院走廊的一张休息椅上睡着了。

迷迷糊糊间，她仿佛靠在沙发上，一睁开眼睛，竟然靠在李建设的肩膀上，便不好意思地问道："你怎么也在这里？"

他告诉她："我一直叫你休息，你不肯，撑不住了吧，看你在这里睡着了，就借给你我的肩膀，让你靠着睡舒服一点。"

她的嗓子像被什么阻塞了一样，半晌说不出一句话来，过了好久，才噙满泪水说道："建设，真的谢谢你了。"

姑妈手术成功了，刘芳华一颗悬着的心也真正放下来了。她看姑妈病情稳定了，就回到乡政府，准备借点钱，以便归还李建设帮自己借的钱。李建设也回到学校去上课了。

因为之前乡财政所工作人员告诉过她，借钱要乡长签字，而且只能预支一个月的工资。她觉得一个月工资太少，可能归还不了李建设所垫付的钱，而且，县医院到底还要多少钱，所预交的钱够不够，还很难说，不如干脆贷点款。

主意已定，她便找到乡长，要他帮忙去乡信用社，找主任说一下情况，贷点款。乡长爽快地答应了她，她借到了所需要的钱。

现金准备充足后，她就去乡中学找到李建设，要他带着自己，去给他的同事们一个一个还钱。

她还钱时，李建设的同事们顺便开她的玩笑：

"那天，知道你姑妈生病了，李建设急得不知所措，连走路都是小跑的。"

"是呀，他赶忙去乡信用社取出了钱，还向我们借钱，他对你的事很上心，什么时候请我们吃喜糖啊？"

"说什么呢，哪儿跟哪儿呀。"

刘芳华还清了李建设同事们的账，她还将欠李建设的钱也一并归还，李建设说什么也不肯接。她生气了，说亲兄弟还要明算账，尽管是很要好的同学，在经济上也要搞得明明白白的。李建设看她一再坚持，只好接了钱。

还清了账，她请好了假，又去了县医院，帮助姑父继续护理姑妈。过了几天，姑妈说自己好多了，就强烈要求出院。医生检查病情后，认为病人恢复得还可以，也就同意了。

出院时，李建设找来一辆车，将他们送到白壁岩山脚下，早已回家找人的父亲，带着几个人，抬着担架在山脚下的公路边等，他们一下车，父亲和姑父以及两个山上人便将姑妈抬上担架，一步步往白壁岩村走。

刘芳华望着亲人缓慢前行，想象着他们一步步爬上山时的艰难，泪水不由得在眼眶里打转。

第二十章
初当管家

姑妈出院后，刘芳华又投入到紧张的工作中了。在她所联系的牛角湾村继续推广新技术，做老百姓的"田间卫士"，忙得不可开交。

转眼之间，晚稻就可以收割了。由于控制住了病虫害，又及时追肥，晚稻一片金黄色，远远望去，大地像铺上了金黄色的毯子。

稻田中间，大都是妇女挥动起镰刀，弯下腰收割稻子，不时伸直腰，用手揩一下额头上的汗水；男劳力脚踩打谷机，双手拿着一大把稻子在齿轮上来回旋转。稻粒打尽后，将稻草码在旁边。待全部打完后，顺手将稻草扎紧，晒在稻田中。

逢节假日，小孩就负责将母亲割下的稻子运往打谷机旁，递到踩打谷机的父亲手里。收割、运输、打稻粒，基本上是这样的流水线作业。他们配合默契，整丘田中，都是欢声笑语。这是农民最开心的时刻。

晚稻收割完毕，刘芳华又发动老百姓栽种油菜，继续给他们传授技术。这时候，高家坪乡政府办公室主任张贵平升任为本乡副乡长了，分管农业这一块。

办公室一日不能离开主事之人，必须马上落实人选。关于办公室主任人选，乡党委书记赵闯召集班子成员征求意见，他们各抒己见：

"办公室是乡政府的脸面，选一个形象好、接待能力强的人可能合适一些。"

"办公室工作非常繁杂，安排一个细心的人应该会好些。"

赵书记扫一眼自己的下属，点燃一支烟，猛吸了几口，望着缓缓散开的烟圈，斩钉截铁地说道："大家说的都有一定道理，但我觉得，办公室必须选拔一个任劳任怨，一心为群众着想，能为领导分忧的人才行，这个人，我观察了很久，非刘芳华莫属。"

见书记这样说了，其他副职大都认可，就这样，刘芳华担任了办公室主任一职。而这时的周春燕，早已脱掉了漂亮的连衣裙，换上了休闲装，脚踏运动鞋，像刘芳华一样，成天扑在老百姓的田地上，成长很快，接替刘芳华成为乡团委书记。

从田间地头坐到了办公室，很多人都觉得她不仅得到了重用，还干上了轻松活，各种议论不时传入她的耳朵：

"这样的好事刘芳华是怎么得到的？她是否给主要领导送了重礼啊？"

"她做事那么认真，怎么就不能搞这个工作，我看就她最合适，领导没有看错人。"

刘芳华走马上任了。那一天，正逢高家坪乡集市，老百姓顺便来办事，办公室人来人往，应接不暇。

"丁零零"，电话铃声响起。她抓起话筒："喂，你好，县政府办啊，我刚刚统计了，截止到今天，我乡种了五百六十二亩油菜。你是说施了多少家肥，多少化肥，领导早已安排包村干部去各村统计了，下午就会回来，我下班前一定报给你。"

她边打电话边给一个走进办公室的老农指了指对面已经坐了几个人的旧沙发。她刚刚放下电话，这个老农就抢先发话："我来领这次稻田受灾以后的化肥票。"

"好，请问一下，你有村里出具的张贵平副乡长签了字的报告没有？"

"没有。"

"那你就要等一下，我需要核实，暂时不能给你发化肥票。"

"我都跑几次了，又找不到人签字，你给我开工钱？"

她反复解释，说先给这几个人办完事就找人核实去，那人就是不听，竟然大声吵了起来。乡政府食堂的炊事员听见吵闹声，就来劝："不要吵闹，有话好好说。"

但那个人哪里肯听，声音越来越大了。进来办事的人也越来越多，她按照相关程序边给人办事边劝这人："我又不是不派人去给你核实，可是，这时乡政府干部都下村去了，哪里派得出来人，我这边略微消停后，就去你们村核实。要不，你把你们村书记叫来核对一下也可以。"

"我哪里喊得动村书记。"

"那你就要等一会儿，你看，这么多人来办事，我怎么走得开，请你理解。"

四面八方聚集到高家坪乡市场赶集的老百姓，听见吵闹声，就围拢来看热闹，现场顿时人山人海，人们叽叽喳喳不停：

"你看，那个办公室主任是一个小姑娘，还欠点火候，镇不住场子啊。"

"哎，听说就是那个经常在田间地头一身泥的小刘，看来，每个人适合做什么，都是命中注定的，她与农田打交道是把好手，不见得就搞得好办公室工作。"

"是呀，才当管家第一天就有人来闹场子了。"

此时，吵闹声、议论声嗡嗡作响，乱成了一锅粥。她看场面失控，就举着高音喇叭制止："这里没有什么好看的，大家都散开点，免得发生踩踏，伤到了人，谁也负不起责任。"

刘芳华差点喊破喉咙，声音越来越大，越传越远。正在市场上挑着一担米卖的李家河村李大力听到她的声音后，跑步来到乡政府，向在场的人问明情况后，便对那个无理取闹的人大声吼道："你是哪个，为什么来砸场子？"

"那你是她什么人，为什么来管闲事？"

李大力像一座山横在那人面前，从鼻孔中哼一声，厉声警告道："你可能不知道吧，小刘可是我们李家河老百姓最爱戴的人，她常年与泥土打交道，给困难群众垫钱买种子、买农药，连自己的姑妈生病了住医院都没有叫大家还钱，你连这样的好人都敢来找麻烦，你还是人吗？"

"我不是骂她，是跑了几次后，事情没有办成功，心里不痛快。"

"谁让你不痛快你就去找谁，不要在这里影响别人办事。"

那个吵闹之人面对这个大个子男人，狡辩了几句后，一时找不到反驳的话，就混在人群中悄悄溜走了。

帮腔的那些人见状，也不敢出声了。看热闹的人了解了事情的真相后，觉得没有什么值得凑热闹的，也逐渐散去。

正在忙碌的刘芳华，看向李大力，对他点点头，算是感激他。李大力从口袋中掏出一点钱，边递给她边说："小刘，对不起，你垫给我买农药的钱，都这么久了才来归还，我收晚稻后，忙着种油菜，刚刚消停一点才来到市场上卖点大米。"

她接过钱，也不数，直接往口袋中一放，然后摆摆手，对李大力说道："没有关系的，今天真的谢谢你了。"李大力嘿嘿笑着，算是回答她。

到了下午，赵书记和那些去村里面统计数据的乡干部陆续回到乡政府，听食堂炊事员说了上午的事情，想象一下当时的场景，都觉得没有出事真是太庆幸了，从此，他们对刘芳华更加刮目相看了。

第二十一章
兢兢业业

　　那时，办公室没有电脑，乡政府向各村所发的文件、通知都要自己刻出来，再油印。开始时，她看着与张贵平交接时留下来的钢板、蜡纸、铁针笔、油印机几样东西，根本不知道怎么变出文字。

　　但她觉得，不学会这个本事，就不能干好办公室工作。但到自己具体操作时，还是不知道怎么下手。

　　有一次，她与一个同事聊天时，无意中说出了自己的困惑，那个人告诉她："你的老搭档陈松柏就是一把好手。"

　　她听到这个消息后，喜出望外，真是踏破铁鞋无觅处，得来全不费工夫啊。一个下雨天，她见老陈没有下村，就毕恭毕敬地去请教他："陈叔，我想请教你一个问题，可以吗？"

　　陈松柏哈哈大笑："小刘，你太客气了，不要说一个问题，就是十个问题都行。"她将他带到办公室，指着那几样东西问老陈："就是不知道怎么用这几样东西。"

　　陈松柏看她也是诚心想学这门技术，就诚恳地告诉她："你先将钢板放在办公桌上，对照钢板刻度把蜡纸铺在上面，再用铁针笔的笔尖在蜡纸上一笔笔地刻画，然后将刻好字的蜡纸，铺在油印机上，手工油印出来。"

　　刘芳华就按照老陈教的方法操作起来，没有想到，才几下，手就觉得酸疼，她甩了几下手，继续干起来。刻好一张纸后，她想试一下效果，就将油印机的滚筒上蘸点油墨，滚均匀，将刻好字的蜡纸卡在油印机上，为了节约白纸，她先铺报纸试验油印效果。

准备就绪后，她拉起滚筒开始油印，印出来第一张，她打开一看，字迹模糊不清。她问老陈是怎么回事，老陈笑笑说："铁针笔用力太轻，刻出来的字就很浅，字迹当然就不清楚了。"

她只得重新来，这时，她将铁针笔加大了力度，才几下，蜡纸就被戳破了。恰巧，张贵平走进办公室，就开起她的玩笑："小刘，你力气太大了，已经将蜡纸穿透了。所谓的'力透纸背'就是这么来的。"

这时，张贵平给她示范，讲刻字时如何掌握好铁针笔的力度，她照着一笔一画小心翼翼地来。

过了很久，总算将所需要的东西刻好了。她甩了甩发麻的手，再次油印，第一张出来，她一看，字迹颜色太深，就再垫几张报纸，将印油吸一下，过一会儿，再用一张白纸试，直到字迹完全清楚。

老陈看见她油印出来清晰的纸质材料，哈哈大笑着表扬她："小刘，真心不错，没多久就掌握了要领，确实是个可造之才。"

张贵平也大加赞赏起她来："小刘，你比我强多了，第一次就油印出来这个效果，确实可以，说实在话，当初赵书记力主你任办公室主任时，我还隐隐担心。现在看来，赵书记是真正选对了人。"

她看向老陈和张贵平，红着脸，觉得不好意思，真诚地说道：

"哪里啊，你们都是我的老前辈，我以后还要多多向你们请教。"

之后，她基本上白天忙得团团转，晚上就加班加点捣鼓这个油印机。一天晚上，她忙活到雄鸡鸣叫起来，才觉睡意袭来，好想躺一会儿。

但是，过一会儿就要召开村主干大会，有很重要的任务。如果自己睡着了，可能会耽误事，还是坚持一下。

于是，她又开始忙活起来。天空泛起了鱼肚白，她提着塑料桶，从屋后的天井中打来水，提到会议室，给会议室洒水后，开始打扫。

还没顾得上吃饭，乡农技站站长喊她：

"小刘，帮我刻一份总结，我要交到县农业局去。"

"好，马上帮你弄。"

"小刘，帮我刻一份报告，我要交到县民政局去。"

"好，好。"

"小刘，今天的生产进度呢？"

"已经统计好了，马上送来。"

"小刘，村干部已经有人来了，签到册呢？"

"放在会议室的签到桌上了。"

她每天几乎都是在这样的快节奏中工作和生活的。

她除做好自己的本职工作外，还热心帮助同事们。有一天，乡政府的一个农技员来到办公室，看见她正在写东西，便半响没有开口，她便问他有什么事。农技员轻轻说道："我想将一项新农业技术进行宣传，但没有想到什么好方法，你是这方面的高手，想请你支招。"

她马上想起自己以前推广"双两大"新技术时，很想叫张贵平帮忙将新技术要点制作成传单，但见张主任事情实在太多，忙不过来，就不好意思张口。后来，自己是用复写纸慢慢写出来的，搞了好久。刘芳华对乡农技员的处境感同身受。她立即放下正在写的一个报告，告诉乡农技员："可以将这项新技术制作成传单进行宣传。"

"制作成传单？怎么弄？"

刘芳华看了农技员一眼："你守着办公室电话，我来弄这个传单。"

说完，她便在钢板上铺上蜡纸，刻好后就油印。没用多久便弄好了。农技员拿着这一大沓宣传单，去各村宣传新技术去了。

春光明媚，农民们都在稻田中劳作。男人们赶着耕牛在耙田，妇女们在地里挖土。农技员拿着一大沓传单，向农户逐个宣传。一会儿跑向田间，一会儿迈向地头。农户拿到传单后，也趁机坐下来歇息一下，与农技员唠几句。

这时，恰逢分管农业的副县长张功成没有向任何人打招呼就去高家坪乡各村检查这项新技术推广工作。张副县长看到这个场景，心里很高兴，当看到这个传单时，便问农户："你们拿到这个传单是什么心情？"

蹲在地上的农户咧开嘴笑个不停："政府这次搞宣传的方法很新鲜。"

张副县长见农民对这个宣传方法认可，便当场表扬了那个农技员，并问他："你是怎么想到这个好点子的？"

农技员受宠若惊，谦虚地回答："我一个大老粗，哪里想得出这个好点子，是乡政府办公室主任刘芳华支的招。"

张副县长轻轻念道："刘芳华，我知道她。"

之后，在全县总结这项新技术推广工作时，参加会议的赵书记听到分管农业的张副县长多次提到高家坪乡搞得好，特别是制作宣传单方法新鲜，要将高家坪乡的这一做法向全县推广。

赵书记回来后，眉飞色舞地在食堂前面高声讲笑话。当得知是刘芳华想出的主意时，一阵风似的来到办公室，笑嘻嘻地对她说道："小刘，你想出来用制作传单的办法宣传新技术这个主意好，我乡这次又得到县政府的肯定，我代表乡党委、政府感谢你。"

她只是笑笑，轻轻说道："应该的。"

很快就到年底了，一年一度的统计工作要开始了。乡经管站负责做统计工作。每个村有几十张表格，每张表格横排是各种项目，竖排是分组填的相应数据，每张表格中间各组的统计数要与村里的总合计数相等；表格之间的逻辑数字要相符合，上下左右翻来覆去对照后，不能有任何逻辑错误，这种方法，被那时的乡村干部形象地叫作"四角吊线"。

填数字时，要特别细心，如果哪一个数字填错了，几十张表格就要重新返工。

有一天夜晚，乡经管站工作人员正在汇总各村交来的表格。李家河村秘书满头大汗地来到乡经管站交表。工作人员与秘书在昏暗的灯光下复查，突然，工作人员大喊一声"这里错了啊！"

村秘书使劲摇头，轻轻说道："不可能啊！我检查了好几遍才来交表格的。"

工作人员将数据再仔细核对一遍后，将表格拿给秘书："你自己看看，是否错了？"

秘书歪着头，对着灯光眨巴着眼睛看后，发现确实错了，便问工作人员："怎么办？还有样表没有？我重新填写。"

工作人员摆摆手："哪里还有样表啊？你知道吗，因为这一处错误，影响整个乡的汇总，而且这样的表要填写几十份，怎么办呢？"

"那我能不能复写？"

"你在讲笑话吧，怎么可能复写。"

工作人员急得直跺脚，边走边说："上级催得紧，明天一定要交上去，今晚必须搞好。如何是好啊？"村秘书见工作人员这个样子，灵机一动，小心地对工作人员说道："我们找一下刘芳华帮忙，看行不行？"

刘芳华正在办公室忙碌，乡经管站工作人员和李家河村秘书恳求她帮忙。她看了这个报表后，有些为难地说道："我也不确定能不能搞得好，况且时间不够，我未必写得完。"

此时，那两人像抓住救命稻草一样，一齐央求她："刘主任，除了你谁也不行了，你就帮帮我们吧。"

刘芳华说："好吧，那我就死马当作活马医。"

她要工作人员在表格上修改好数据后，自己用蜡纸在钢板上刻写出表格和填写的数据。这时，整个乡政府大院漆黑一片，只有刘芳华这间小办公室里的灯一直亮着。

那两个人，起先还不停翻看报纸、杂志，不知不觉中，已经在沙发上睡着了。而此时，她手中的笔已经在不停地颤抖。

刘芳华将表格刻写好后，再搬动油印机，涂上印油，手握滚筒，一张张油印，油印几十张出来后，她满意地笑了。

刘芳华喊醒那两个人，乡经管站工作人员看着这些表格，再瞧瞧刘芳华发红的双眼，对她感激涕零地说道："刘主任，是你解决了我这一难题啊，我不知道怎么感激你好啊。"

第二十二章
险受处分

刘芳华在办公室工作任劳任怨，由开头的生疏，到越来越顺手。人们都说坐办公室不用经常下村，是个轻松活，其实责任很大，稍微不慎，就会耽误事。

有一次，办公桌上的电话铃声突然响起，她马上抓起话筒："喂，什么猪？县农业猪，什么意思啊？"

她这样问时，一脚踏进办公室的一个同事听见了，就笑着解释说："我们这个少数民族聚居地，真正是十里不同音啊，有的人乡音过于浓重，将'局'说成'猪'了，你肯定听不懂的。"

她从同事口中得到启发，就问那个人："你刚才说的是县农业局吗？"

"是的。"

"叫你们分管农业的副乡长今天四（十）点来猪（局）里参加紧急会议。"

她想问明白到底是十点还是四点，但对方一直占线，她又担心耽误事，就一直等，直到那个人打完电话，她再将电话打过去，问到底是几点，那人不耐烦地对她吼道："四（十）点。"然后就"啪"地挂断了电话。她再打过去，没有人接了。她看了一下时间，现在已经将近九点了，如果是十点，从乡政府赶到县城开会也来不及啊，就自己揣摩："肯定是下午四点。"

于是，她就自作主张地通知张贵平副乡长下午四点去县农业局开会。等张副乡长下午赶到会场时，会议早就散了，听说上午会场清点人数时，高家坪乡政府缺席，受到了点名批评。

张副乡长回来后，一向很少生气的他，气冲冲地找到刘芳华："刘芳华，你难道接个通知都不会吗？"

"怎么啦？"

"你还好意思问，明明通知的上午十点，你告诉我下午四点参加会议，听说分管农业的张副县长当场就发火了，点名批评了我乡，都是你干的好事。"

"可是，我听的是四点啊。"

"你啊你，难道就不问问是上午还是下午？"

"我，我错了。"

还有一次，别人都吃过早饭了，她还在忙。又听见乡邮递员在外面喊："刘芳华，你们这次定的学习资料太多太重了，我一个人搬不完，你帮忙搬一下。"

当时，她看见乡农技站那个技术员吃完饭走进办公室，她就要他帮忙接一下电话，自己出去办点事，技术员满口答应下来。

她出去后，与邮递员两个人扛着、抬着，搬了三趟才搬完邮寄来的所有书籍。

过了一会儿，县政府办副主任带着县畜牧局一行人，来到高家坪乡肉类市场进行检查，他们转了一圈后，回到办公室，县政府办副主任很生气地向高家坪乡赵闯反馈信息："赵书记，你们这个乡根本没有引起重视，我们回去后，实在没有办法交差啊，那就只好麻烦你自己去县政府，向分管畜牧的副县长说明情况吧。"

乡党委书记赵闯疑惑地问是怎么一回事，那些人告诉他："本县发现了家猪的五号病，要各乡干部分扑到每个村对老百姓进行广泛宣传，针对疫区没发病的猪群紧急接种疫苗，发病的采用血清抗体做紧急治疗，暂时不要杀猪卖肉，你们倒好，一点动静都没有，肉类市场照样卖猪肉。"

赵书记一听这话，对刘芳华怒目而视："这么大的事，你为什么不早点告诉我？"

"我没有接到通知啊。"

县政府办副主任轻蔑一笑："这就奇怪了，都是同一时间发的通知，唯独你们乡没有接到？"

"可是，我……"

赵书记当着那些人的面，忍着怒气表态："小刘平常工作挺负责的，可能确实没有接到通知，具体是怎么一回事，我会查清楚的。但不管怎样，是我们错了，我现在就召集乡干部，将任务布置下去，很快就会落实的。"

刘芳华见赵书记恼怒地看自己一眼后，马上会意，便将在家的乡干部喊到办公室，然后，又跑到乡畜牧站找来乡防疫员，赵书记给自己的下属介绍了那些人后，便召开紧急会议。

在家的乡干部到齐后，赵书记微笑着请县政府办下来的那些人讲具体要求。之后，赵书记便将任务分配到村、到人。在会上，赵书记严肃地强调："情况紧急，各位散会后，必须马上奔赴到各村去，要屠夫暂停杀猪。乡防疫员想方设法通知各村的防疫员给存栏的家猪打疫苗，对猪栏严格消毒，对已经发病的家猪进行药物治疗。"

乡干部下去后，刘芳华守在办公室，一步也不敢离开，及时汇总各村反馈来的情况，向赵书记汇报，赵书记分时段向县级分管领导报告。通过一天一夜的努力，总算没有造成什么后果。这时候，大家才松了一口气。为了弄清楚事情原委，她马上去乡农技站物资销售点，找到那个临时帮自己守电话的人，问带班时有没有接到过重要电话，那个人告诉她："昨天早上是接到一个很奇怪的电话，说什么猪的五号病，当时，有人催我给他卖种子，我就没来得及告诉你，也没有在电话接收本上登记内容。咋啦，出事了？"

听了这个人的话，刘芳华无语了，别人是帮自己的忙，出了事，怎么能推卸自己的责任呢？都怪自己当时没有问别人代班时有无重要的事发生啊。

想到这里，她便告诉赵书记，可能自己当时在忙其他事，而忘记电话内容了。赵书记狠狠地瞪她一眼："你分不清事情的轻重吗？"

"我，我错了。"

"你啊你，要我说你什么好呢？一句'错了'就解决问题了？你要长点记性啊！"

待猪病稳定下来后，赵书记就那天耽误的事，向分管领导说明了情况。

赵书记从县政府回来后，及时召开班子成员会议，研究就这件事对刘芳华的处理意见，这时，意见不统一：

"刘芳华一直以来尽职尽责，这次事出有因，就批评教育一下算了。"

"不能一味地宽容，最起码要给予行政记过处分，因为她不止一次犯这样的低级错误了。"

那个农技员本来就是一个临时请来的老同志，没有上过正规农校，在这次下村宣传新技术时，多亏了刘芳华出好点子，才取得了成功。在许多农业技术上，他也经常请教刘芳华，她都是知无不言，言无不尽。

当那个技术员知道乡政府领导班子开会要处分刘芳华时，觉得是自己害了这个小姑娘。他思前想后，认为自己反正不是正式干部，而且年纪又大了，处分与否没有多大关系，而刘芳华就不同了。

纠结一阵后，乡农技员快步跑到领导开会的会议室，将自己那天早上接电话没有告知刘芳华的事和盘托出。那些领导听了这番话后，决定取消对刘芳华的处分。

第二十三章
公正查灾

刘芳华为了帮邮递员搬学习资料，要人帮忙守电话，从而耽误事差点受处分，之后，她更加小心翼翼地做事了。

几个月来，她没有再犯一次错误，无论哪方面的工作都做得很到位。

又过了一段时间，乡民政专干调出去了，这时，领导们及时召开会议，都觉得民政这一块，还是需要品性好的人干，大家一致认为刘芳华是最合适的人选，就这样，她又兼任了民政专干。

那年，高家坪乡遭到了百年不遇的水灾，很多房屋倒塌了，上级领导很重视，就来这里了解情况，并先期拨了一批钱给这个乡。

各村受灾后，也第一时间报告给了乡政府，并拟好了受灾户名单。这时，领导班子成员开会，她负责做记录。在这个大会上，大家纷纷发言：

"时间紧迫，农户要及时安抚，就用各村报上来的名单发临时救灾款算了。"

"那不行，还是要将对象确认清楚，这样才公平。"

赵书记用眼睛瞄向她，她会意，就开始发言："确实，安置受灾群众迫在眉睫，但究竟安置谁，怎么安置，必须将对象搞明白，不然适得其反。我作为民政专干，有责任去各村将灾情查清楚。"

她的建议得到了领导们的同意。之后，她买来高筒靴，深入到沿河和靠山的各村去实地查看。她没有要村干部带路，而是自己沿河水边沿和山脚下走，看见倒塌的房子就找房屋的主人，及时记录受损情况。

当她来到沿河一个村子时，只见山体被洪水冲成了一条条鸿沟。泥沙随意地堆成了一座座小山。河岸上到处是倒塌的房屋，泥沙中间，檩子树、砖头、瓦片、钢筋，横七竖八躺着。倒塌的房屋旁边，搭起了临时小棚子，不时有炊烟从简陋的小棚子中冒出来，在空中缭绕。

她看到这个场景，很痛心。随便走进一个用几根树枝、几张塑料纸搭建起来的临时小棚子，发现砖块上面放着一床棉絮，三个石头上面架着一口铁锅、几个碗、一袋米。主人告诉她：

"棉絮是村干部刚刚拖来的，这铁锅、碗和大米是亲戚送来的。"

她将现场情况如实记录下来。当地老百姓看见一个小姑娘穿着高筒靴走进了小棚子，在问受灾户的情况，便三三两两地从其他小棚子里面走出来，随意跟在她后面，看她能否真正秉公办事。他们不时叽叽喳喳："村里面报上去了名单，那个小姑娘还装模作样地核实，那是做样子给老百姓看的。"

她没有理睬这些，一个人默默查灾。她来到田坎上，看到田坎也被洪水冲垮了。土堆将大部分秧苗掩埋。农民用手刨开那些泥土，生怕伤着秧苗。她同样将这个场景如实记录下来。

山上，山洪将地冲成了条形的疤痕，禾苗被冲得东倒西歪，七零八落。农民在挖水沟，刨开泥土，将庄稼小心地抠出来。

她随时随地找老百姓了解情况。当她来到牛角湾村调查时，那些人开始与她说话前，都有一个习惯性动作，就是先左右瞧瞧，看是否有人听见。当确信无人后，话匣子才打开：

"刘同志，你可能还不知道，自从老书记王有明退下来后，我们村的情况已经与从前大不一样了，以前，老书记凭着公心办事，大家心服口服。而现在……你也看见了，这次究竟哪些人真正受灾。"

一天中午，火辣辣的太阳当空照，她穿着高筒靴，一户户查灾，走得脚生疼的，就在一个农户家歇息一下。这时，没有想到的是，混混唐新贵向她走来，将拳头举到她面前，咬着牙，怒视着她，威胁道："姓刘的，我又从那个地方出来了，告诉你，不要太认真了，否则的话，当心挨打。"

她还没有明白是怎么一回事，唐新贵便扬长而去，很多农户眼睁睁看着这个场面，没有一个人敢出面制止。有人为刘芳华捏着一把汗：

"这是个混社会的人，刚刚从局子里面出来，小刘，你要当心啊。"

"是呀，此人心狠手黑，我们全村人都不敢得罪他。"

此后，那些真正受灾的老百姓知道这个情况后，更加担心自己得不到国家的优惠政策了。

她当场安慰他们："要相信政府，你们一定会得到公正待遇的。"

了解完几个村的情况后，拿出村里面上报的名单，她发现真正受灾农户的名字根本不在名单之列，而大多数是组长的亲属和组长自己的名字。这一发现，使她惊骇不已，那些人胆子实在太大了，救济款也敢做手脚。

她将沿途拍下的实景请人做成幻灯片，回到乡政府，在办公室放这些幻灯片。乡政府那些人，从幻灯片中看着小棚子中间一贫如洗的画面，都很同情这些房屋全倒户。当看到农民小心地从泥土中一点点轻轻抠出禾苗时，眼泪在眼眶里打转。她还请分管领导来看幻灯片，详细地将受灾情况及时反馈给分管领导，那个副乡长边看边听，惊诧不已。

于是，乡政府及时调整名单，当她将河边及靠山居住的受灾户全部落实后，名单与原来已经有很大不同。

更有甚者，有一个村根本就没有受灾，只是以前修村小学时，欠了本村民工的钱，村里面没有企业，村干部也实在找不到钱了，就给那些民工打了欠条。

眼看孩子就要上学了，家里等着钱用。于是，这些民工觉得不来点硬的，村干部不会急的，就一齐堵学校的大门，这样一来，村小学开不了课，村干部说尽好话，那些民工根本不听。

趁着这次大面积受灾，国家有救济款，村干部就将那些应该得到工钱而实际没得的民工写成受灾户，用救济款抵工钱。民工一听可以拿钱，不管写什么都可以，就这样，先期分给这个村的救济款到了民工手里。那几家真正的受灾户没有得到一分钱。

她将这些情况一并反馈给分管领导，那个领导更加觉得问题严重。他赶忙将这一情况反映给乡主要领导。这时，领导们赶忙研究，及时调整名单。

就这项工作再次召开村干部会议，当在这个会上再次公布各村受灾户名单时，有的村干部在下面叽叽咕咕：

"既然这样不相信我们，还要我们报名单干什么？"

牛角湾村秘书还将原来的受灾户名单拿来，与她这次的对照，硬生生说受灾最严重的是自己原来名单中的某人。她觉得与这人争执解决不了问题，也许是自己漏掉了，也说不准。

为了弄清情况，散会后，她马上随牛角湾村秘书查看这个受灾户的情况，当看见一块坪地中间一小间房屋全都倒塌时，她惊呆了，这里没有水冲，没有砂石推，整栋房子怎么就无缘无故倒塌了？

她仔细查看，这么陈旧的房屋，倒塌时怎么这样整齐？整个向一边倒塌，除非是人为向同一个方向推。这一想法，使她打了一个激灵。但她极力稳住，掏出笔，在小本子上记录真实情况。

她回到乡政府后，给分管副乡长说出了自己的疑惑，副乡长请来县住建局的专业人士，及时赶到那里，专家仔细查看现场后，告诉副乡长："这种完全向一边倒的旧房子有问题，绝对不是受灾引起的。"

弄清楚倒塌房屋情况后，那个副乡长就当场审问起这个农户来。副乡长一连串审问，那个农户便心虚了。心理防线突破后，就说出是这个组的组长给他出的主意，叫他趁这次洪灾机会推倒的。副乡长将那人批评教育了一顿后，从受灾名单上删除了他的名字。

当副乡长和县住建局的专业人士正准备走出这个农户的大门时，先前威胁过刘芳华的混混唐新贵回家了，他母亲对他耳语几句后，他得知自己家被取消了资格，怒从心中起，竭尽全力大吼一声：

"你们坏了我家的好事，让你尝一尝滋味。"

唐新贵边吼边从小伙子后面用力推了一把，在众人的惊诧声中，小伙子已经滚到了唐新贵家门前的池塘里，小伙子的眼镜掉到池塘里面，到处乱摸，全身是泥，左腿插进一根干竹竿上，顿时鲜血直流。

副乡长边叫人救那个专家，边打电话给乡派出所报警，已经升为所长的刘利民马上带人来到这里，当场将肇事者唐新贵抓捕归案。专家也被送去县医院治疗。

新任的村支书喊来组长，当面向副乡长认错，副乡长气愤地当场撤销了这个组长的职务。那些真正受灾的农户听到这个消息后，都拍手称快。

刘芳华查清楚灾情后，就将那些名单在各村显眼处公布出来，然后，用国家拨下来的钱，买来打砖机、砂石、水泥制作水泥砖块。这样一来，节省了很多费用，用最少的钱，将农户的房子建起来了。看着一幢幢新房子，刘芳华长长地舒了一口气："哎，这些重灾户终于有了安身之所。"

而这时的刘芳华，已经走烂了三双高筒靴。看着这些搬进新居的农户的笑脸，再瞧瞧自己开了口的鞋子，她也欣慰地笑了。

住进新建起来的房子，那些真正受灾，而组长没有为他们报损失的农户感慨不已：

"如果没有刘芳华亲自来这里查实，要想这么快就住上这样的新房子，可能在梦中。哎，我们再也不用担心在外面淋雨受冻了。"

"难得她这么尽心尽力为我们考虑，鞋子都走烂了好几双，这样的干部不提拔说不过去啊。"

之后，刘芳华建议对挪用救济款抵账的村干部进行处罚，结果，那个擅自主张挪用救济款抵账的村书记被撤职，并扣除村里的工作经费。在全乡村组干部大会上，分管救灾工作的副乡长在总结实地查灾和灾后重建工作时，多次提到这个事，要求各村引以为戒。当说到刘芳华时，他骄傲不已："因为有刘芳华实打实地查灾，我们的救灾款救助了实实在在应该得到救助的人，使全乡房屋倒塌户住进了新房子，为老百姓办了实事，我们乡干部得到老百姓的由衷称赞，乡政府的公信力也在无形之中上升了。"

赵书记向县政府分管领导汇报这项工作时，也提到了她："我们这项工作得到了上级称赞和群众认可，与刘芳华沉下去踏实工作是分不开的。"

第二十四章
坚持原则

　　高家坪乡洪灾的受损情况摸得准，乡政府帮助农户组织建材，通过一段时间的努力，对全乡因为这次水灾而造成的房屋全倒户、半倒户，重新建起了新房，受灾农户及时搬进了新居。

　　刘芳华又一次检查灾后重建工作，她和村书记沿河边一路走着。远远望去，河水已经清澈；河岸上，稻田中堆积的泥沙也清理干净了，倒塌的秧苗立起来了，农民正在追加肥料。后面的青山中间，冲成的水槽下挖有水沟，连接着水渠。他们走到曾经受灾最重的一个农户的大门口，只见门前有少许鞭炮碎屑，三间新居的大门两边用红纸写有对联："洪水无情人有情，新居落成感党恩。"横批是"灾后重建"。

　　刘芳华与村书记一脚踏进新屋，正在忙碌的女主人看见他们进屋后，忙问他们吃饭了没有，女主人边问边指着一盆扣肉说道："昨天刚刚办了酒席，还剩下这么多扣肉，我给你们热菜吃饭。"

　　村书记告诉女主人："我们吃过了，你家搬进了新居，恭喜啊。"

　　女主人望了刘芳华一眼，感激道："唉，要不是刘主任想方设法为我们建了这个新房子，我们连居住的地方都没有，哪里还敢想有今天啊。"

　　村书记随声附和："是呀，你们现在能够安居乐业，多亏了刘芳华，多亏了政府。"

　　如此快速安置受灾户，在全县树立了榜样。县民政局领导决定带各乡民政所干部来高家坪乡取经，在这个经验交流会上，县民政局领导要刘芳华介绍经验，她侃侃而谈；之后，又要她带全体参会人员去各村重灾户家实地查看安置情况，特别是去看那些新建的房子，参观回来的路上，与会者对她好评如潮："从刘芳华发言材料中举的例子来看，她好像对每个受灾户的情况都很熟悉。"

"是有这种感觉，而且所到的那些受灾户都很感激她。"

"怎么做到的？莫非她一户户地去查灾了？"

"不可能吧？这么短的时间。"

"她应该到了那些人家里，至少今天见到的农户家她都到过了。"

"不容易呢，光今天现场参观的就有这么多户。"

灾情过后，全乡掀起了重建家园的热潮，刘芳华更加忙了。

那时，全乡户口也放在办公室由她管理，户口里面的内页档案都是她一手填写的。有一天，她正在办公室整理户口，有个在本村威望很高的村主任走到她面前，从挎包中掏出一个看起来很大的红包，放在办公桌上，凑到她耳边，很兴奋地对她轻声说道："小刘，我弟弟这次有个招工机会，但由于超过了年龄，不能报名了，想麻烦你改一下户口。"

那个村主任还对她耳语："假如这次帮了忙，将来我们一定会知恩图报的。"

她看见红包，吓得不知所措："你要干、干什么？"

"你不用紧张，容易得很，只不过换一张户口内页而已。"

"这事我办不了。"

任由那个村主任说得口干舌燥，她也不给办理。

几天后，高家坪乡每个村都派人去了解刚刚出台的计划生育文件宣传情况，她刚好被分到她曾拒绝过的那个村主任的村。

刘芳华在办公室忙了一整天后，看天色已晚，就去自己所联系的村。年轻人总是充满活力，尽管累了一天，走在村里的小路上，心情也是惬意的，她一路哼着欢快的歌儿。

刘芳华先到村书记家，得知书记去县城还没有回家；她又来到妇女主任家，被告知妇女主任去了县城儿子家，正在照顾坐月子的儿媳，她思来想去，只好去找自己曾经拒绝过的村主任。

刘芳华来到村主任家,带着微笑与村主任一家打招呼。正在吃晚饭的村主任一家没有一个人理她,自顾自地吃着晚饭。村主任的母亲还故意将板凳弄得很响。她硬着头皮说了自己的来意:

"主任,我这次来是了解你们村刚刚出台的计划生育文件宣传情况。"

"这事,你应该去找村妇女主任啊。"

"她不在家。"

"那你就去找村书记。"

"他去县城还没有回来。"

"那这事我就不知道了,你爱找谁找谁去,反正你不要找我。"

村主任的弟弟因为她不肯改年龄而错失招工机会,此刻,正窝在家里,见哥哥这个态度,便知道她是谁了,想到快到嘴边的鸭子一下子飞走了,都是拜眼前这个人所赐。

想到这个事儿,就特别窝心,便对她大声吼叫着。

村主任的弟弟这样恶声恶气的大吼声,惊动了邻居,他们都觉得很奇怪,就赶来看热闹。

她只好带着委屈,慢慢往回走,想等第二天村书记回来后再搞清楚这个村的宣传情况。虽然心里难受,但她一点也不后悔。

半年过去,上级突击检查户口工作,全县唯独她所分管的户口没有出任何差错。县公安局对她的工作大加赞赏。

又过了一阵,一个妇女找到她,要求给差几个月达到法定婚龄的儿子提前办理结婚证,她耐心地给那个村民做工作,并拒绝了她的请求。

到了年底,县民政局对全县办理结婚证情况进行抽样检查,高家坪乡被抽到了,通过工作队对每个卷宗进行复核,刘芳华经手办理的所有结婚证,没有一个出差错的。那些参加复查的人当着赵书记的面,对她竖起了大拇指。

第二十五章
人情世故

那时，乡政府未成立残联，对残疾人管理这一项工作，归并到乡民政所兼管。当时，在搞残疾人的摸底、定级、发证工作。各位包村干部摸底、填表，将所有残疾人员上报到乡民政所后，就是定级、发证工作。那时，残疾等级没有经过权威医疗部门体检确定，只由民政专干一个人对照着一个小册子，自己估摸着在残疾证上填写等级。

刘芳华有个高中时的同学，家里很穷，高中毕业后就谋起了生活。他在给一个工程施工时，左手无名指打断了，找到她，要求定个肢体二级残废。

刘芳华仔细对照标准后，觉得太离谱了，就算就近靠，也只能靠得上八级，于是，她在他的残疾证上填写上肢体八级残。

那个同学得到通知，很兴奋地来到乡政府办公室，与刘芳华打了声招呼，就询问自己的残疾证。刘芳华给他倒了一杯水，就从那一大堆证件中间找他的残疾证。那个同学眼睛一眨不眨地盯着。

"找到了，"刘芳华高兴地对自己的老同学说道，然后递给了他。

那个同学看到自己的残疾证后，马上变了脸色，当场便撕碎了刚填写的残疾证。

同学边撕证边将碎片砸在她脸上，挖苦道："管个残疾证，以为自己了不起，我还就不要了。"

恰在这时，这段时间去外地进修刚刚回来的李建设一脚跨进办公室的门，见此情景，大吼一声："喂，老同学，你干什么？"

而此时的刘芳华，惊魂未定，呆呆地站在办公室里不知所措。眼里噙着泪水。

李建设见状，便问刚才看热闹的人发生了什么事，那个人便轻声告诉了他事情经过。

李建设明白是怎么一回事后，便拽着老同学，到离乡政府没有多远的小餐馆喝酒。两人坐定后，李建设点了菜，待菜上桌后，便向那人敬酒："来，老同学，我先敬你一杯，我们都是刘芳华的老同学，要支持她的工作啊。"

"我不是不支持她的工作，是她太固执了，我告诉你一件事吧，与我一起受伤的一个民工，受伤的部位和我的一模一样，人家在他们乡民政所都是定的二级伤残。什么老同学，你们才是老同学，我哪里配得上你们啊，一个翻泥巴坨的。"

"来来来，喝酒，都是一样干工作，不要分彼此。刘芳华是有原则的，你的伤残程度肯定达不到二级，如果能靠上，我相信，她一定会给你办理的。你如果不信，那我问你，你敢不敢去专门专业的医疗机构去做鉴定？如果你鉴定是二级，她不给你办，我负责批评她。"

"鉴定肯定达不到啊，我这不是想沾点老同学的光嘛。"

"你沾光了，那刘芳华怎么办？你就忍心让她犯错误？"

两人喝酒后，李建设又拽着那个人来到刘芳华的办公室，李建设示意她按之前的内容再填一张残疾证。她照办了，李建设将残疾证塞入老同学的上衣口袋中，那人虽然心里不痛快，也没有再说什么了。

后来，县民政局接到各乡办理残疾证的汇总表，从表中看出，各乡残疾人比例太大，几乎超过了总人口的百分之十，而且，大多是二级、一级伤残。

看到这个严重问题，县民政局立即召集各乡民政专干开会，县民政局局长语重心长地问大家："大家摸着良心问一下自己，所填写的残疾证是真实情况吗？全乡真有那么多残疾人，而且全都是重度残疾吗？"

现场一阵沉默。散会后，县民政局领导便带着专业人士进驻各乡，对所发的残疾证进行全面清理，对不合乎规定的残疾证立即收回，重新填写。

这样一来，很多弄虚作假的乡民政所就进行了大量返工，经手人有的受到了严厉批评，有的当场就被乡政府领导换人。而刘芳华经手的高家坪乡，所发的残疾证，没有一个返工的。

之前怪罪过她的那个老同学，得知与自己一模一样伤情的人，最终也被确定为八级残废，就消除了对她的误会。

刘芳华任办公室主任期间，工作兢兢业业，任劳任怨，兼管民政、残疾人工作，办事公道，一视同仁，得到了领导的赏识，也得到了大多数正直村干部的认可，更深受全乡广大人民群众的好评。

那年，恰逢乡政府换届，很多人都对她寄予厚望："小刘工作认真负责，这次一定会得到提拔。"

"要是像她这样干工作都得不到提拔，以后哪还有人干实事啊。"

选举前，很多村干部都在问赵闯："赵书记，你们乡党委到底推荐小刘没有啊？"

"怎么没有推荐？为小刘的事，我还专门找了驻我乡的县委常委、宣传部部长杨国庆。"

"那就好，不然对不住她啊。"

不久后，她得到了上级组织部门的认可，被提名为副乡长候选人。那些乡人大代表知道后，奔走相告："刘芳华被上级党组织确定为副乡长候选人了，到时，我们都要投她的票啊。"

"那肯定的，她为我们高家坪乡做了很多实事。"

几天后的一个晴日，阳光洒满大地，高家坪乡人代会如期召开。在这个大会上，代表们个个喜气洋洋，在选票上她的名字后面，都打上了一个大圆圈，最后她以高票当选为副乡长。当主持人宣布这一结果时，台下响起经久不息的掌声。

高家坪乡的老百姓知道她当选后，也到处宣传：

"小刘当上副乡长，名副其实，完全是她没日没夜工作干出来的。"

"刘芳华做什么事都认真，特别是在查灾中，公平对待受灾户，使真正受灾的人得到了实惠，提升了乡政府的公信力，确实难得。"

"小刘坚持原则，办事公道，还能为老百姓设身处地去想，是个好干部，将来也一定会是一个好领导。"

"领导这次确实没有看错人，提拔了她；群众的眼睛也是雪亮的，选对了自己的父母官。"

第二十六章
两情相悦

高家坪乡换届选举时，刘芳华选上了副乡长，这时，全乡沸腾了，人们茶余饭后津津乐道：

"听说这次乡人大代表开会选了个女副乡长，还很年轻，是否真的？"

"是的，就是那个经常卷起裤管下田的小刘。"

"不会吧，这么年轻就当上了副乡长。"

"怎么不会，乡人大代表亲口说出来的，还有假吗？"

"那她有男朋友没有，好像也工作几年了，年纪应该不小了吧？"

"不知道，好像没有。"

说者无心，听者有意，一天早上，她刚刚起床，曾经的住户、牛角湾村的妇女主任带着一个老年妇女找到她，村妇女主任绕着弯问她："小刘，你年纪也不小了，心里有中意的人没有？"

她笑着摇摇头，那个老年妇女见状，就很高兴地问她："刘乡长，你找对象有什么要求？"

"你们要给我介绍对象吗？可是，我暂时还不想考虑这事。"

"唉，该考虑了，这都是人生必须经历的过程。"

没有多久，牛角湾村妇女主任就叫她周日务必来家里一趟，她如约而至，走进屋一看，一个西装革履的年轻小伙子坐在妇女主任家，手里夹着一支烟，正在大口大口地吸着，看见她进屋后，马上丢在脚下踩灭。

自我介绍一番后，那个人就眉飞色舞地说自己是市级单位正科级干部，拿多少工资，父母帮着在县城买了房子等情况。她听得云里雾里。对比自己那少得可怜的工资，简直是天壤之别。她在心里想："你的级别、收入、房子与我有关系吗？"

年轻人正说得起劲时，之前那个随妇女主任去乡政府找过她的老妇人及时走进来，开门见山地说道："刘乡长，这是我侄儿，家里条件那不是我吹，真的很好，如果你们双方看得上眼，就好好相处。"

这时，她明白了，这人是来相亲的，她便推说村书记正等着自己办事，就离开了。

无独有偶，她回老家时，父母说得最多的话就是："华丫头，你年纪不小了，该考虑个人的事了。"

过了几天，她吃过早饭，正准备下村去，母亲与一个女人和一个穿戴得体的小伙子来到乡政府，吸引乡政府很多同事都来看热闹，其中有个男同事认识他，便给同事们介绍："这个小伙子在县城一个很重要的局机关工作，条件好，小刘可能看得上。"

"也不一定，她有自己标准的。"

外面议论纷纷，她的办公室里，媒人在极力撮合。小伙子也风度翩翩，但她自己也不知道为什么，就是对他提不起兴趣来。面对这样的煎熬，她马上对那些人说道："对不起，同事们都下村去了，我也要走了。"

那个小伙子与媒人看她下了逐客令，便极不情愿地离开，等客人走后，母亲便指责她：

"华丫头，你这个看不上，那个瞧不来，你究竟要找个什么样的人？"

"我，我，我也不知道。"

从此后，父母、亲人、领导、同事，轮换给她介绍对象，不是话不投机就是三观不合，没有一个中意的，而且，这样的相亲，令她很心烦，当她一听到那些曾经给她介绍过对象的人找她时，便躲得远远的。

一个下雨天，她下村回乡政府的途中，正骑着自行车冲上坡，突然，对面一辆自行车闯过来，将她连人带车撞出去好远，滚入旁边的稻田里，她当时眼冒金星，眼前一阵模糊，看不清楚了。但那人转身时，她却看见了那有一大块黑斑的左脸。原来他就是那个她曾经拒绝过帮忙的村主任的弟弟。

她发现自己腿上鲜血直流，便喊救命。但几个过路人都急着赶路，根本没有人听见她的呼救声。她只好自己撑着慢慢爬起来，但腿像灌铅了一样，根本站不起来，只好在泥土中坐着。又过了一会儿，她突然晕过去了，任凭雨水浇灌自己的身体。

天完全黑下来了，她迷迷糊糊地听见有人叫她，猛然睁开眼睛，发现一张焦急的脸，她揉揉眼睛仔细一看，是李建设，他关切地问她：

"你醒了？还痛不痛？"

她望了望白色的墙壁、拿着听筒的乡卫生院医生，摸摸睡的病床，疑惑地问道："我这是怎么了？"

"你还问别人，我问你，你是怎么摔倒的？"姑妈一脚跨进门问她。

听见这话，她委屈地哭了起来："我不是摔下来的，是被人撞的。"

"你刚才说什么，被人撞的，竟然有这样的事？赶快报案。"

"不用，一点小事。"

"还一点小事，当时你都晕过去了。"

过了一阵，她问他："你是怎么找到我的？"

"我家访路过那里，远远看见那辆自行车好像是你的，走近一看，真是你。我就将你送到这里来了。"

"那姑妈，你是怎么来的？"

"我看今天下雨，干不了什么农活，就与你姑父下山卖了一头猪，来还你一点钱，你至少可以还一点信用社的利息。"

"你身体不好，不要给我还钱，信用社那点钱我自己慢慢还。"

"那怎么成，是我治病用的，我多少都要还一些。"

又过了一会儿，派出所的老同学刘利民来到医院，询问了她的病情后，就将李建设叫了出去，过了好一阵，两人才回来，刘利民接着又问她受伤的具体过程，边问边做记录，她疑惑地看向他们，问道："你们出去这么久，干什么去了？"

"我们去做笔录，然后又去医生办公室翻看病历。"

"你报案了?"李建设点点头。

这时,她鼻塞,用手按住鼻子,才能透出气,李建设见状,就拿出几张餐巾纸叠在一起,用手摁在她鼻翼上,她想要自己来,却全身使不上劲儿。他推开她按住鼻子的手,吩咐道:"别逞能了,将劲儿使在鼻子上,往下点,再往下点。"

隔一会儿,她鼻子中终于挤出来一些鼻涕,他马上帮她接住、揩掉。

这个细致的小动作,触动了姑妈的某根神经,待李建设送刘所长出去后,姑妈就对刘芳华说道:"华丫头,我也听人说了你相亲的事,其实哪用相亲,我看这个李建设就不错,我之前在医院住院时,他忙前忙后的,现在,又对你那么细心照料,确实难得……"

姑妈话还未说完,李建设一脚跨进门,当着姑妈的面,眼睛看着她,缓缓道来:"芳华,我从高中时起,就对你有好感了,这么多年来,我心中只有你,我也听说了你相亲的事,心里很着急,只是因为这段时间家中出了一点急事耽误了。我现在当着姑妈的面向你保证,我会一心一意对你好的。"

她第一次看见他这么严肃的样子,便忍不住笑,嗔怪道:"原来你早就有预谋。"

乡政府同事也来看她,得知她只是骨折,又见到这个场面,就叽叽喳喳起来:

"我说嘛,刘乡长心里早就有了意中人,相亲怎么会成功?"

"是的,他们早就有来往,她父母还操闲心。"

从此后,他们相处得更加愉快了。双方父母知道后,要给他们举行一个订婚仪式。如果按农村习俗,应该女方亲戚去男方家里踩屋场,但两个年轻人极力反对这个事。

中学校长童海涛知道李建设已经向刘芳华表白,她也默认后,非常高兴,征求了他们的意见后,决定就在学校礼堂,为他们举行订婚仪式。

金秋十月,恰逢周末。崭新的乡中学里,女教师负责布置会场,将大礼堂挂满了彩色气球,又贴些彩纸,搞得喜气洋洋的;男教师用大红纸写对联,挑水劈柴,买菜做饭,忙前忙后,个个笑嘻嘻的。童校长满面春风地亲自为他们主持订婚仪式。

请到会场的双方父母、刘芳华的姑妈，都穿戴一新，人人都很高兴。李建设的母亲见到站在儿子旁边漂亮的刘芳华后，更加笑得合不拢嘴。李建设红光满面，笑着与道贺的人一一打招呼，刘芳华脸上也是红扑扑的，腼腆地接受亲人们的祝贺。那些参加仪式的老师也叽叽喳喳个不停：

"今天，我们这里真喜庆，比过节还热闹。"

"李建设与刘芳华郎才女貌，仔细看，他们还真有夫妻相。"

"听说两人在高中时就有那个意思。"

"难怪刘乡长每次相亲都不欢而散，原来心里早就住进了人。"

刘芳华的父母也笑容满面地接受众人的道贺。姑妈更是高兴得合不拢嘴。

第二十七章
宏图初定

刘芳华以自己的实力和过硬的工作作风，赢得老百姓的由衷敬佩，在乡政府换届时，她被高家坪乡人大代表选举为副乡长，然后又与自己心仪之人订了婚，工作、生活都顺风顺水。

工作的变动，职务的升迁，丝毫没有改变她心系老百姓的品行，她还是时常深入高家坪乡各村农户的田间地头，查看老百姓种了什么，询问他们吃得怎么样。

此后的某一天，乡党委书记赵闯从县丘岗山地开发指挥部开会回来，召开乡政府班子成员会时，一脸愁容：

"这次县农业局依靠县政府，成立了县丘岗山地开发指挥部，指挥部由分管的副县长挂帅，实际上办公室还是设在县农业局，分管农业的副县长张功成发了话，号召各乡发展特色产业，我们这里什么产业也没有，大家看怎么搞。"

那些副职各抒己见："我乡穷得叮当响，能发展什么产业啊？"

"是呀，这里的条件太差了。"

刘芳华见同事这样说话，就抢过话头，大胆发言："据我到各村观察，现在，农民吃饭已经不是什么问题了，他们房前屋后也不光是种蔬菜，还栽有各种果树，有柑橘、核桃等，栽种最多的是柑橘。"

"这些都是零星种植，能抵得了什么事？"有人反问她。

她继续说："我曾经听外地工作的同学讲过，那些发达地区，人们已经将果品当成了必不可少的食物，我在各村走访时，看见那些经济条件稍许好点的家庭都摆有果盘，我建议，能否将我们这里的特色产业定位为发展果树？"

赵书记听了她的建议后，沉思了一会儿，紧绷的脸上开始舒展，猛吸了几口烟后，将烟头踩灭，迅速扫了几个下属一眼，站起身来，坚定地说道："小刘这个建议好，解了我的困惑，但这毕竟是新鲜事，具体怎么搞，让我再考虑一下。"

之后几天，赵书记去了几个村了解翔实情况，一天晚上，赵书记一锤定音，他在全体乡干部大会上宣布："经过乡党委、政府领导研究决定，高家坪乡的特色产业以种植果树为主，这项工作由新当选的副乡长刘芳华全权负责，同志们都要支持她的工作，去各村宣传发动。"

书记话音刚落，同事们沉默几秒钟后，就叽叽喳喳议论起来：

"农民都种习惯了粮食作物，现在要他们大面积种果树，怎么发动得起来呢？"

"刘乡长，要不，你给我们搞一个样板出来？"

她笑着点点头。她在思考，自己毕竟不是学果树栽培的，种果树虽然也与学农挂得上钩，但毕竟隔行如隔山，不行，这样大的工程绝不能蛮干，得请个技术员来。

天刚刚亮，刘芳华就起床了，洗漱后，就骑着自行车去了县城，准备到县政府直接去找分管农业的张副县长。还差几分钟八点，张功成走进了自己的办公室，因为之前刘芳华与赵书记一起找过这个张副县长，所以，当她作自我介绍时，张副县长马上认出了她，笑着赞叹道："上次推广新技术，你们乡的示范点办得好，为县政府撑了面子，这次来又有什么新点子？"

她说出了自己的想法，张功成听后，很开心地点头，笑眯眯地告诉她："自从上次开会后，各乡都还没有动静，你们乡是第一个出来支持这个号召的，给你们派个最好的技术员过去。"

他边说边打电话到县农业局，农业局马上答应派一个技术过硬的技术员给她。张副县长要她立即去县农业局，找刚才接电话的分管副局长。

她到了县农业局，找到那个副局长，自我介绍后，要求去见那个技术员，她和副局长来到技术员的办公室，副局长说明来意，那个戴眼镜的中年男人一听，不耐烦地问道："怎么又是我啊？"

"老周，你技术最过硬啊，张副县长发话了，说高家坪乡是最先支持丘岗山地开发工作的，理应给予他们最好的技术支持。"

"你不用给我戴高帽子，既然你们领导定了，我也不多说了，我先看看再说。"

刘芳华问那个技术员什么时候来高家坪乡，那个人对她摆了几下手："你回去等着吧，就这几天。"

乡政府住房紧张，她将自己的小房子空出来，留给那个技术员。自己在周春燕的小房子中间再加一张小床，将自己的铺盖行头搬过来。

她将腾出来的那间房子打扫一番，又抹窗户又拖地，搞干净后，再买来新铺盖。忙完这些，她就专心等那个技术员，每次乡政府门口来了人，她都会张望一眼，看是否是那个技术员。

一天早上，她终于看见那个技术员挎着一个包来到乡政府，她马上迎上去，那人也点一下头，算是回答。

刘芳华将本乡准备大力发展果树栽培的想法说给他听，他还没有听完，就反问道："就算种出来了又能怎么样，干果还好，水果放不了多久，卖不掉就会烂，你考虑过吗？"

她马上回答："我那天去县政府，分管的张副县长告诉我，我乡是第一个打算种植果树的，销路肯定不错的。"

"但愿如此吧，就怕跟风啊。"

晚上，刘芳华拽着他，去乡政府所在地的村，召开群众会进行宣传发动。她才说个开场白，那些参加会议的群众就笑话起她来：

"刘乡长，我们历年来都是在地里种庄稼，现在，你要我们种什么果树，失败了怎么办？就算种果树能够成功，挂果前几年也没有收益，实在划不来。"

"是呀，历年来，果树都是种在那些种不了庄稼的荒坡烂地中，哪能占用种庄稼的肥沃土壤呢。"

无论她怎么反复宣传，很多群众就是想不通，群众会不欢而散。

那个技术员看到这个情景，对她说："这里工作难搞，你要做好心理准备。"

第二天早上，她叫他一起到别的村再发动宣传去，他却收拾自己的行李，准备回去，她苦苦挽留，他还是头也不回地走了。走时，他对刘芳华说道："我叫周洋，提醒你一句，先化验土壤吧，要不然说啥都是空谈。"

周洋走后，刘芳华顿时感觉六神无主了，但她强迫自己镇静下来，她想，技术员的离开，工作环境差是一个方面，但前期工作没有做好，也是他离开的因素。毕竟给群众开会宣传不是技术活，等我们准备好了，再去请技术员来。

周洋虽然走了，但他留下的话却时刻萦绕在刘芳华脑海中，自己学的不是果树专业，但什么样的土质适合种什么果树，这个基本的道理还是知道的，所以他的意见很中肯。当务之急，不是发动群众，而是把土壤拿去化验，看高家坪乡适合种植什么果树。

想清楚后，她叫那些包村干部将各村的土壤取一点来，她收到一个村的土，就用塑料袋装好，上面写好村名。收齐后，一起拿到县农业局土肥站去化验。

她问化验结果什么时候出来，土肥站工作人员告诉她："还要一点时间。"

于是，她又心有不甘地去找那个周技术员，刚刚走到周洋办公室门口，就听见屋子里面的对话声："我这次托人在白壁岩村给你弄了一点云雾茶来。"

只听见周洋答道："那里交通不便，你真是费心了，就是太少了一点，多少钱？"

"过几天我再派人弄去，今天就这点，还要什么钱啊，你帮我的忙，多少钱都算不清啊。"

周洋哈哈大笑道："就你老兄知道我好这口，很好，很好，晚上我们出去喝一杯。"

她马上退出来，在心里琢磨：白壁岩，那不是自己的老家吗？对，就是自己老家，高山云雾茶，唯有自己老家才产这种茶，她曾经亲眼看见外地人出高价来这里买过茶叶。

从县农业局回来，刘芳华直接坐高家坪的线路车，又翻山越岭地回到老家，到家时，父母已经吃过晚饭，来不及喝口水，她就着急地问父母："家中还有茶叶吗？"

"还有一包。"

第二天，她带上这些茶叶，先取化验结果，然后去找周洋，当她将那包茶叶送给周技术员时，周洋叫她将礼物拿回去。

她笑着说道："我这不是什么礼物，完全是一点心意，这是我和父母在老家白壁岩山上自己摘、自己做的茶叶。"

周洋听到这话后，马上问道："白壁岩？就是那个没有通公路攀梯过桥的白壁岩？自己上山摘的茶叶？"

"是的。"

"你怎么知道我喜欢白壁岩的茶叶？"

她也不回答，只是神秘地笑笑。周洋接过茶叶，就与她聊起天来，问她推广果树种植的情况，她将自己的困惑一一告诉了他。

她顺便让周洋帮着看看化验结果，周洋有点感动，不但详细告诉她这个地质适合种植橘子，还想了想说："我再跟你去一趟吧。"

她听了这话非常高兴，但她考虑了一下，还是对周洋说道："等我将前期工作搞好后，再接你来高家坪乡。"

第二十八章
圆满办场

　　刘芳华从周洋办公室出来后，拿着权威部门土质认证的化验单，从化验结果和技术员口中，得知高家坪乡适合种植柑橘系列的结论。

　　她将这一结果报告给赵书记，赵书记很高兴，同意了高家坪乡的特色产业以种植柑橘为主。

　　有了这个想法，她又去几个村召开了好几次群众会，发动村民们栽种柑橘树，但大家都是吵吵嚷嚷：

　　"栽种柑橘树前期投入太大，成本太高了。"

　　"是呀，周期太长了，几年才有收益，划不来。"

　　"主要是风险太大，没有种粮食作物保险。"

　　尽管她天天发动，村民们反反复复都是那些话。她经过深思熟虑后也觉得，村民们反映的问题是客观存在的，被大家抵制也正常，看来，这个想法不现实。

　　一天晚上，她躺在床上，翻来覆去睡不着觉，思考一阵后，猛然灵光一闪：能否在高家坪乡建一个大型水果场，统一栽种果树，由乡统一核算土地、劳力，全乡共同分摊成本、承担风险，一起受益？

　　她认为这确实是个好主意，连夜又考虑办场的一些具体问题，最开始当然是选址，究竟选择哪里合适呢？

　　还是要请实地勘测设计绘图专家来把关，她将以乡建一个大型水果场的想法又征求赵书记意见，赵书记笑着鼓励她："可以，以后你放开手脚干工作，能自己处理好的事，不要事事向我汇报。"

一天早上，还未到上班时间，她将自行车支在县农业局大门口，等待周洋。隔一会儿，技术员来了，她急匆匆打招呼，说明来意，周洋见到她，分外热情，边给她倒茶，边笑着说道："看来，你也不容易啊，才当上副乡长，就分管这么重要的事，看在你这么用心的份儿上，我决定帮你，你算找对人了，我干这个事还凑合。"

她听后，喜出望外。他慢悠悠说道："来，喝一杯你家乡的茶，我既然答应了，就不会耽误事的，明天，我就去你们乡。"

她得到肯定答复后，马上感觉心里的一块大石头落了地，就咧开嘴笑了。

她又落实了设计绘图专家，就满心欢喜回到乡政府。第二天，周洋就带着一大背包东西来到高家坪乡，见到刘芳华后，叫她喊几个帮手。

几个人来来回回在全乡几处开阔地上选址，最后，他们来到高家坪乡一片最大的荒坡上。这里背靠白壁岩，眼前一条小河。荒坡上，杂草丛生，荆棘满地。技术员站在高坡上，对前后左右的环境一一踩点，又捧起一把泥土，在鼻子前嗅了嗅，便对刘芳华说道："这地方看起来不错。"

技术员马上放下背包，从中取出标杆、卷尺等仪器，指挥跟来的帮手用柴刀砍杂草、树木、荆棘。砍出一条通道后，就照着标杆牵线、取点、放样，叫刘芳华记录数据。几个人仔细测量，搞好一个点，就在纸上画出草图，忙活了好一阵。然后，他对刘芳华点点头："这一大片还行。"

她一看，这些地是几个村的交界处，他们在这些地里踩点时，那些在地里劳作的农户看见了，就问道："你们在这里干什么？"

刘芳华见有人这么问，就想趁机征求一下这些人的意见，她走到农户身边，真诚地说道："我们想在这里建一个大型水果场，以后有收益了，与你们分成怎么样？"

那些农户当中有的人认识她，寒暄一阵后，就回答道："刘乡长，不是我不相信你，但土地确实是我们老百姓的命根子，把地收走后，我们到哪里刨食去？"

"有分成的。况且，这些大都是荒坡地，也种不了什么。"

听有人叫刘乡长，旁边那些正在劳作的农户就围拢来，当着她的面，叽叽喳喳议论起来：

"有分成？那不是不用干工都有收益？"

"你想得美。"

她听了这些话，就安慰那些人："你们放心，政府不会白白让你们出地，到时候，一定会有一个合理分成合同的。"

一行人从荒坡中回来，按照画好的草图，就该去落实了。可是，这些地是几个村农户的，那就只能给农户逐户去做工作，而没有其他捷径可走。

她先去有关村，向有一定影响力的老党员、退休老干部征求意见，他们给出了一些好建议：

"村看村，户看户，群众看的是干部，要想干成一件事，必须首先保证干部思想通。"

"要签订好合同，乡政府与场之间，场与村之间，场与占地村民之间，都要有详细的合同。"

刘芳华按照集思广益得来的好建议，分别拟出合同草案。

她拿着草拟的合同，就去与村组干部磋商，她首先来到占地最多的樟树岗村，召开村组干部会议，当她说明来意后，每个人虽然说法不一，但归纳起来，都是一些畏难的话：

"现在，土地都分到户了，要将那些分散的地再集中起来统一管理，恐怕难干。"

"老百姓的要求很难全部满足的。"

初步征求意见是这种结果，作为分管这项工作的副乡长，刘芳华觉得应该想别的办法。听说外县办这样的绿色企业搞得热火朝天，能否将这些人带到外面学习去？可是，学习经费从哪里来？

思来想去，她觉得县政府肯定消息灵通一些，对，到县政府打探消息去。说干就干，她来到县政府，找到分管这项工作的张副县长，看有无其他办法可以借鉴。

当她将自己召开各村组干部会议的情况向张功成汇报，并要领导支招时，张副县长沉思了几分钟后，用手敲几下自己的办公桌，注视着她，问道："有没有信心再办一次样板试点？"

"有，当然有，想问一下办试点有哪些优惠政策？"

"可以给一定经费。"

"那太好了。"

在张副县长办公室，她了解到外地有搞得好的样板，想去学习一下，张副县长从一本笔记中翻找出一个地址，告诉了她。她又问清楚了怎样落实前期资金的流程，待一切准备就绪后，她又去了一趟周洋办公室，邀请技术员一起去参观，周洋一听她说的地址，高兴地告诉她："这里是以前我跟着老师去指导过的县，现在已经是有名的水果之乡了，去那里取经值得。好，我给你们当向导。"

告别技术员，她分别来到占地的相关村，迅速组织村组干部、部分党员去外地学习。

她和周洋带领着一行人去了外地，认真听取别人介绍经验："我们这个县全靠水果收益，可以这么说，我县没有从农户手中收一分钱，要开支的提留款，都是从这些水果收入中支配的。"

相关村组干部、部分党员，听到再也不用去各家各户收提留款了，心里面特别高兴。

在现场，他们又看到漫山遍岭的果树挂满了果实，红彤彤的，心里羡慕极了，当场个个心情激动，摩拳擦掌。

她见状，便将几个村的村组干部、党员聚集到一起统一思想，她首先发言："大家通过亲耳听、亲眼看后，感觉怎么样？"

"这里的经验值得借鉴。"

"是的，要想致富，必须大力发展特色产业。"

"好，很好，具体到你们每个村，那就是将乡水果场所占的地迅速落实。"

"具体做法，就是全乡统一进行核算平衡账，这个村出多少地，那个村出多少劳力。"

"对，我们这些村出地，让那些没有出地的村出劳力，公平。"

"前几年以地养地，农户按照技术员指导，可以在地里种庄稼，过几年有了收益后，水果场就每年按照合同给占地农户合理租金。"

从外地学习归来，刘芳华几乎天天泡在村里，通过她做大量工作，村组干部积极配合，建水果场的地终于落实了。

她又请来周技术员，安排人跟着他跑，帮忙拿仪器，在周洋画好线的地方钉上木桩。

就要建厂了，对那些没有出地的村，她就要村里安排劳力做工。民工们从家中拿来换洗衣服后，就住在简易工棚里，用石头架起锅灶自己煮饭吃。

他们边建厂房边整地。这边搞建筑的人在挖屋脚，砌砖块，搬水泥，拌砂浆，钉檩子，盖瓦。那边，荒坡上，有的在砍小树、杂草、荆棘，有的在平整土地。依照山势，将斜坡平整成梯形的地块，然后，按照技术员用标杆画出的石灰线，在地上打坑。整个工地热火朝天。

刘芳华负责上下协调，及时解决问题：

"刘乡长，水泥快用完了。"

"叫李二毛到财务那里支点钱买去。要买标准的水泥啊。"

"刘乡长，砖块也快没有了。"

"老陈，安排人去乡机砖厂拖去，先记账，到时统一付款。"

技术员也在工地跑上跑下，负责质量："周技术员，你来看一下这块地平整好了没有？"

周洋将标杆立在地中间，眯着眼睛仔细对照后，点点头："再将我右手边的地起一层薄土出来就够了。"

"周技术员，你来看一下这个坑，深度够不够？"

周洋拿钢卷尺量一下挖好的坑，答道："你将泥土刨出来，就够了。"

经过几个月的连续奋战，一个像模像样的水果场的场房建起来了，这是一幢一层的平房，砖木结构，青砖碧瓦，有几十间房。这个房子背靠白壁岩，前面是小河，真正的依山傍水。傍晚，袅袅炊烟从厨房中冒出来，员工们从原来的小棚子里搬入到大平房，他们三三两两从工地回到平房，在房子前面说说笑笑。

同时，地也平整好了，远远望去，层层梯形，地里按相同的间距打好了坑。昔日荆棘丛生的荒山野岭变成了现在的梯形地块，面对这个新水果场，刘芳华欣慰地笑了。

过了一阵，他们从县农业局拖来柑橘树苗，场务管理员、民工们都一齐栽种水果苗子，一个人将树苗放在打好的坑中扶住，另一个人用锄头掩土。

这边栽树，那边木工做木床、简易的柜子，泥瓦匠在安锅灶。

没过几天，树苗全部栽种下去，场务人员也全部搬进了新场房。

看着这个崭新的场房和栽种在地里的水果树苗，刘芳华和周洋开心地笑了起来。

第二十九章
管理树苗

高家坪乡水果场建起来了，前期基础工程完成后，后期管理还需要一帮人，刘芳华结合其他县办场经验，决定招收一批固定员工。她与场务办一帮人，严格规定进场人员条件，驻场人员工资标准，以及场规、场纪。然后，在全乡发出招工公告，张贴在人群集中处。

逢场日，很多人围在集市的一面墙上观看公告，叽叽喳喳道：

"这是什么招工公告？"

"乡政府水果场要招人了，每月有钱发，我喊儿子去试试。"

"每月只有两天假，干那么多工，只有那点钱，划不来。"

"没有事做的人还是可以的，比坐在家里强多了，你种粮食作物一季又能得多少钱？"

"那倒也是啊。"

公告发出去没几天，全乡便迅速掀起了报名热潮。她与几个场务人员一起组成审查组，对进场人员进行严格审查，从众多的报名人员中，择优录取了一批员工。长期驻场的工人落实后，周洋回去了，刘芳华也回到乡政府休整一下。

他们刚刚离场没几天，一天清早，乡水果场一个工人急匆匆跑到乡政府，上气不接下气地向她报告："刘、刘乡长，树苗被人偷了。"

"哪里的树苗被人偷了？"

"乡、乡水果场的。"

"那巡夜的人呢？"

"他当时在树下睡着了。"

她马上叫上乡司法员，与自己一起去实地查看，他们在周边调查，乡司法员边走边指着那些树苗对她说："刘乡长，乡水果场的树苗与这些农户家栽种的树苗都是一个样子，根本没有办法区分出来。"

她见查不出结果，就无可奈何地望着水果场下面的河水，长叹一口气："这个小偷，太可恶了。"

她实地查看后，便与乡企业办主任老陈一起，在乡水果场召开场长、职工大会，她扫了会场一眼，一板一眼地说道："树苗被偷，看似外人作祟，实际上是我们自己没有管理好，大家说对不对？"

见她这样问，参加会议的人便在下面嘀嘀咕咕起来：

"这次这个巡夜的人要倒霉了，听说他那天白天打牌，是否真的？"

"不管什么原因，树苗被偷了，巡夜的人都脱不了干系。"

"对，不然场里的规章制度就白定了。"

她环视会场一圈后，缓缓说道："大家也清楚今天开会的目的，看来，加强内部整顿已经到了刻不容缓的地步。既然晚上巡夜的人已经安排白天不用干活，那就要抓紧时间好好睡觉，这样才有精力。为什么巡夜会打瞌睡？那天执勤的人自己心里清楚。"

那人看大家眼睛齐刷刷盯着自己，便耷拉着脑袋，走到前面，对众人鞠了一个躬，带着哭腔说道："对不起，我连累大家了。我那天白天没有休息好，晚上巡夜走了几圈后，就躺在树下睡着了，树苗被小偷偷走了，实在对不起，我愿意接受处罚。"

刘芳华与场务人员交换了一下眼色，就当众宣布了一个决定："由于此人白天打牌，没有在规定的休息时间休息好，导致水果场树苗被偷，经场委会研究决定，开除此人。"

那人听罢，不知所措。众人也都张大了嘴巴，继而小声议论起来：

"以后巡夜要留心了，不然什么时候被开除了都不知道。"

"是呀，开不得玩笑的，看来，刘乡长真的是铁面无私之人。"

过了几天，那个人看自己偷树苗后，乡水果场也没有将自己怎么样，就壮着胆子，又来偷第二次。然而这一次，他没有之前的好运气了，刚刚伸手挖树苗，就被护场人员当场抓住，缴获了赃物，还审出了前次偷的树苗。

刘芳华马上报案，已经升任为驻乡派出所所长的刘利民马上赶到现场，录了口供，这样一来，对这个人不但进行了前次偷树苗的罚款，还拘留了七天。

正当她以为可以松一口气时，上级通知她和企业办主任老陈、场长一起，去县农业局参加一个紧急会议，农业局主任眼含热泪，低沉地说道："今天，我把大家请来，是要告诉你们一个不幸的消息，前次从外地进来的那批柑橘树苗，有的地方已经发现了一种很奇怪的传染病，必须马上销毁。"

局长话音还没落地，整个会场顿时吵成了一锅粥：

"什么？我们刚刚栽下去，现在怎么办？谁给我们出钱再买苗子。"

"苗子，由县政府统一购买，大家要做的工作是，将每个预备栽树苗的坑用石灰拌规定的药水一起消毒，然后领树苗再栽种。"

"谁也不想这样对不对？这就要靠做工作了，只能辛苦大家，这也是今天召集大家来参加这个会议的原因。"

刘芳华听到这个消息也很气愤，但仔细一想，又觉得县农业局局长没有说错，毕竟谁也不想这样。她见老陈、乡水果场场长也义愤填膺，就给他们使了一个眼色，他们便没有多说什么了。

散会后，刘芳华安排老陈和场长马上去乡水果场，先通知员工们这件事，再等她来开会，自己立即回乡政府向赵书记汇报这个大事。赵书记一听，这事非同小可，就马上召开乡干部会，干部们一听要毁果苗，都来了情绪：

"当初，让我们去各村发动时，说得天花乱坠，现在，又要人家毁掉，这不是打自己脸吗？"

"是呀，人家会说我们乡政府干部没有信誉，今天这样说，明天又那样讲。"

刘芳华见状，就急忙解释："同事们前期发动辛苦了，当初，这些树苗也是经过检疫了的。可是，现在得了怪病，而这种病潜伏期太长，没有检验出来，也是没有办法的事，只能再辛苦大家一次了。"

那些人还在议论，赵书记看着大家的表情，斩钉截铁地吩咐下去："当初要大家发动时，反馈来的信息都说难干，没有几个人愿意栽种果树，我估计，要毁掉也不会太多，大家去村里面与村干部一起，逐户进行清理，看到底有多少才栽种下去的树苗。"

散会后，乡干部就到各村清理去了，刘芳华也回到乡水果场，参加职工大会，场长首先发言，当说到要销毁才栽种下去的树苗时，员工们吵吵嚷嚷：

"我们刚刚栽下去的树苗，说毁就毁了，太可惜了。"

"毁掉？那我们前期不是白干了？"

刘芳华环视了一下会场，缓缓走上前，诚恳地对大家说道：

"这是突发事件，就像一个人突然生病一样，我问一下在座的各位，谁能预料得到？"

会场短暂地停顿后，她提高声调，继续说道："所以，我们要坚决执行上级指示精神，毁掉以前的柑橘树苗，将坑消毒后，再栽新树苗，大家再辛苦点。"

那些人听后，虽然心里不爽，但一时半会儿也提不出什么反对意见。

员工们按照她所说的办法，毁树苗、消毒。她驻扎在场里，每天巡视，盯着他们保质保量毁树苗、消毒，等待栽种新树苗。在天天与员工们的相处中，她也与他们打成了一片。

在乡水果场通过毁苗、坑中消毒后，她又叫来周技术员检查质量，得到周洋的认可后，再次栽种下经过检验的树苗，看着重新栽种好的树苗，刘芳华脸上又露出了久违的笑容。

她看到乡水果场的树苗重新栽种下去后，想到全乡那些分散栽种树苗的农户，到底是怎样的情形还是个未知数。于是，她又回到乡政府，收集村干部在各村的清理情况，果真如赵书记预料的一样，没有多少种植的。

她协助有关乡干部，去各村做工作，当他们上门，那个包村干部说到这种新树苗有病时，一个老农嘴角一歪，讥笑道："青枝绿叶的柑橘树苗，怎么会有病？"

她看那个干部受到抢白，就接着规劝："老人家，看来你是相信政府的，不然你也不会在前期栽种柑橘树苗。你仔细想啊，如果柑橘树苗没有病，我们乡水果场怎么会花那么大的力量去销毁，你如果现在不销毁，以后生了病，那不是白白浪费时间和精力了？"

"你的柑橘树苗有病，那就证明我的树苗也有病，天底下哪有这个道理？"

"前期那些树苗都是从一个地方进来的，其他地方已经发病了，所以不得不销毁，请你理解、配合。"

"那我以后重新栽种的柑橘树苗从哪里来？"

"县政府统一购买。"

那人思考了一会儿后，就点头答应下来。

就这样，她一户户去落实，终于将全乡先前栽种下去的少量柑橘树苗全部销毁，再将栽种过柑橘树苗的地块也消了毒。

这些工作搞好后，刘芳华又请来周技术员一家一家去检查，重新挖的坑质量是否合格。所有的准备工作做好后，她又去县农业局联系，按照名册，拖来了经过全面检疫的柑橘树苗，监督登记的人栽种。

第三十章
一村一业

高家坪乡刚刚毁掉之前的柑橘树苗，重新栽种下新树苗，刘芳华终于松了一口气。恰在这时，上级通知赵书记准备会场，县里要在高家坪乡召开现场会。

赵书记将现场会的筹备工作交给刘芳华，她将乡水果场的全体人员召集起来，兴奋地告诉大家："前段时间，大家很辛苦，但是，一分耕耘一分收获，我们高家坪乡的水果场成了全县的示范点，县政府决定，要将其他乡分管农业的领导带来我们这里开现场会，学习我们的经验，大家高不高兴？"

"高兴，真是太好了啊。"

"我们要当好东道主，充分展示我们的形象，管理柑橘树苗的要把树苗经营好；后勤的要将场房周围打扫干净；食堂的大师傅要把伙食搞好，大家各尽其责。"

春光明媚，百花盛开。微风吹拂着人们的脸庞，像年轻母亲的手抚摸着刚刚诞生的幼儿。分管农业的张功成副县长带着各乡镇分管农业的副乡长，以及各涉农部门，浩浩荡荡来到高家坪乡学习。一行人先在乡政府会议室听刘芳华介绍经验，她没有用手稿，像放电影一样据实介绍，赢得了与会者的阵阵掌声。

之后，全体参会者来到乡水果场。放眼望去，是满坡平整呈梯形的土地，地里栽满了柑橘树苗，青枝绿叶，叶片微微摇动着，像在迎着清风起舞。员工们正弓身在柑橘树苗中间种黄豆，不时伸一下腰。

看到这样的场地，参观的客人个个惊讶地张大了嘴巴，叽叽喳喳个不停：

"这个水果场地整得好规整啊。"

"柑橘树苗栽得好整齐，横看竖看，都是一行行的。"

"还可以间作其他作物，很好。"

"看来，刘芳华介绍的都是事实。"

那些人走进场房，看到周围干干净净的，人人都对她竖起了大拇指：

"刘芳华确实有两下子，将水果场管理得这么好。"

"是的，这个场一看精神面貌就能兴旺发达。"

看到这样的现场，与会者当着张功成副县长的面表态："一定要将高家坪的好经验带回去，将本乡的水果场办起来。"

参加现场会的人从高家坪乡学习回去后，就马上发动起来。通过不同方式，各乡都办成了自己的水果场，有的种桃树、有的种梨树，基本上形成了一乡一品，这样一来，全县成了水果之县。

与此同时，刘芳华在考虑：乡水果场办起来后，上级来人学习了经验，何不趁着这股东风，率先将高家坪乡的每个村进行摸底，然后，依据各村情况，每个村都有自己不同的产业，这个村种柑橘树，那个村种梨树，再一个村种桃树。这样一来，就形成了"一村一业"。

她有了这个想法后，就去给赵书记详细讲了自己的想法，赵书记觉得是新鲜事，就去征求班子成员意见。

参加会议的高家坪乡班子成员听了赵书记这话后，就在下面小声议论：

"举全乡之力办一个像模像样的水果场都好难，还要每村搞这个事，那就真的不敢想象了。"

"哎，我们乡干部还是不要搞标新立异的事，完成上级分配的任务就很不错了。"

刘芳华看大家情绪有点激动，就有理有据地慢慢给大家分析："据我所知，各村情况不同，有的村农户本来就有种果树的习惯，是有基础的，我们只要加以引导，是可以将村里的水果场办起来的。"

她说完这话，那些人你看看我，我瞅瞅你；有的还在议论不休。一直没有说话的赵书记缓缓走到那些副职中间，一字一顿地说道："小刘的提议我觉得可行，因为现在办成了乡水果场，就有了基础和经验。这事我看就不用再讨论了，全权由刘芳华负责，所有的班子成员都要支持她的工作，散会。"

刘芳华作为分管这项工作的副乡长，散会后，便迅速召开全体乡干部会议，将各包村干部分配到各村。紧接着，又召开村干部大会。因为毁苗还没过多久，在村干部大会上，很多人想不通。

她见状，循循诱导："以村办水果场，有难度，这我知道，但我们要想办法，我很清楚，有的村还预留有一点机动地，我建议，有机动地的村，先拿出来种果树；没有机动地的村，想办法调剂，总之，各村都要有自己的特色水果。"

村干部散会回去后，都相应地开会去发动，有机动地的村，都率先动了起来，有的种上了柑橘树，有的种上了梨树。

对于没有机动地的村，确实很难搞，她就协助村干部去做工作。当她来到李家河村发动时，看见这里的村民特别勤劳，都有种菜习惯，农户在种稻间隙，时常挑一点菜卖补贴家用。

当她宣传种柑橘的好处时，老百姓在心里默默一计算，认为种果树至少三年才有收益，没有自己种菜划得来，就极力反对，她就耐心开导。

她从村干部开始，一家家做工作。她在李家河村发动时书记李冬青因为那次病虫害严重时，刘芳华帮过他的忙，这次有心帮她，但李书记有点惧内。于是她天天与李冬青媳妇拉家常。时间一长，李书记媳妇终究觉得过意不去，就帮着她去做书记的工作，这样一来，书记答应她将自家所承包的山地让出来一些种水果。

书记带了头，其他村干部就不好意思不让出地了。村干部都同意了，组长也只好让出地来。这样，这个村的水果场也办起来了。看着一块块荒地变成了青枝绿叶的水果地，李家河村的老百姓对刘芳华有了好感：

"看这架势，刘乡长是真正干事的人。"

"别看小刘年纪轻轻，工作方法老练得很。"

在柑橘还未开始挂果时，她建议村民在树下种蔬菜、黄豆，这样，管理果树与种蔬菜两不误。

有个农户家里有几亩荒坡地，很想种柑橘，但没钱买树苗和化肥，亲朋好友都不愿意借钱给他，他想去信用社借钱，因为信用度低，借不到钱。

刘芳华看这人兴趣很高，就实地察看了那块地。看起来是个陡坡，不聚土也不聚水，荒草长得很高，她捧起泥土仔细观察，觉得将这个荒坡整理好后，勉强还能种柑橘。不管怎样都比荒着强。

刘芳华从那个农户地里下来，交代他将坡地整理成梯形，就去信用社为他担保。他借到款后，砍下一人多高的荒草，将荒地用锄头挖了栽种树苗的坑。又买来树苗、化肥，直接将树苗栽种在这块地里。

过后，柑橘树苗成活了，眼看着几亩柑橘树苗树枝和叶片都是绿色的，那个农户便觉得丰收在望。

没想到那年干旱特别严重，因为那陡坡没有整理成梯形，上面的泥土时常往下滑落，加上荒坡中的土层本来就很浅，又不聚水，连日的干旱，导致那个人种的几亩柑橘树苗都干死了。

那年干旱，种菜也赚不到钱，周边偶尔有人雇零工时，那人就在老家周边打一些零工。赚点钱养家。

这一年，由于都栽种柑橘等果树，乡政府要乡信用社给老百姓多放点贷款，库存已经没有多少钱了，必须收回来，否则，来年就没有钱往下放了。不仅如此，别人的钱到年关了也要取出来，如果没有库存资金做保证，就会影响声誉。

鉴于这种情况，乡信用社将收贷款的任务与信贷员的工资进行挂钩。十二月的一天，乡信贷员来到那人家中收贷款："一年草籽一年落，贷款到期了，你也该归还了。"

那个农户几乎带着哭腔答道："我今年受灾了，确实没有钱还贷款啊。"

"你不还贷款，我就没有工资，我上有老下有小，你也体谅一下我啊。"

"我也实在是没有办法啊，家中有几只鸡，我赶集时卖了就还你，恐怕也只能还出一点利息。"

没过几天，乡信贷员找到刘芳华，苦着脸，对她说道："刘乡长，你担保的那人家中根本拿不出一点钱来，这笔钱当初是你担保的，我也只能找你了。"

她听了乡信贷员的话后，心里很不舒服，就叫他先回去，自己考虑一下。

乡信贷员走后，刘芳华一会儿静静地看着乡政府门口的那一池水，一会儿遥望着老家的大山，思绪万千：自己家里那么穷，弟妹们还在读书，爹娘苦苦挣扎。当初姑妈治病时，自己手上都拿不出钱来，还是托人借来的贷款，后来过了好久，一家人共同努力才还清。可当初确实是自己给那人担保借贷款的，那农户确实受了灾，乡信贷员也没办法。

怎么办？一边是家人，一边是工作，她绕着池塘来来回回走了好几圈，苦苦挣扎了好一阵后，最终只能打落门牙往肚里吞。

她慢慢从抽屉里翻出工资本，拍了拍，仔细看了数额。然后，去乡信用社替那人还了自己所担保的贷款。

那个借贷款的农民知道她替自己还了贷款后，来到乡政府，给她送来家中唯一一只准备过年吃的大公鸡，眼含热泪道："刘乡长，难为你了，我以后赚了钱，一定还给你，多谢你了啊。"

她怎么也不肯收下那只鸡，但那人将鸡放下后，早跑开了。她望着那只鸡，心里翻江倒海。

她在各村大力发展特色产业，忘记了严寒酷暑，通过她的不懈努力，高家坪乡各村基本上都有自己的产业了。她望着漫山遍野的绿色，开心得笑出了眼泪。

那年，高家坪乡发展产业搞得好，带动了全县柑橘发展，乡党委书记赵闯也因此调到了县工商局担任局长，乡政府工作人员都开心地为他送行。他踌躇满志地对刘芳华说了一句话："以后有什么事，尽管来找我。"

第三十一章
柑橘滞销

　　通过全体乡干部的努力，高家坪乡终于实现了"一乡一品""一村一业"，两年过去了，水果丰收了。刘芳华与乡水果场的管理人员商量，这批水果卖出去，不仅可以给当初占地的农户分成，还可以有提留款交给乡政府，今年，可以少收一点村民的提留款了。

　　村干部看到这些果实，有的村计划用卖水果的钱将村小学整修一下，有的村想为村里添几张办公桌椅。

　　村民们望着满山遍野红彤彤的果实，个个眉开眼笑，他们在计算：这批柑橘卖出去，就可以为孩子们凑点学费，过年时，给家人添置一套新衣服。

　　春季，赵书记调入县工商局担任"一把手"，新书记还没有上任，现任的乡长杨民清就暂时主持高家坪乡全面工作。他眼见柑橘树挂果很多，为了打开销路，杨乡长早就联系好了离高家坪乡政府不远的一个果汁厂，并签下了合同。

　　过了几个月，水果大丰收。各乡都有自己的柑橘场，柑橘源源不断地往这个果汁厂运。

　　没有想到的是，那年，等柑橘摘进屋后，就遭遇了罕见的大雪灾，道路结冰，车辆打滑，生产的果汁根本运不出去，生产多少亏多少，所以果汁厂就不敢收橘子了。

　　尽管这个厂与高家坪乡早就签订了合同，也只能无奈地选择违约，拒绝按合同价格收购高家坪乡的柑橘，宁可赔付违约金。

杨乡长与刘芳华一起去见果汁厂老板，她来到厂房，亲眼看到堆成山的果汁，又仔细对照合同，看到合同里写好的"不可抗力"，联想到眼前的雪灾，在杨乡长准备与那个老板谈判时，她向杨民清建议少收一点违约金。杨乡长疑惑地看着她："你是否被柑橘滞销气糊涂了，怎么帮对手说起话来了？"

她沉稳地答道："我没有糊涂，我们的目的不是这点违约金，而是要将柑橘卖出去，就算这个老板给再多的钱，对我们都没有用。而且，现在这个老板也给不出多少钱。"

杨民清想了想，也觉得她的话在理，就少要了一些违约金，那个果汁厂老板看高家坪乡政府领导做到了仁至义尽，就凑了一点钱，赔给了高家坪乡政府。

果汁厂不收柑橘了，老百姓今天背一点去集市上卖，明天挑一点去县城卖，换来少得可怜的钱。看到堆成山的柑橘变不成现钱，高家坪乡果农便不断抱怨：

"谁叫我们种柑橘的，我们就找谁帮着卖出去。"

乡政府领导给乡干部每人摊派了一些任务，又将任务摊到学校、乡医院、乡直所有单位，每个人的办公室都堆满了橘子，有的干部用拖拉机拖回去，有的送给亲朋好友。尽管这样，还是杯水车薪。这时，很多人就对刘芳华有了意见：

"有的人标新立异，搞什么'一村一业'，现在好了，这柑橘要当饭吃了。"

"是呀，个别人为了捞政绩，可是害苦了大家啊。"

刘芳华没有心思理睬这些，她一心一意想的都是怎么将滞留的柑橘卖出去。思来想去，觉得这样在本乡摊派也不是办法，还是得走出去。

她想起了赵书记临行前的那句话："有事来找我。"自己没有什么私事，眼看着堆积成山的柑橘，刘芳华决定找赵书记去。她去县工商局找原来的老领导赵闯汇报这事，赵书记马上将这个情况向上级反映，上级很重视，马上在全省范围内，对柑橘运输车开了绿色通道：运果汁、橘子的车不收高速通行费，并且还可以报销一部分燃料费。同时，赵书记还叫本单位干部职工，过年时购买一点高家坪乡的柑橘。

得到赵书记的支持,高家坪乡销售出去了一些水果。但各村水果场还剩余大量果子,刘芳华建议他们将柑橘想办法拖到省城去。就这样,大货车底部安装上防滑的铁链条,摇摇晃晃地将一车柑橘运到了省城的农贸市场去卖。在柑橘车的旁边挂着一个牌子,上面写道:"各位好心人,我县遭受了百年不遇的大雪灾,其中的高家坪乡是重灾区,柑橘大量滞销,望大家伸出援手,买柑橘就是支援灾区。"

这样一来,高家坪乡有些村的柑橘,变现了一部分。见他们这样,很多乡也跟风,如此一来,省城到处是柑橘,高家坪乡的柑橘卖不动了,还有滞留的水果,怎么办?

这时,刘芳华就要求乡水果场首先挖冻库,将那些卖不出去的水果暂时冷藏在冻库中,这样就解决了乡水果场剩余柑橘的存放问题。

虽然采用这么多手段,但还是有很多村的橘子快要烂掉了。特别是农户家堆成山的柑橘,眼看就要倒掉了,她心急如焚。

她站在小河边仔细分析,得出结论:要想将这些柑橘推销出去,必须解决两个渠道,一是生产运输渠道,二是销售渠道。可是,这两个渠道怎么解决,从哪里入手呢?正在她深入思考时,一个人突然在背后叫了她一声:"芳华,我带人帮你解决问题来了。"

她回头一看,李建设与一个小伙子并肩而行,两人到了她身边,李建设笑着给她介绍:"这是我的学生,初中毕业后,在发达地区闯世界,现在,已经学到了办果汁厂的所有技术。"

"可是,与我们签订合同的那个果汁厂都倒闭了。"

"那个厂啊,设备落后,销路没有打开,就算没有雪灾,也很难生存下去。我学生有最先进的技术,我找到他后,他二话没说,就答应与我们合作办厂,分担你的难题。"

"我提供技术,你帮我在信用社贷点款,我们新办一个果汁厂,利润按合同分成,怎么样?"

她沉思了一会儿,看向那个年轻人:"你是否愿意用你的技术在那个果汁厂入股？那个工厂有现成的厂房，进行设备改造后，可以快一点投入生产。"

那人点燃一支烟，在原地来来回回走了好一阵。然后，猛吸了几口后，将烟头踩灭，对刘芳华点点头。她与这个人一起，找到原来的果汁厂厂长，如此这般地说明来意后，那个年轻人拿出了技术证书，厂长便同意了。

就这样，李建设的那个学生便当场与原来的果汁厂签订好合同，用自己的技术入了股，规定了双方的权利和义务。李建设和刘芳华为见证人。

那个学生按照合同，马上将原来的果汁厂进行设备改造，并与原来的厂长进行协商后，将这个改造后的厂子改名叫新荣果汁厂。

没过几天，原先的旧果汁厂焕然一新。这时，她向全乡发出公告："新荣果汁厂现大量收购柑橘，现金结算，价格合理。"

高家坪乡家中有柑橘的农户听到这个消息后，有的用板车拖，有的请拖拉机送，纷纷将柑橘拉到新荣果汁厂，机器轰隆隆转动，一车车新鲜果汁运往各地。

眼看车辆紧缺，刘芳华又找到赵书记，赵书记介绍几个车队来这里帮着运输。

连日冰冻，装满果汁的车辆在行驶时都绑着防滑链条。有一天，天空雪花在飞扬，刘芳华坐在一辆货车里面，准备从果汁厂去县城送新鲜果汁。满载的车子上坡后，就要下一个坡时，车辆滑动起来，眼看就要撞到另外一辆上坡的车子了，这时，司机紧急制动，车辆晃了一阵后总算停住了，她和司机终于松了一口气。

这样晃来晃去，坐在车中的刘芳华感觉到头晕，她在司机检查车辆时，跳下车，在路旁呕吐起来。

蹲在路旁，她感觉北风呼呼地往身上刮，吹得她直打哆嗦，她不停地打喷嚏，但她没有顾忌这些，在司机检查完车辆，认为车辆没有问题后，又上车继续前进。

他们将车停在一家超市门口，刘芳华拿出几瓶果汁去推销："这是我们高家坪的果汁，都是才生产出来的，好新鲜，你看这日期。"

售货员见她这样在门口推销，就对她摆摆手："再新鲜也没有用，你看这天气，谁还喝果汁？

她看这样下去不是办法，就找店长，对店长说道：我是高家坪乡的副乡长，今年柑橘大丰收，可是，遇到了雪灾，运不出去，我们只能办果汁厂，帮助果农将柑橘榨成果汁，并帮助推销变现。"

说完这话，她冻得搓了几下手，又咳嗽了几声，正在烤火的店长见状，就问她："什么？你刚才说你是高家坪乡的副乡长，这大雪天的，帮助果农推销果汁？"

跟在她后面的司机帮着回答道："是的，货真价实的副乡长。"

店长扫了她几眼后，感叹道："哎，看在你这么用心的份儿上，我们店决定留下一些果汁，来，搬下来十件，价格就要便宜一点啊。"

"果农也挺不容易的，价格只能合理，不能太便宜。"

她在这家超市推销了一点后，又去别家超市推销，县城几个大超市推销后，看还有半车果汁，他们就又去县城的那些批发店推销。她来到农贸市场上的一个批发店，拿出几瓶果汁，正准备推销时，看见店门前停着一辆装满货物的皮卡车，店主在到处找人搬运货物，但一时没有找到合适的人，正急得团团转。

她二话没说就叫上司机，两人马上帮着搬运起来。店主看有人在帮着搬东西，就大概讲了一下工钱，她没有出声。

两人与店主一起，没有停留哪怕一分钟，硬是凭着双手和肩膀，将那车货物搬运完。这时，店主从抽屉里拿出一点钱，说是给他们工资，她摆摆手，从货车中拿出几瓶果汁，推销起来，店主看看码得整整齐齐的货物，没有多说什么，就叫他们搬下来几箱留在店中。

就这样，刘芳华跟着装满果汁的运输车，一家家超市去谈价格，去各单位送新鲜果汁。她不仅在县城推销，还将新鲜果汁拉到省城，一家家超市，一个个批发部去推销。

李建设每逢周末，也与她一起去推销果汁。他叫上那个搞技术的学生，要那个学生联系与他有业务往来的个体户和私人企业，推销果汁厂生产的新鲜果汁。

后来，刘芳华又找到分管农业的张功成副县长，张副县长号召各大超市与高家坪乡进行农超对接，加上这个果汁口感醇正，在消费者中间有了好声誉，逐渐打开了销路，果汁厂生意兴旺起来了。

高家坪乡的柑橘收购完了，其他乡也跟着将柑橘送往这里，这样一来，果汁厂的柑橘源源不断。农民们的腰包也鼓起来了。这时，全乡所有人欢呼雀跃，也对她赞赏不断：

"我们的柑橘丰收了，终于有钱了，真是太高兴了啊。"

"不要忘乎所以，要不是刘乡长想尽办法帮我们推销柑橘，我们都差点倒掉了。"

"那确实，刘乡长是真正为咱老百姓解决难题的人。"

"那个李老师也不错，帮着忙前忙后的。"

"是的，听说是他找自己的学生来帮忙改进果汁厂设备的，还用技术入了股。"

"有李老师这样的好人做刘乡长的男朋友，真是太好了。"

这样欢快的日子持续了好多天，快过年了，一个逢场日，刘芳华正在收拾行李准备回家，那个曾借贷款无钱归还而累及她还款的人手里拿着一个信封，急急忙忙跑来，将信封递给她，激动地说道："刘乡长，你救了我的急，我现在有钱了，给你还钱来了。"

她接过钱，泪水在眼眶里打转。

第三十二章
情路坎坷

高家坪乡的柑橘丰收了，老百姓收入丰厚，全乡上下都对发动、指导、销售柑橘的刘芳华赞不绝口。

她因为一心扑在工作上，与男朋友李建设聚少离多，李建设倒是很理解她，在工作上帮助她，但李家人就时常有意见。

李建设小时候，父亲早逝，与寡居的母亲、年少的姐姐相依为命，老李家举全家之力，将李建设送出农门，有了工作，他母亲和已经出嫁的姐姐自然很高兴。又见他找了个漂亮、能干的女朋友，并且订了婚，全家人都很欢喜，指望着他们尽快结婚，好给几代单传的老李家延续香火。

为这事，李家人多次催过李建设，但他每次都说不要急，等自己事业有起色后再考虑个人问题。

正在刘芳华为高家坪乡柑橘的事忙得焦头烂额时，居住在本乡李家河村的李建设母亲陈美玉托人去求亲，媒人爬了几个小时的上坡路，攀天梯过木桥，去了白壁岩村刘芳华老家，找到她父母，共同商讨具体事宜。她父母告诉媒人："男大当婚，女大当嫁，对于男方提出的尽快结婚要求，我们做长辈的没有什么意见，等下山征求女儿的想法后就将日子定下来。"

第二天，她母亲黄冬梅来到高家坪乡政府找到她，开门见山说道："李家来人求婚了，你也不小了，我们的意思是将日子尽快确定下来，你有什么想法呢？"

她听后，很吃惊地反问母亲："什么？我现在为全乡柑橘的事急得不知所措，你们还要催婚，你们是不是想早点将我赶出门？"

黄冬梅听后，有点生气，回答道："是李家人的意思，你说的什么话，我们赶你做什么，你也不能一辈子跟着我们啊，迟早要成家立业的。"

母亲又劝了她好一阵，她一直沉默着，母女二人不欢而散。

刘芳华又去乡中学找李建设，气鼓鼓地问道："你找人去我老家求婚了？这么大的事，你为何不先和我商量？"

李建设很吃惊地反问道："我没有呀，什么时候的事？"

"那是怎么一回事呢？"两人都搞糊涂了。

到了周末，李建设回家了，他看寡母在剁猪草，丢下挎包，便要替换母亲，母亲看看他，欲言又止，他忙问母亲怎么了，母亲叹口气，告诉他："建设，你也不小了，自从订婚后，我以为可以松口气了，但是，时间都过去这么久了，你还不成家，我心里急啊，前几天，我托媒人去女方家问消息，也没有回话，到底是怎么回事？"

"你找人向芳华提亲了？"

"是呀，怎么啦？"

"我们的事你别管，芳华还不想那么早成家，她还有很多事情要做。"

"我可告诉你，最迟就在今年年底，我今年年初就开始喂的家猪也长膘了，准备摆酒席用的。"

"妈，我找芳华谈谈，她实在是太忙了。"

"哎，你自己看看，与你一年出生的兵娃，娃儿都那么大了，我怎么向你九泉下的爹交代啊。"

母亲说完这话，竟然呜呜地哭起来。他安慰母亲，自己一定会处理好的。

又一个周六，李建设来到乡政府，将母亲曾经找人去提亲的事向刘芳华复述了一遍。刘芳华看他说得恳切，就相信了他的话，他继而说了母亲的愿望，刘芳华瞪着他问道："那你自己是怎么考虑的？"

他沉思了一会儿后，回答："说实在话，我们年纪都不小了。"

"那好吧，估计这些柑橘卖完，也要到年底了。"

"好的，那就定在今年年底。"

双方确定好日子，就定在农历腊月十八，陈美玉将那头大肥猪又添了粮食，喂得膘肥体壮，并早早通知了亲朋好友，老人经常笑得合不拢嘴，逢人便说自己马上就要娶儿媳妇了，众人也替她高兴。

腊月十四那天，陈美玉喊来屠夫，将那头大肥猪杀了，准备给女方送上头礼用一些，剩下的预备办酒席。安排好了帮忙的人，又请来礼生，准备好四个后生，预备十六那天挑东西去白壁岩村。

到了腊月十五，李建设来到高家坪乡政府，一些具体事他想与刘芳华商量一下，得知刘芳华去外地推销果汁还没回来，乡干部告诉他：

"刘芳华跟的车辆由于打滑，撞伤了一个急忙横过马路的老人，她在外地处理这件事，估计一时半会儿回不来。"

李建设得知消息后，便立即回家，将这事告知母亲，陈美玉听后，觉得既然女方没有回信推迟婚期，那就按原计划进行，十六那天照常挑东西去刘芳华家。当那几个帮忙人翻山越岭，攀梯过桥来到她家时，她父母连连叹气："眼看时间越来越近，可是，我家华丫头还没有回家，如何是好啊？"

同去送上头礼的李建设安慰道："应该不会有大问题的，我了解芳华。"

吉日那天，李建设家人山人海，唯一的外甥结婚，母亲的娘家人个个穿戴一新，两个吹唢呐的人开路，两个标致的后生抬着用百元大钞贴成的大匾，后面跟着大姑娘、小媳妇，还有怀抱着的小娃儿，一路说笑着往李建设家中赶。李建设唯一的姐姐请了一队洋鼓洋号，一路吹吹打打来到娘家。李建设单位的领导和老师们这时候放了寒假，他们排着长长的队伍向李家走来。李建设的同学、朋友都一齐往李家赶来。大家相互问候，共同道喜。人人翘首以盼接亲的车队，结果，车队回来了，新娘子没跟着回来。

那些帮忙迎亲去的人嘀嘀咕咕：

"我们将车子开到山脚下后，便翻越山路，在攀爬悬天梯时，腿一直在打战。结果到女方家，嫁妆倒是准备齐了，就是没有看见新娘。刘芳华的母亲哭红了眼睛，那些亲戚更是指指点点。"

"娶这样的亲，我还是第一次看到过，搞得没有名堂。"

陈美玉放眼望去，仿佛到处都是别人嘲笑自己的嘴脸，长叹一口气后，就倒在地上，起不来了，众人忙将她送到医院。

刘芳华一直在外地处理车祸。眼看吉日已到，她急得直跺脚。她很想回家，或者给李建设打个电话。但那个伤者家属将他们扣在医院，不准他们出门与外界联系。那时没有手机，要打电话必须去邮局或者电话亭，他们在医院根本没有办法与外界取得联系。一直等到将赔偿资金全部落实，才准他们回家。

刘芳华和司机起身回家时，吉日已经过了好几天。她从外地回到乡政府已经天黑了。同事们得知她回来后，都来到她宿舍嘘寒问暖。杨乡长接连说她辛苦了。周春燕望了她几眼后，欲言又止，她疑惑地问周春燕："我离开乡政府这段时间，到底发生了什么事？请你如实告诉我。"

周春燕才怯怯地告诉她："刘乡长，听说李建设的母亲因为当天没有将你娶进门，遭人耻笑而气病了，住在县人民医院。"

刘芳华听了这话后，顾不上长途奔波的疲劳，马上请车赶到医院看望陈美玉，并一再解释迟迟没有回家的原因。陈美玉病还未好，再加上马上就要过年了，轻轻叹口气后，没有再说什么。

第二天，她又急忙赶回家给自己父母解释，母亲黄冬梅上上下下将她摸了一个遍，确信她没有受伤后，眼里噙着泪，连声说："不知道你在外地过的是什么日子啊？"

正在吸烟的父亲，将烟袋嘴往门前的大石头上轻轻叩几下，叹口气："唉，回来就好。"

她二老没有再指责她，这事就这么过去了。

第三十三章
冰释前嫌

春节过后，刘芳华与李建设说起那次没有到场的事："建设，吉日没有到场，实在是对不起，我也不想搞成这样子的，那个伤者家属一直守着我们，连出去打个电话都不容许。"

"没有关系的，日子还很长，我知道你不是故意的。"

刘芳华看了李建设一眼，担心地问道："妈的病现在是什么情况？好些了吗？"

李建设刮了一下她的鼻子，笑着答道："好多了。"

他们正在聊着，乡水果场的一名职工急匆匆跑来，告诉她："刘、刘乡长，有两个商人在冻库门口打起来了。"

"伤到人没有？"

"不知道。"

她马上带上乡司法所工作人员，又找了一辆车一起去乡水果场，走时对李建设交代一句："我要到乡水果场处理事去。"李建设笑着点点头。

几个人一到水果场，就看到两个人像斗红了眼的公鸡，浑身是泥，坐在地上还在相互谩骂。场长在不停地给他们做工作。她一打听，原来是为了抢冻库剩余的一点水果。先来的那个人车辆没有到，后来的人是随车一起来的，在讲好价钱后，就叫员工装车，员工正在往车上装水果筐时，先来的那人车辆也到了，就制止后来的人的员工装车，并一把抓住后来那人的衣服，两人便扭打在一起，从坡上滚到坡下。场长边劝阻边派人喊刘芳华。

她和司法所人员两边劝。然后，将库存的水果清点后，给他们每人差不多的水果，两人虽然不满意，但都接受了这个处理结果。

正月过后，刘芳华和李建设又确定了一个日子，李建设的母亲又高兴起来了，腊肉还有这么多，办酒席够了。双方父母又早早通知了亲朋好友，说好到确定的日子来吃喜酒。

快到喜日时，刘芳华接到一个通知，要去省城学习两个月，她只好告知李建设，李建设又去说服母亲，陈美玉一听，顿时跌坐在地上，眼泪不停地往下流，责怪起儿子来。

李建设只能好言安慰母亲。从儿子口中得知刘芳华还在外地学习，这段时间陈美玉也就没有再提这个事。刘芳华回来后的那段时间，李建设每次来找她，还没说上几句话，她就被人叫去处理急事。之后，他每次回家，母亲都催他。他没有办法，周末就躲在学校。

这样的日子过去了一段时间，各自相安无事。后来，学校有个教改任务，分给管教学的副校长李建设，学校又给他配了一个年轻女老师做助手。他们经常在一起加班加点讨论教改怎么搞。周末，学校食堂没有人做饭，两人就一起在周边的餐馆吃饭。

差不多每个周末，李建设都会与这个女同事去餐馆吃饭，时间一久，学校有的人就开李建设玩笑，李建设当场否认。

去得多了，餐馆老板也开他们的玩笑，那个女教师只是笑笑，也不解释，只有李建设极力辩解。

后来，教改任务完成，他们最后一次在一起吃饭，为了庆祝教改成功，两人喝了一点红酒，相互敬酒。这个温馨场面，恰巧被之前租田给刘芳华的甘来财看到，老甘就将这事说给刘芳华听："李建设这段时间经常带一个年轻妹子在餐馆吃饭，两个人好亲热的，餐馆老板都开他们的玩笑。"

"不会吧？"

"怎么不会，千真万确。"

她虽然不相信李建设会变心，但听了这话后，还是有点生气，在心里想，难怪李建设这段时间没有来找自己，原来是另有新人了。她想去质问他，又觉得不妥，就忍住没有去。

忙完教改的李建设准备去找刘芳华。而这时，关于一份撰写材料，刘芳华正在向一个才分配来的男大学生请教怎么修改，两人并排站在院子中间的堰塘边，指指点点。

李建设走到乡政府门口，看到了刘芳华和一个小伙子站得挺近，两人还在一张纸上写写画画，就没有去打搅他们，心里有点不舒服。

而在这时，通过小伙子的讲解，刘芳华一下子就想明白了，她很高兴，便捡起一块小石头，用力往堰塘中间一丢，一股泥水溅到李建设脸上，他以为刘芳华是故意羞辱自己的，便掉头而去。心想，难怪刘芳华迟迟不愿意与自己成婚，原来是另外找了人。

就这样，他们相互误会，中断了来往。李建设的母亲不停地催他结婚。李建设还是想做最后努力，他要刘芳华给自己一个说法，于是，他气冲冲地来到刘芳华办公室，质问她："你为什么要找别人？"

刘芳华听了这话后，更加来气："真是恶人先告状，我还要这样问你呢，你为什么要找别人？"

"我没有，谁冤枉我的？"

"你别管谁告诉我的，你到底有没有？"

"我没有，倒是你，为什么变心？"

"天地良心，我从来没有对其他人有过想法，不像你，在餐馆经常请人家吃饭喝酒。"

"我那是请与我一起搞教改的同事吃饭，倒是你，两人挨在一起谈心。"

"我那是在大庭广众之下请人改材料，不像你，经常请别的女孩吃饭。"

两人越吵声音越大，周围围拢来一些干部，刘芳华见这种情况，就沉默了。李建设见状，也不吵了，他站了好一会儿，强迫自己冷静下来。恰在这时，那个男大学生来到刘芳华办公室，问她："刘乡长，前几天的那份材料修改好了没有，还要不要我帮忙？"

"谢谢你，不用了，我搞明白了。"

直到这时，李建设总算相信，那天她是请人改材料。

于是，他也主动说明自己请人吃饭的情形。她看着他诚恳的样子，就不出声了。李建设又说了很多软话，两人才慢慢和解。

没有想到的是，那个甘来财四处传播小道消息："那个李建设不是个好人，脚踩两条船，在与刘乡长订婚后，还与别的女人来往，经常请客吃饭。"

"不会吧？刘乡长那么优秀。"

"天地良心，我没有讲他一句冤枉话。"

"那就不应该了，可惜刘乡长那么相信他。"

消息越传越玄，有人就联想到他们的婚期为什么往后推，这给他们造成了不好的影响，两人决定一块儿去找甘来财对质，李建设问道："老甘，我什么时候和别人亲热了？"

甘来财回答道："你那天是不是与一个年轻妹子喝酒？"

"是的，我与同事那天教改成功后，在一起庆祝，是喝了一点葡萄酒。"

刘芳华听明白了，就摆摆手："算了，这事翻篇了，老甘也是关心我。"

彼此澄清了误会，他们决定重新定一个结婚日子，让双方父母安心，也让感情有个归属。

第三十四章
挖掘文化

  刘芳华当选为副乡长后，发展柑橘产业，使高家坪乡形成了"一乡一品""一村一业"。之后，柑橘滞销，她又帮村民推销水果，办果汁厂，推销果汁，搞得风生水起。

  如今，高家坪乡的老百姓不仅温饱问题早已解决，腰包也鼓了起来。大家开心地过着小日子。

  恰在这时，长期在这里工作的乡长杨民清，被选派到省委党校学习去了。

  新来了个乡党委书记，叫汤新江，因为他长期在县委机关工作，比较注重文化建设这一块。他早就听说刘芳华办事有两下子，在班子成员分工时，汤书记微笑着看向她，说道："小刘，我来高家坪乡之前就听人说起过你，干工作很靠谱，在物质文明这一块抓得很出色。我下来时，杨国庆书记一再跟我交代，精神文明这一块也不能丢，还特此推荐你主抓这一块。就目前而言，高家坪乡文教卫基础还相对较差，你就来分管这项工作。"

  其他班子成员也跟着汤书记随声附和，她也就点头答应下来。领了任务后，她首先分析文化、教育、卫生这几者的现状。感觉学校、医院都井井有条，发展良好，也有规矩可循，暂时用不着多管事。最薄弱的环节就是文化，而工作重点则是民间文化。

  厘清了现状后，她就准备挖掘民间文化。说干就干，她先向有这方面经验的老同志请教。有一天，她正在与一个从文化战线上退休的老同志交谈，说起挖掘民间文化，那个人意味深长地看她一眼后，慢悠悠地说道："小刘，不是我打击你，说句大实话，在乡一级要想将这项工作搞出起色，难得很哟。"

她听了这话后，心里凉了半截，但从不服输的她，心里想，任何事都是有解决办法的，何况有乡政府撑腰呢。

她就将这项工作安排乡文化站站长赵文峰去落实，赵文峰见分管的副乡长主动来给自己安排分内事，就很激动，满口答应下来："感谢刘乡长，我马上去各村挖掘。"

她告诉他："如果有什么困难就及时告知我，我会尽力去解决。"

赵文峰下几次村后，回来向她汇报："刘乡长，我最近转了几个圈，关于挖掘民间文化这个事，各村都说难干。"

她想了想后，鼓励他："我到时与你一起去各村转转。"

她清楚地记得，小时候，每逢周末和假期，自己就随父母一起参加生产队劳动，为家里挣点工分，那时，大人们插秧苗时唱插秧歌，锄草时唱锄草歌，歌词虽然粗俗，但也很切合情理。

想起这些，她就有了灵感，何不深入各村去挖掘这些资源呢？说干就干，她带着乡文化站站长，首先来到自己曾经推广过杂交水稻的樟树岗村。当时，正是插秧季节，远远地，他们就听到对歌声响起。这边，男士们嬉笑着唱道："大田插秧行对行，问你招郎不招郎，你若招郎就招我，八字又好命也长。"

那边，女人们鄙夷地接腔了："大田插秧行对行，一行稗子一行秧，秧苗培育长稻谷，稗子疯长没用场。"

她听后，觉得有意思，就迅速将歌词记下来，并问那些人是哪个组的，姓甚名谁。众人一脸坏笑，没有告诉她。她便笑眯眯地问他们："以后有机会让你们上舞台表演，你们敢不敢去？"

他们打趣道："那好啊，有什么不敢去的？"

她又去找田尚武书记，将自己听歌的位置给田书记讲清楚后，田书记告诉了她那些人叫什么名字。没有多久，开始种植玉米了，男人挖坑，女人丢种，他们干活累了，就开始对歌。

两人一来二去，一首接一首唱和，刘芳华听痴了，赶忙又记下来。跑到地边去问这对夫妻的姓名，旁边那些人兴奋地告诉了她这二人的绰号："他们呀，是绝配，一个叫'喜鹊'，一个称叫'天子'。"

她将自己从各村所获，向新来的乡党委书记汤新江汇报，汤书记听了她的汇报后，也很高兴。但听说她要组织那些人登台表演时，汤书记瞄了她一眼后，回答她："你的想法很好，但现实很残酷，现在食堂都快开不下去了，怎么拿得出这一笔钱去搞这个活动？"

她真诚地说道："搞这样的活动，不需要多少钱的。"

"不要钱？你说得太轻巧了，请人表演要钱，前期的宣传、打印资料，后续请评委、买奖品都需要钱。"

她仔细分析汤书记讲的话，确实是这么一回事，况且，那些农民能否同意登台表演，她心里也没有底。

晚上，她躺在床上仔细分析，就乡政府这种条件，要将这事办成功确实很难，但有无其他办法呢，譬如得到上级支持，这事与哪些单位有联系呢？她思来想去，猛然醒悟，这种事与上级沾得上边的就是县文化局，如果在青年节表演，还与团县委勉强挂得上钩啊。想到这里，她兴奋不已。

第二天，她早早起床，来不及吃早饭，便拽上乡文化站站长赵文峰与乡团委书记周春燕，先去县文化局找局长。赵文峰将他们相互介绍后，局长就问他们有什么事，刘芳华马上答道："局长你好，我们高家坪乡有相当多的文化资源等着去挖掘，可就现状而言，我们乡实在太穷了，我们这次特来向局长讨一点经费。"

那个局长看一个乡的分管领导这样重视这项工作，虽然很感激，但说起经费，局长苦笑一下后连忙推脱："我局本身就是一个穷得叮当响的单位，干部职工的工资都快发不出来了，哪有钱支持你们办这种事啊，实在抱歉。"

她也不气馁，继续央求："给那些登台表演的农民适当表示一下就行。"

那个局长看她说得恳切，就点点头："好，既然刘乡长话都说到这个份儿上了，你们拿个具体的方案出来，到时我叫县文化馆安排评委，适当买点奖品，我亲自来颁奖，媒体我们负责联系。"

她叫文化站站长赵文峰马上落实这个事，赵文峰当即点头。从县文化局出来后，几个人又来到团县委，专门就"五四"搞活动一事准备向团县委书记汇报，被告知书记到省城开会去了，她问清楚书记回来的日期后，只好快快而归。

她估算着时间，到了书记回来的那天，她和周春燕早早来到团县委书记办公室，拿出具体报告和方案，递给书记，团县委书记看到方案确实做得好，又看到申请报告后，对她说道："目前，各个乡镇团委发挥的作用不大，在你们乡搞一次大型活动也是个突破口。但我们只是一个全靠财政拨款的单位，资金紧缺得很，只能安排一点物资奖励表演人员。不过，节目一定要准备好啊。"

"那是必须的。"

落实了奖品和表演人员的物资，刘芳华便马不停蹄地去准备。她先向乡党委书记汤新江汇报，汤书记答应前期的宣传、资料准备，乡政府会拿出一点钱出来。

然后，刘芳华找到当时即兴对歌的那些主角，那些人听她说真的要自己登台表演节目后，马上拒绝了她："我们纯粹是唱着好玩的，根本就是狗肉上不了正席。"

她一再解释，说就是自娱自乐，没有关系的，但他们始终不肯答应表演。她只好不分白天与黑夜，逐户去做工作。

第三十五章
登台表演

刘芳华与乡文化站站长赵文峰翻山越岭，走了一村又一村，他们好说歹说，总算找到几个愿意上台表演的：一对对山歌的情侣、一对唱土地戏的夫妇、一个敲渔鼓的老人、一对唱花灯的年轻夫妻。她便开始紧锣密鼓地筹备。

当他们要求那些人在当年的"五四"青年节登台表演时，泥腿子演员们提出了各自不同的要求：

"我农活忙得很，抽不出时间搞这个事，如果实在看得起我，那就要安排人帮我做农活。"

"我要是参加表演了，就要给我发个证书，最好是评个奖什么的，孩子们回来了，也好让他们瞧瞧。"

"我是土中刨食的，干了工才有收益，表演节目耽误工了，是要工钱的。"

对于发证书之类的，她马上答应下来；对于要工钱之类的，她就耐心地给演员们做工作："挖掘本土文化资源，也是弘扬传统文化，你们在台上表演的人，就是功臣，子孙后代都会记住你们的，再说，也可以充分展示自己的才艺，农活是做不完的，就当休息一天。"

她顺便将去县文化局与团县委讨钱的情况说与那些人听，那些人听后，反应也不一样，议论个不停：

"好，我有个证书，孩子们回来后，给他们看，不知道多么高兴呢。"

"表演得好有奖金，可是，谁拿奖金有标准吗？还不是凭印象定谁表演得好，能公平吗？"

"我们到时候请文化局专业评委来，保证评选公平公正。啊，对了，团县委给每个表演人员还准备了一份物资。"

看刘芳华这样回答了他们，村民们才勉强同意表演。

落实了这些人员和节目，她很高兴，因为这些都不用排练，现唱现有。但那山歌对唱的歌词，是否太粗俗，还要再审核一下。那个敲渔鼓的道具、唱词也要落实。那一对唱花灯的年轻夫妻到底唱得怎么样，要搞清楚。唱土地戏的老人是否高音时吼得起来，都要做到心中有数。

有关节目由各村三三两两报上来了：

"我村是山歌对唱。"

"我村的节目是花灯表演。"

"我村表演的是三棒鼓。"

赵文峰接过这些节目单，马上向她汇报，于是，她、赵文峰、周春燕三个人一起，在灯光下逐一审查、核对。

"五四"前夕，她派周春燕先去与乡中学团委联系，要他们拿出一点节目，这样，传统与现代相结合，可能效果会好一些。副校长兼任团委书记李建设要乡团委书记周春燕先跟学校主要领导沟通一下，需要抽出一点时间排练。

周春燕又去找到中学校长童海涛，他皱着眉头，根本没有看周春燕一眼，手里翻看着一本教学资料，告诉周春燕：

"学校教学任务很重，哪有时间排练节目？"

周春燕回到乡政府向刘芳华汇报了协调情况，说学校领导根本不买账。

刘芳华就自己去找乡中学校长，校长看她亲自来了，眉开眼笑，当听清楚是要他们出节目时，心里有点不痛快，但脸上还是挂着微笑，对她说道："刘乡长，你是知道的，我们学校刚刚搞了教改，教学任务确实太重，但既然是你刘乡长发话了，我们只有挤出时间支持。但最好不要占用教学时间，可以利用中午或者周末时间排练一下。"

她马上答应下来："当然不能占用教学时间，节目搞简单点的，譬如独唱、诗歌朗诵之类的就可以。"

相关村、乡中学，都在各自准备节目。她与赵文峰、周春燕对报来的所有节目进行最终审查后，将通过的节目、参加表演的人员、表演日期张贴在高家坪乡人群集中处，赶集时，很多人站在节目单前围观，议论纷纷：

"很多年没有搞这样的活动了，不管怎样，我到时候都要抽时间观看。"

"是呀，好多节目都很熟悉，快看，这个节目是我们村的，啊，这土地戏是我隔壁那两个老人表演的，过几天来看看老人上台表演得怎么样。"

"五四"前一天晚上，樟树岗村书记田尚武匆匆忙忙来到乡政府，告诉她："我村准备唱花灯的那对年轻夫妇家的老人生了急病，不能来表演节目了。"

"什么？节目单都用蜡纸刻写后，油印出来了。"

"出了这个事，我也没有办法啊。"

"那只能再次刻蜡纸，再油印节目单了。"

刘芳华和筹备活动的工作人员忙个不停。她亲自用铁笔刻蜡纸，刻好后搬出油印机油印，很快就搞出新的节目单。

"五四"这天，阳光明媚，乡电影院人山人海，人们从四面八方涌来看热闹。

县文化馆来了专业评委，团县委所有工作人员来到活动现场观摩，媒体也来了。

男主持人李建设西装革履，女主持人是乡中学音乐老师，着一袭长裙，主持人进行简单开场白后，由刘芳华宣布活动开始。紧接着，主持人播报第一个节目："由樟树岗村村民进行山歌对唱。"

一对男女快速走上表演台，向评委和观众鞠躬后，高亢的山歌对唱声响起，一曲终了，台下响起阵阵掌声，评委们嘴巴张得大大的，边打分边小声议论：

"太好听了，虽然没有经过专业训练，但确实唱出了真情实感，难得。"

"是的，作为农民，唱成这个样子，确实不错了。"

台上，主持人又在宣布：

"下面由中学老师来一首流行歌曲。"

一位身穿旗袍的年轻女老师走上舞台，声情并茂地唱起了流行歌曲，一曲唱完，台下又是一阵赞叹声："唱得好，再来一首。"

在唱第二首歌曲时，工作人员对第一个节目进行分数统计，待第二个节目表演完，主持人便宣布第一个节目的最后得分。

接着，村民敲一段渔鼓，主持人宣布第二个节目的得分。接下来再由学生朗诵一首诗歌。就这样，节目交叉着进行，专业评委们给每个节目进行了细致的评分，并当场亮出了分数，台下的观众一阵阵叫好。

节目全部演完后，按照得分高低取一等奖一名，二等奖三名，三等奖六名，其余全部是优秀奖。在获奖的十个节目中，村民占了六个。

团县委给每个参演人员发了一份物资。县文化局局长和班子成员亲自给获奖者颁了奖，包括奖品和证书，获奖率百分之百。毫无疑问，活动取得了圆满成功。

那些参加表演的农民，看到手中的证书和奖金，还有物资，非常高兴，逢人便说：

"咱泥腿子也上舞台表演节目了，太高兴了啊。"

"若不是刘乡长三番五次给我们鼓劲，我们哪敢登台表演，真要多谢她了。"

"我们比中学老师和学生的奖都多些。"

"也不能那么说，人家学校哪有时间排练，根本就是现学现用，不像我们，还练了几下的。"

后来，刘芳华准备办民间文化培训班，上门向那些从文化战线上退休的人讨教，最初，他们并不愿意配合，经过她三番五次请教，他们终于出山了。

夏日的一个周末，高家坪乡首期民间文化培训班开课了。尽管天气炎热，授课人不时用手巾抹一下额头的汗水，但讲课时还是激情洋溢，他们将自己平生所学，毫无保留地传授给年轻人。时常与学员们互动一下，欢快的笑声传出去很远。

听课人也在老旧的吊扇下认真做笔记，像小学生一样举手提问。

这样一来，这些文化人就带动了一批人，村级文化活动逐步开展起来了。

唱山歌的、敲渔鼓的、抛三棒鼓的、唱花灯的、唱阳戏的、唱土地戏的，都挖掘出来了。刘芳华及时给他们机会登台表演，慢慢地，全乡有了一点文化氛围，各村也热闹起来了。

他们自发地参加各种比赛，在"七一"选拔赛中，樟树岗村的土地戏还被选为市台庆祝"七一"活动的参赛节目，两位老人在她的带领下，正常发挥，击败了县、市的送选节目，被选为省台庆祝"七一"活动的参赛节目，并获得了三等奖。在发表获奖感言时，二位老人真诚地对那些采访的媒体说道："我们能上省台表演，并取得好成绩，多亏了我们刘乡长，若不是她鼓励我们参赛，哪有这次来省城表演的机会。获奖，那更是做梦都不敢想的事。"

"那你们这位刘乡长很了不起啊。她叫什么名字？"

"那肯定了不起啊。她叫刘芳华。"

之后，一传十，十传百，刘芳华的名字很快传遍了很多县。之后，在县半年宣传思想工作大会上，她作为特邀嘉宾，针对文化工作怎么搞，作了专题发言，赢来了一阵又一阵热烈的掌声，已经从县委宣传部长升任为县委专职副书记的杨国庆跟她握手表示祝贺。媒体的闪光灯不停地打向他们，那些参加会议的人羡慕不已，议论纷纷："刘芳华的运气怎么那样好？连老百姓都在省台宣传她。真正是人抬人出高人啊。"

"人家是真心实意干工作，诚心对待老百姓，应该得到这样的待遇。"

高家坪乡的文化活动搞起来了，老百姓的业余生活也丰富多彩了，人们的精神面貌焕然一新。

第三十六章
孕情普查

刘芳华与乡文化站站长赵文峰走村串户，挖掘民间传统文化，干劲十足，忙得不可开交。

一天傍晚，她刚刚回到办公室，乡卫生院院长就给她汇报工作来了。她马上随院长去乡卫生院调研，问院长有什么困难需要解决，院长苦着脸告诉她："刘乡长，我们这次去县卫生局开会受到了严厉批评，因为我们高家坪乡的孕产妇死亡率高，新生儿合格率低，根本原因就是我们这里的很多产妇，在怀孕期间从来没有检查过，以至于有很多难产的现象发生，胎儿畸形也多，这样对产妇和胎儿都有生命危险。"

她听后，唏嘘不已，忙问院长："要怎么样才能扭转这一局面？"

"当然要添置很多设备，最起码还要有一个妇幼专干。"

"设备慢慢解决，妇幼专干我马上向上级争取。"

第二天，她就去了县政府，找到分管副县长，声泪俱下地诉说："县长，我曾经听人说起过，产妇生孩子是儿和娘换命的过程，我们高家坪乡由于没有妇幼专干，得不到定期检查，从而导致很多孕妇难产，胎儿畸形率也很高，给农民带来了不可估量的损失，人命关天啊，特此请求领导给我们乡卫生院及时派一个妇幼专干来。"

她一边汇报，一边举例说明。那个副县长的母亲生她时就是难产，她一落地，母亲便走了。听了刘芳华的汇报后，很受触动，含着泪花，马上给县卫生局局长打电话。

县卫生局局长接到分管副县长的电话后，立即给高家坪乡卫生院安排了一个妇幼专干，主要工作就是对全乡孕妇进行上门定期检查。

那个专干是个小姑娘，外地人，初次来到这个乡，人生地不熟。院长又来汇报，请求乡政府安排人给妇幼专干带一下路。

刘芳华给书记汇报后，及时召开乡干部会议，她注视着那些干部，深情地说："我们都是父母所生，我们的母亲怀我们时，没有医生检查，很多人怀的多，平安降生的少。以前，我们高家坪乡卫生院也没有妇幼专干，导致孕产妇死亡率高，婴儿成活率低。同志们，这可是新社会啊。还好，这次县卫生局给我们派来了一个妇幼专干，但这个专干是外地人，我希望，我们能主动与她联系，并带她给孕妇做检查。"

听了她说的话后，很多人笑了起来，她见状继续说道："一个新生儿就是全家的希望，我们要将那些孕妇当亲人一样对待，定期给她们检查，明天就从我老家白壁岩村开始，我自己带妇幼专干去。"

第二天清早，院长就将那个专干带到刘芳华的办公室，简单介绍后，刘芳华就与那个妇幼专干一起，去最偏远的白壁岩村为孕妇服务。羊肠小道，又是上坡路，在攀越悬天梯时，小姑娘看着脚下的万丈深渊，吓得大声叫喊起来，刘芳华一路安慰，就这样拐过几道弯，上了几层坡，几个钟头后才走到白壁岩村。

家乡人看见刘芳华带个女孩来，就问她干啥来了，她笑嘻嘻地回答："我带人来给家乡孕妇检查身体。"

那些人听到这话后，惊诧不已，又开始议论起来："什么？怀孕了还要体检？"

"是呀，给孕妇体检，我还是第一次听说。"

"真是稀奇古怪事。"

她没有理会这些话，继续带着那个专干给那些在家的孕妇逐个检查，她们从第一组开始，那个专干别看年轻，但很专业，给那些孕妇这里听听，那里摸摸，告诉一些孕妇平常注意劳逸结合，又吩咐另一些孕妇要适当补充点营养。

这样按程序检查了几户后，那些家属反响很好，又有组长带路，她看这项工作已经走上了正轨，在专干给一个孕妇检查时，她要一组组长继续给专干带路，自己去村里找书记凡志远办点公事。

当她正在与凡书记说事时，一组组长慌慌张张地喊她跟着去一趟，她忙问怎么啦？组长带着哭腔说："刘乡长，摊上大事啦，我组那个罗有利，说自己媳妇被那个医生检查后，肚子痛得厉害，现在怎么办？"

"有这样的事？"

她与凡书记一起，急忙赶到罗有利家，只见妇幼专干被人用绳子绑在椅子上，动弹不得，眼睛肿得像两个大核桃。

她忙问是怎么一回事？小姑娘告诉她："刘乡长，这个胎儿可能先天不足，孕妇做农活刚刚回家，可能动了胎气，要赶紧去县医院进行保胎治疗，可家属就是不听，非说是我检查后才出的问题。"

她马上喊人松绑，但全组人都迫于罗有利的淫威，根本没有人敢给小姑娘松绑，凡书记在大声吼叫："周围人快过来，马上抬孕妇下山。"

罗有利哪里肯听，胡搅蛮缠，骂骂咧咧道："我媳妇刚才还好好的，是那个医生检查以后才出的问题，她要负责任。"

刘芳华没有理睬他，亲自给专干松了绑，催促凡书记："赶快落实人立即抬孕妇下山，一刻也耽误不得。"

罗有利一看这阵势，也吓坏了，马上绑担架，抱起媳妇，与弟弟两人抬起媳妇就走。刘芳华、专干也随他们一起去县城。几个人一路奔波，在下悬天梯时，罗有利一手抱住媳妇，一手攀着铁索，好不容易才赶到医院。在县医院门诊部检查后，妇科医生告知："胎儿先天营养不足，孕妇动胎气后，有先兆流产迹象，必须住院卧床保胎治疗。"

罗有利一听这话，就问医生："那胎儿能保住吗？要住院多久？"

医生告诉他："胎儿能否保住要看孕妇个体素质，住院时间也因人而异，一般到四个月以后流产的概率就小很多了，但孕妇千万不能做重活。"

罗有利掐指一算，要是照这样计算，大约还要住院一个月。这一个月需要多少钱啊，他看了看那个妇幼专干，就认死理，咬定是妇幼专干检查后才出的问题。

他举起拳头，就要打那个妇幼专干。小姑娘吓坏了，刘芳华作为分管领导，挡在两人中间，推开施暴者。但罗有利根本不听，看着她，边走边吼叫："我媳妇早上还好好的，就是那个专干检查后才出问题的，我媳妇卧床保胎治疗需要这么长时间，谁给我出医药费？我家里的庄稼谁替我种植？还有你，刘芳华，你就是公报私仇。"

她也不与他争辩，不停地央求医生："医生，马上开住院证给孕妇治疗，无论如何，要保住孩子啊。"医生开住院证后，刘芳华从皮包中掏出一些钱交给住院部，几个人将孕妇推入妇科病床，安顿好孕妇。医生给孕妇检查时，旁人站在外面，趁这个空当，她又苦口婆心地给罗有利做工作："罗有利，于公，你要相信医院的检查报告；于私，那个专干与你无冤无仇，不会害你，你说是不是？至于我，你怎么误会都行，事实胜于雄辩，以后你会懂的。"

但罗有利根本不愿意听她的，还在医院撒泼。主治医生警告他："请你不要在这里吵闹，再不治疗孩子可就保不住了啊。"

罗有利听了这个话后，马上一个激灵："医生，千万要保住我的孩子啊，我都这么一大把年纪了，我媳妇怀孕不容易呢。"

就这样，罗有利的媳妇在医院卧床治疗，他也不再吵闹了。刘芳华又交代他媳妇："一定要配合医生治疗，相信医生，没事的。"

女人点点头。通过医院及时治疗，罗有利的媳妇只在医院住了十几天，就一切正常了，经过主治医生同意，可以出院回家休息了。

直到这时，罗有利还不觉得是自己错了，他对前来接他们上山的白壁岩村亲戚嚷嚷道："我媳妇若不是那个妇幼专干上山来惹事，怎么会到医院遭这么长时间的罪，都怪那个小姑娘，老子不会饶过她的。"

帮忙的人却劝他："你媳妇身体太虚弱了，干体力活，营养也跟不上，以后让她在家休息，生活搞好点，孩子才健康。"

"刘芳华她只想为家乡人做点好事，不要冤枉她，山上的孕妇通过检查，该治疗的治疗，该休息的休息，这段时间很多人去医院生小孩，孩子都健健康康的。"

罗有利媳妇瞪了丈夫一眼后，轻轻说道："不要怪人家，若不是那个专干来得及时，说不定孩子早流产了。"

罗有利对媳妇吼道："胡说，女人家哪有那么金贵，我妈怀我的时候，都快生了还在地里干活。"

回家后，罗有利继续让媳妇下地干活，当天晚上，孩子就掉了。媳妇幽怨地说道："专干和医生都说不让我做事，会动胎气，你就是不听，还以为我趁机偷懒，现在好了，我可怜的孩子啊，呜呜……"

罗有利双手抱着头，撞上自己家的墙，大声喊道："我不该不听他们的话，我还错怪人家，我真该死，我悔不当初啊……"

过了几个月，罗有利媳妇身体恢复了，他们计划再怀孩子，就一起来到乡医院，罗有利一见到那个妇幼专干，就连声道歉，然后仔细询问媳妇的身体情况，请求专干原谅自己，帮两人一把。专干看两人年龄也这么大了，就谅解了他，并给那女人开了一些调理身体的药，安慰道："好好调理，你们还是可以再怀的。"

然后，又给他们讲解了怀孕前后的注意事项。不久后，罗有利媳妇又怀孕了。这次，他们按照专干的要求在前期注意保胎，注重保养，不做重活；在后期按照专干讲的方式注意膳食和合理运动。过了几个月，孩子也健康生下来了。

刘芳华主管卫生战线以来，进行孕产妇定期检查，向农户宣传卫生知识，进行未病防治，高家坪乡的卫生系统得到了良好的改进和发展。县政府内参上发的简报，多次有高家坪乡卫生系统的内容，刘芳华也赢得了这一方老百姓的真心爱戴。

第三十七章
兄弟和睦

在充分挖掘乡村本土文化，给孕产妇体检时，刘芳华走村串户，她经常无意中看到或听到那些村民之间，为一点小事都会吵上半天，有的甚至打得头破血流。从这些事中，她觉得村民在物质丰厚之后，必须倡导精神文明建设，教育村民、树立文明新风已经迫在眉睫。

她回到乡政府后，就将自己想在全乡创建文明村镇的想法向乡党委书记汤新江汇报，汤书记望着她笑了笑："我也有此意，正准备找你谈一下的，你就着手抓起来吧。"

有了领导支持，她就在一次村干部会议上，将这项工作安排到各村。

那些村干部听了她要在各村倡导精神文明的话后，都捂着嘴嘲笑起来：

"农民肚子刚刚吃饱饭，乡政府又想起调子来了。"

"是呀，只要把经济工作抓好，捞得到钱就是真本事，还搞什么精神文明。"

她看工作难推动，就准备去办示范点，但在哪里办好呢？樟树岗村、牛角湾村、李家河村自己都曾工作过，都很有群众基础，但她觉得牛角湾村的王有明书记对自己工作支持力度最大。上次村委会换届，王有明因为年纪大退下来了，那个村已经没有年轻党员了，唯一的一个年纪较轻的党员有点懦弱，乡政府考虑到这样的实际情况，就建议村里面返聘他，协助年轻村书记工作，主要分管治安这一块。刘芳华已经好长时间没有看望老书记了，那就去牛角湾村。

说去就去，她翻过几个弯，往牛角湾村委会赶，准备创建村级文明。沿途问当地村民对这项工作有什么建议时，有的人摇摇头，叹了一口气，幽幽地说道："哎，这个村呀，刚刚被唐家垭那两兄弟搞烂了。"

　　有的人向地上唪了一口口水："是呀，还差点引起了械斗，前不久，公安都来抓了人。"

　　她忙问是怎么一回事，于是那些人一五一十地告诉了她这两兄弟的事。

　　一个老头首先叹气道："哎，唐家垭两兄弟为争一块地，搞得像个仇人。"

　　一个老婆婆马上接话："有一次，哥哥在一块地里种了玉米，弟媳妇跑去将禾苗毁掉了。嫂子知道后，便与弟媳妇打了起来。"

　　另一个人马上接过话："小刘，我说句公道话，以前，唐家弟弟在外面混社会时，他哥哥生养死葬二老，老父亲快断气时，将自己种的那块地分给了哥哥，弟弟当时不知道在哪里混。后来，弟弟带了一个女人回家，从此后就开始来争这块地，哥哥怎么会给他，真是不是一家人不进一家门，唐新贵是混混，他媳妇纯粹就是个泼妇。"

　　她听到这里，很吃惊地问道："什么？你刚才说的弟弟是唐新贵？"

　　那人说话间咳嗽了一下，有人跟着插话："是的，哥哥两口子都是明事理的人，两家搞成这样，完全是弟媳妇作怪。"

　　有人再抢过话头，说得更加声情并茂："那次，两兄弟的媳妇都喊来了娘家人，并分别占据两个山头，若不是我跑去喊现在分管治安的老书记王有明赶来制止，一场械斗就在所难免了。在书记制止时，弟媳的哥哥手上还挥舞着大木棒，打伤了嫂子娘家的堂弟。"

　　她听到这里，很想知道结果，就问道："后来呢？"

　　"哎，现在想想都冒冷汗，那场面太吓人了。伤者报了案，公安来人，将那个伤人的家伙抓走了，当场对肇事者进行了拘留。现在，由那两兄弟引发的矛盾毫无疑问已经扩散到全村了。"

　　她听后，唏嘘不已，关于两兄弟的矛盾，她也依稀听说过，没有想到已经到了这种地步，看来，自己这次来，要想开展文明村的创建工作，必须首先解决两兄弟的纠纷。

众人正在议论，她也正在想从哪里入手时，无意识地往前面望去，一看不打紧，只见不远处的山坡上，一头体型非常小的牛从坡上直冲下来，将牛角抵向那头体型很大的牛，拼尽全力，将那头还不知道是怎么一回事的大牛抵伤了。

知道自己受伤后，那头大牛气势汹汹地对付小牛，小牛怒目瞪着它，一副视死如归的模样，它们打得难解难分。最后，那头大牛竟然打输了。这时候，她听到人们叽叽喳喳：

"人还不如牛啊，牛都知道亲疏。"

"是呀，那头小牛得知那头大牛欺负了哥哥家的牛后，都赶来拼死报仇。"

刘芳华听得云里雾里。忙问同在现场观战的那些人，到底是怎么一回事，那些人你一句我一句地告诉她："昨天，刚才那头大牛欺负了唐家哥哥家的牛，今天，弟弟家的这头小牛知道后，就赶来报仇，你看，连牛都有灵性，何况人呢，唐家两兄弟真正连牛都不如啊。"

她听后，若有所思，是呀，牛都知道相互帮衬，作为人，难道还不如牛？

她得到启发后，当即决定去那两兄弟家，将路上亲眼见到两头牛打架的情形分别说给兄弟两人听。哥哥听了她所说的话后，长叹一口气，对刘芳华说道："刘乡长，我怎么对他的，你去问他，两家变成今天这个样子到底是谁的责任？"

哥哥的媳妇从医院回家，听见丈夫说的话后，气得将手里拿着的布包一甩，手指着对方屋子方向骂道："没有良心的东西，他在外面混时，我们为他担惊受怕，两个老人都是我们养老送终，那时候，他在哪里？现在回来了倒好，不光毁我的庄稼，还将我堂弟打伤了，他就是这样对待我们的。我这次非要让他们坐牢不可，任谁来说都是徒劳。"

刘芳华看哥哥的媳妇气冲冲的样子，觉得再说也没有什么效果，就去给弟弟唐新贵做工作。

唐新贵听了刘芳华所描述的两头牛打架的情形后，有微微触动，便一直沉默。他媳妇接口道："刘乡长，那块地本来就是老人的财产，他们一直白白种了这么多年，难道我们就不是老人的儿子？这次完全是误伤，他们非要让我哥哥去坐牢，好狠的心啊，哪像兄弟，连仇人都不如。"

她趁机问道："我问你们，老人是哪个生养死葬的？谁帮衬你们成家的？"

以前混社会的弟弟尽管想到了哥哥的某些好处，但还是嘴硬："那些事确实是我哥做的。但此一时彼一时。"

弟媳扫了丈夫一眼后，气愤地反问道："谁是你哥？人都说长兄如父，长嫂如母，他们竟然要我哥哥坐牢去，我还认他们这个哥嫂干什么？"

刘芳华继续开导他们："对方现在通过鉴定，是轻伤，你们双方必须在派出所司法调解室进行调解，取得对方的谅解，达成协议后，就不用坐牢了。"她继续苦口婆心地做工作，弟媳听后，着急地问道："刘乡长，是真的要坐牢吗？要判几年？"

"如果是轻伤，可以判三年以下有期徒刑，还要附带民事责任。如果取得对方谅解，而且达成了协议，就可以免予起诉。现在，就看你们自己的表现了。"

弟媳还在吵吵嚷嚷，但听说要哥哥去坐牢，吓了一大跳，马上央求刘芳华帮忙。刘芳华拽着唐新贵夫妇一起来到哥哥家，弟弟媳妇首先道歉，说自己不该来争那块地，更不应该伤人。哥哥不相信地看着自己的弟媳妇，刘芳华见状，就将亲眼所见的那两头牛打架的情形又复述给在场的人听。唐新贵也及时附和："是呀，牛都知道是一家人，要统一对外，我们难道连牛都不如吗？"

哥哥没有再说什么，给唐新贵递来板凳，卷起一支喇叭筒烟，点燃吸几口后，咳嗽起来，唐新贵忙帮他拍背，哥哥对弟弟笑笑。

嫂子从菜地回来看见这个情景，就讥讽道："哟，今天太阳打西边出来了？有人怎么走错门了？"

弟媳妇轻轻喊一声嫂子，女人从鼻孔中哼一声："谁是你嫂子？你毁我的菜地，喊人将我堂弟打伤了，我这次绝不会放过你们，想来软的，做梦吧。"

以前的混混唐新贵听见嫂子在骂媳妇，一下子便血气上涌，马上回道："那是你的菜地？老人的东西就是你一个人的，难道我不是爹娘的儿子？我媳妇的哥哥将你堂弟打成轻伤也不是故意的，你硬是不放过，随你怎么闹，你还能吃人不成？"

"好，好，你等着，不将你媳妇的哥哥送进监狱，我枉为世上人。"

两人你一言我一语吵了起来，刘芳华大声制止，吵闹声才渐渐停下来。

刘芳华拽着唐新贵和媳妇两人回到他们家，给他们分析利害关系，要弟媳做好哥哥的工作，要他向伤者道歉。

弟媳知道了利害关系，忙跑回娘家述说利害关系，她哥嫂听说真的要坐牢，吓出了一身冷汗，忙赶去医院，给嫂子的堂弟道歉，但伤者哪里肯听，肇事者和媳妇在医院遭到一顿臭骂。

刘芳华知道情况后，觉得现在的症结转到嫂子这里来了，她又去做工作，但嫂子铁定要将弟媳的哥哥送进监狱。

她又去县医院，伤者知道她的身份后，很委屈地告诉她："刘乡长，不是我不配合你，主要是对方太可恶了，做错了事，还逞强，我实在咽不下这口气啊。"

"对方也不是故意的，一个村的人，抬头不见低头见，能担待的就担待一下。"

伤者摆摆头："讲不好的，对方根本就没有认识到自己的错误。"

正说话间，李建设来到医院，他们双方都很吃惊，几乎异口同声地问道："你怎么来这里了？"

短暂的惊奇后，李建设问候伤者："表姐夫，你伤得怎么样？"

那个伤者刚刚张开嘴，进来一个女人叫李建设表弟。刘芳华更加糊涂了，看向李建设，那个女人就向她介绍起来："我与建设是姨妈老表，他妈是我妈的亲妹妹。"

那个伤者睁大了眼睛：

"什么？刘乡长竟然是建设的女朋友！"

刘芳华点点头，顺便将自己来的目的与李建设复述一遍，李建设便看向自己的表姐："芳华为这事伤透了脑筋，你们支持她一下，叫对方付清应该给你们的费用，坐牢的事就不要提了。一个村的人，以后见面了也不好意思，况且，肇事者家中还有老的小的，他进去了一家人怎么办？"

表姐看向自己的男人，那个伤者沉默了几分钟后，点点头："既然建设开口了，我就给你们个面子，但费用可是一分都不能少啊。"

　　刘芳华马上回答："那是自然。"

　　于是，她又去弟媳的哥哥家，将伤者的要求说给他听，肇事者听见不用去坐牢了，便鸡啄米般点头。

　　她再给唐家嫂子做工作，建议两妯娌和解，嫂子知道堂弟已经答应了，就很生气，但到了这个地步，就要求弟媳来道歉。刘芳华再次给弟媳做工作，弟媳见娘家亲哥哥不用坐牢了，尽管不情愿，也只好来到嫂子家，向嫂子道歉。

　　在做好这一切基础工作，待伤者出院后，刘芳华带着双方相关人员去了派出所的司法调解室，按照司法程序签订了协议，并当场兑齐了相关赔偿金。一场纠纷才真正化解。

　　司法室还要求双方握手言和，就这样，唐家两兄弟多年的恩怨也化解了。

　　这时，人们又有赞扬她的话题了：

　　"刘芳华确实厉害，利用两头牛打架，将两兄弟多年的结化解开了，真是不简单呢。"

　　"是呀，唐家两兄弟现在亲密得很。"

　　刘芳华以两兄弟为突破口，积极引导村民和睦相处，她又在村民中间开展"好妯娌、好婆媳、好邻居"等评选活动，赢得了众人称赞。这个村迅速掀起了争当文明人的热潮，家风、民风、村风有了根本好转。

　　她以这个村为示范点，慢慢将这项工作在全乡推开了。

第三十八章
集体婚礼

　　刘芳华在文明村镇创建中，忙得晕头转向，根本无瑕考虑个人的事。她父母劝了几次后，看根本没有效果，也懒得管她了。而李建设的母亲在身体康复后，又催儿子尽早完成终身大事，她买来猪仔，说是待儿子结婚时办酒席用。

　　见寡母这样着急，李建设只好再次催促刘芳华尽快完婚。在又一次两人说到这件事时，恰巧她从县城开会回来，她高兴地征求李建设的意见："我这次在县里开会，县政府要求年轻人新事新办，准备'十一'在新修建的县青少年宫举办集体婚礼，号召准备结婚的有志者参加。"

　　李建设考虑了一下后，点点头答应下来。他们商定各自去给家长做工作。

　　火热的夏天，刘芳华来到老家，晚上，一家人坐在门前的大院子中间聊天，待弟妹睡觉后，她将自己想参加集体婚礼的想法说给父母听时，他父亲刘正义将烟袋装上烟丝，默默地抽了几口，将烟袋往旁边一放，对她瞪了几眼后，慢悠悠说道："你怎么想起一出是一出，去年，你说好的日子不回家，害得我和你妈遭那些亲戚朋友耻笑，现在，你又出这个歪点子。历来闺女出嫁都是花轿抬，就算是新社会，最起码也是来人娶亲，怎么想到参加集体婚礼，是李建设的主意吗？"

　　她连连摇头："不是，是我的主意。"

　　"我不管是谁的主意，门儿都没有。"

　　说完这句话后，父亲便回屋去了。母亲拉着她的手央求："华丫头，你也是二十好几的人了，虽然家里穷，但我们也要给你置办点嫁妆，将你热热闹闹嫁出去。"

她看着年迈的母亲，不知道怎么说服，便在房屋外面走来走去，母亲左右跟随着她，这样过了好一阵儿，她依偎在母亲身边，低声道："妈，这是新事物，要有人带头，上级要求我们领导干部必须自己带头。"

"是上面要求的？"

"嗯。"

老人急忙进屋，叫她父亲："老头子，是上级的要求，不然要影响咱闺女工作。"

"不会吧？"

"是的。"

两个老人在里屋商量了好一阵，她就在外面等消息，过了很久，母亲出来告诉她："你爹说不管怎么样，都不能影响你的工作。"

她听了这话后，抬头望着漫天星斗，泪流满面。

李建设回去，将自己想在"十一"举行婚礼的消息告诉母亲时，她母亲张开没有多少牙齿的嘴，乐呵呵笑个不停。李建设见状，又轻轻对母亲说："我们想参加集体婚礼。"

"什么是集体婚礼？"

"也就是不用办酒席，很多人在一起举行仪式。"

"什么？我唯一的儿子结婚，这么大的事，不办酒席，我没有听错吧？"

"这样也节省很多钱啊。"

"要多少钱，稻谷是我自己种的，猪是我自己喂的，再说，去年为你的事，我在亲友中间丢尽了面子，这回，我一定要挣回来。"

两母子争执了好久，眼看快到后半夜，母亲突然问他一句话："儿子，举行婚礼后，当天你们是回家来住吧？"

"那当然。"

问完这句话后，李建设还搞不清楚到底是怎么一回事，竟然听见母亲笑盈盈地对他说道："儿子，好，依你的。"

刘芳华通知父母十月一日早上九点过八分在县青少年宫参加集体婚礼，李建设也早早就给母亲说了这件事，还将母亲带到县青少年宫转了一圈，母亲便点头答应了。

转眼几个月过去，吉日已到。十一的县城艳阳高照，县青少年宫张灯结彩，喜气洋洋。随着喜庆的音乐响起，刘芳华与李建设穿着崭新的衣服，与一对对新人缓缓走向婚礼现场。

主持人热情洋溢地介绍各自的父母，当介绍到李建设时，他姐姐来做亲属代表，他忙问姐姐："妈怎么没有来？"

他姐姐神秘一笑："一会儿你就知道了，在家里忙大事。"

当介绍到刘芳华父母时，没有人回应，她向那些前来参加婚礼的亲友团望去，除李建设的姐姐外，没有其他人，她不免有点失望。

而这时，县青少年宫大门外，两个老人上气不接下气地往会场上赶，在门口被人拦住，老头急忙解释："我是来参加女儿婚礼的。"

那人看了看他们，有点不相信地问道："你们真是来参加集体婚礼的？新人叫什么名字？"

"我女儿叫刘芳华，你可以去问。"

其中一个工作人员去里面转了一圈后，才放他们进去。

主持人看他们满头大汗，问明情况后，就顺势介绍道："这是刘芳华的父母，看老人来一趟也挺不容易的啊。"

在主持人宣布完集体婚礼的有关流程后，要求新人代表讲话，那些新人当中，有很多人都听到过刘芳华的优秀事迹，今天，一起参加婚礼，觉得是个千载难逢的好机会，都推举她讲话。

她也不推辞，落落大方地走上发言席，首先发自内心地感谢父母，并给父母深深地鞠躬；再次感谢组织的培育与关怀；最后感谢伴侣的理解和支持。她的即兴讲话，赢得了阵阵掌声。

婚礼仪式结束后，还有一系列活动，先是集体开餐，然后是舞会。李建设的姐姐想让他们早点回去，就催他们："回家后再吃饭吧。"

李建设赶忙回答："那怎么行，我岳父母从那个山上早早赶来，不吃饭怎么有力气回去？"

　　他姐姐想了想后，觉得弟弟说得有道理，就坐下来吃饭，席间，领导给每桌敬酒，说些祝福的话，参加婚礼的人又相互敬酒。过了很长时间，一餐饭还没有吃完，眼看到下午了，她姐姐不时皱一下眉头，看一下时间，几次欲言又止。李建设见状，忙疑惑地问道："姐姐，你怎么了？"

　　"没，没怎么。"

　　但见他们还在慢吞吞地吃，他姐姐就不停地催，李建设看她这样，就很生气地反问："姐姐，你到底是什么意思？这样不停地催？"

　　那些参加婚礼的人都看着他们，有的对他们指指点点，就这样，一餐饭当中，这边是姐姐不停地催，那边是领导与同行们不停敬酒，他们夹在中间无所适从。

　　吃完饭后，还有舞会，刘芳华父母眼看天色不早了，就要回去。她和李建设送父母上了去高家坪的班车后，他姐姐又催他们赶快回去，他们找来一辆车，与姐姐一起回到李家。

　　公路离李家还有一段小路，他们刚一下车，就有人高声叫道："新姑娘来了啊。"

　　当地有一个说法："结婚时，谁先坐到床边，谁以后就能够当家做主。"

　　于是，几个妇人听到新人来了的喊声，便急忙奔上小路，迎着刘芳华，示意李建设往家里快走，好先坐在床边。李建设当然知道几个妇人的意思，说什么也不肯。他一定要牵着刘芳华的手，与她一起走回家。那几个妇女跺着脚，嘟囔几句后，也无可奈何了。

　　他们一到李家门口，只见人影晃动，众亲友在大碗喝酒，大口吃肉，个个穿戴整齐，人人笑嘻嘻的，大红纸写的对联糊满了墙壁、门的两旁，一张大红纸的执事单上，密密麻麻写满了名字。

　　堂屋正中间，一对红蜡烛正在燃烧，一块红地毯铺在中间，那几个拽着刘芳华的妇人笑呵呵地将她拉到堂屋中间，她还未明白是怎么一回事，只听见礼生大声喊道："肃静肃静，内外肃静，新婚典礼现在开始。"

　　她只是机械地行礼，然后那些人将他们送入洞房，她一看，自己原来买的，要李建设带回家的洁白被褥，都换成了大红的被子、床单，她疑惑地望了一眼李建设，只见他摇摇头。

她走出房门，看见那些人正在用羡慕的眼神看向婆婆，陈美玉笑得合不拢嘴，也应和着他们，叫他们敞开吃。那些人边吃边说：

"陈大婆，你就是命好啊，你看你儿媳妇，人长得好看，还明事理，行礼时，规规矩矩的。"

"是呀，以前只是听说，今天一看，果不其然，那丫头就是个十足的能干婆，将来，不比她婆婆差。"

"肯定的呀，一代更比一代强啊。"

陈美玉一直笑眯眯地招呼着亲友。李建设叫刘芳华也吃一点饭，她给每桌敬了一口酒后，也坐在他们中间吃起饭来，那些人围着她上下打量。

饭后，那些人又吵着发喜糖，陈美玉从家里端出来花生、瓜子、喜糖，笑着招呼众人"吃东西，吃东西"。

他们经过多年的马拉松赛跑，终于走在了一起，两人百感交集，共同规划着美好的未来。

第三十九章
扫盲成功

　　刘芳华挖掘民间文化，创建文明村组，给孕妇做定期体检，几乎天天走村串户，她在深入各村调研中，发现很多文盲，特别是妇女，几乎没有多少人识字。

　　面对这种现状，她觉得必须要改变，唯一的办法只有扫盲。她首先来到汤书记办公室，述说本乡扫盲事宜。因为这件事上级还没有安排，汤书记在办公室走来走去，拿不定主意。恰在这时，李家河村书记李冬青匆匆而来，上气不接下气地说道："汤书记，麻烦你快去城区派出所帮忙协调一下。"

　　汤书记瞪了李书记一眼：

　　"究竟是什么事？没头没脑的。"

　　李书记用手抹了一下汗水后，急吼吼地说道："哎，说起来都是没有文化害的，我村一个老头进城后分不清男女，内急时走进了女厕所，被人当流氓抓了起来，城区派出所了解情况后，通知家属，要乡政府担保才能放人。"

　　汤书记看了两人一眼后，告诉刘芳华："小刘，你将方案先考虑好，我马上随李书记去领人，丢人现眼的。"

　　遇到这种事情，刘芳华觉得扫盲更是迫不及待要做的事情了，于是，在晚上乡政府的班子成员会上，她将自己的想法说出来征求大家的意见。尽管每个人说法不一，但大体意思相近：

　　"那些文盲大字不识，怎么给他们扫盲，难不成要像教小学生那样，从一笔一画教起？"

她据理力争，并列举了其可行性，同事们还是觉得不可思议。这时，乡党委书记汤新江站起来，在会场上走了一圈后，缓缓说道："同志们，我白天与李冬青书记在城区派出所才将一个文盲领出来。"

大家你看看我，我望望你，因为之前就有风传汤书记因为什么事去取人，那些下属听见汤书记说这话后，便默不出声了。

书记环视了自己的下属后，立即拍板："鉴于我乡的现状，扫盲很有必要，这项工作由刘芳华具体抓落实。"

接受了任务后，她建议立即召开乡干部会议，要每个干部下到各村，将文盲、半文盲底子摸清楚，然后才能对症下药。在乡干部会上，当讲到扫盲工作时，大家叽叽喳喳不停："什么？扫盲？那些人恐怕一天学不到一个字，他们还不见得肯下功夫去学，难干哪。"

"是呀，给我们安排这个任务，是硬生生磨我们的。"

乡干部们虽然有想法，但还是去了各村摸清底子，通过统计，高家坪乡文盲、半文盲占比很大。面对这种情况，她制订了具体方案：对于文盲、半文盲，需要办培训班或者安排专人分别到各村去一对一地教。

她将自己的想法告诉了新婚丈夫，李建设听后很欣喜，建议道："这项工作你完全可以先安排全乡的学校，让学生们先动手搞起来，要求每个学生都要联系一个文盲，进行一对一教识字。"

她看着他，高兴地答道："好，这个办法可行，你是怎么想到这个好办法的？"他笑而不答。

她按照李建设的提议，去各校与校长联系，要求学校发动那些在校学生，利用每天放学后的空闲时间、节假日，给各自亲人上课认字。

校长们虽然知道刘芳华是乡政府分管教育的领导，当她说出这个建议时，很多学校还是摆出了具体困难：

"刘乡长，你知道的，学校历来以教学质量为主要目标，我们的教学任务太重了，现在，给我们附加这项任务是不是可行？"

"学生的主要任务就是学习，让那些娃儿给自己的长辈当老师，真是异想天开啊。"

刘芳华耐心地给他们解释:"不会占用那些学生多少时间,一天教父母一个字,这样日积月累,那些文盲也会认得几个字,最起码,不会写错自己的名字。"

通过她苦口婆心做工作,那些校长才勉强同意让学生给亲人教字。校长安排老师这项任务时,老师们也嘀嘀咕咕:"学生写自己的作业都时间紧,还要搞这些没有名堂的事,唉。"

老师们尽管不太愿意,还是将这个任务安排给了自己的学生,那些学生听到这里,不相信地睁大了眼睛:"什么?让我给自己的父母上课?我没有听错吗?"

老师重重点头:"千真万确,大家将作业完成后,每天教父母一个或者两个常用字。"

就这样,每天一放学,学生们在做完作业后,就拿出在纸条上写好的字,给自己的亲人上课。

夜晚,一个小学生要给母亲上课,母亲说自己要剁猪草,她儿子灵机一动,在纸条上写一个"猪"字,要她看着反复念:猪、猪。母亲念了几遍后,见儿子接连打哈欠、眼皮直打架,就将那点猪草赶快剁完,然后安心学,她儿子一直等着她忙完,又教她学"草"字。

就这样,学生一个字一个字地教,很多家长吃了不认字的苦,便放下了架子认真学,下决心强记硬背,认识了不少字。

也有不少人不肯放下架子做自己孩子的学生,就认字很少。况且,这种分散式的教学也不便于检查效果。

眼看就快放暑假了,刘芳华在思考集中办培训班的事,首先就是教室和教师,都需要去各个学校协调。作为分管这项工作的乡政府领导,当她去与乡联校校长协调时,关于教室,校长满口答应下来。说到教师就摆起困难来:"刘乡长,你清楚的,暑假是老师们的法定休息日子,要他们再加班,那就要另外开工资,否则,很难安排下去。"

刘芳华思考了一阵后,建议道:"我知道,稍微大点的学校,都有行管人员,平时没有安排上课,能不能给这些人调休,将挤出来的时间用在暑假扫盲上?"

联校校长看刘芳华话都说到这个份儿上了,只好点点头。当联校校长召开各个所辖的学校校长会议说到这个事时,校长们个个争抢着发言:

"我们学校那么小,哪有行管人员?怎么调剂出来暑假上课的教师?况且,给这些人扫盲有什么作用?"

"我们学校行管人员也就是校长一个人,难不成要我亲自给那些人上课?"

掌握了各个学校校长的思想动态后,联校校长就向刘芳华汇报。她将这些一一记在一个小本子上,然后,马上去县政府,找到分管的副县长,汇报了高家坪乡扫盲的具体做法以及目前的困惑,向领导讨教办法。这个分管领导听了她的汇报后,笑着告诉她:"小刘,这项工作,你们高家坪乡开了个好头,现在,上面来了精神,要将这项工作全面铺开,由教育局主抓,乡政府配合。教师怎么安排,教育部门会落实的。"

从领导办公室出来,刘芳华感觉轻松多了。没过几天,乡联校校长就找到刘芳华汇报这项工作,说是县教育局召开了会议,教育部门无条件落实教室和教师,要乡政府配合做好扫盲对象的摸底和劝说工作,她满口答应下来。

万事俱备,只欠东风。文盲、半文盲的底子早就摸清楚了,现在就看那些文盲、半文盲愿不愿意学了。她觉得要想在全乡全面铺开,首先还是要在一个村办好试点。拿定主意后,她来到自己的老家白壁岩村,叫上村书记凡志远,决定一起去给那些人做工作。村民们知道她是来扫盲的,就叽叽喳喳个不停:

"我们大字不识,怎么学得会,况且,我们还要做工,哪有时间学呀。"

她耐心地给那些人做工作:"我问一个简单的问题,你们不识字,去城里卖菜怎么算账?"

"叫别人帮忙算一下啊。"

"方便吗?如果别人骗你怎么办?"

那些人便不出声了,她趁机鼓动:"我知道大家都要干农活,我们定个下雨天办培训班行不行?"

随行的凡志远书记马上接话:"好,下雨天时,我村办首期培训班,到时，大家都要来啊。"

"耽误的工有补贴没有？"

她想了想后，当即回答："没有。"

她回家将自己的想法告诉母亲并要母亲带头学文化时，黄冬梅的头摇得像拨浪鼓，她只好拿出撒手锏，撒起娇来："妈，你要是不支持我，我的工作就开展不下去，说不好领导还会撤我的职。"

"什么，撤职？华丫头，你不要骗我，真有那么严重吗？"

她重重点头，黄冬梅在屋子里走来走去，过了好一阵儿后，叹口气，轻轻点头。不仅如此，她母亲还帮着发动其他人，那些人疑惑地问道："芳华妈，你要我们识字去，自己去不去啊？"

"当然去呀，认识几个字不好吗？"

没过几天，就下雨了，那天，恰逢周末，白壁岩村首期扫盲班开学了，教师就是李建设。黄冬梅早早坐在教室里面。不一会儿，陆陆续续来了几个人，路上还有忐忑不安的人在慢慢往这里赶。李建设开始上课，黄冬梅见教字的人是自己的女婿，红着脸，众人便开她的玩笑："黄大婆，你给自己的女婿当学生，是什么滋味啊？"

黄冬梅脸皮本来就很薄，在那些人的哄笑声中，一张脸越发红了。

李建设待那些人稍微安静下来后，便在黑板上写下一个字，反复启发那些年纪大的人："这个东西人人喜欢，做梦都想得到它，看见时想摸，得到时舍不得拿出来，大家想想是什么字？"

"是'钱'字啊。"

回家后，母亲责怪起自己的女儿来：

"建设来上课，你也不事先告诉我一声，今天多不好意思啊。"

刘芳华望着自己的母亲："这有什么，等你认得字后，就什么都好了。"

在芳华妈的影响下，很多人都参加了扫盲班学习。刘芳华姑妈第二天也来参加听课了，以后，没有缺席一天。就这样，白壁岩村的扫盲成功了。刘芳华将自己的办班经验在乡干部大会上传授，其他村也相应办起了扫盲培训班。

这样各村反复办班，那些深受没有文化之苦而用心学的人，确实识到了不少字，已经能够写简单的句子了。后来，上级来人在各个村验收，当场给那些参加培训班的人出题考试，并当场改试卷，都考了六十分以上。当监考老师看到这个成绩时，个个惊讶地张大了嘴巴："不会吧，高家坪乡的扫盲工作搞得这样好，是怎么做到的？"

毫无疑问，县政府对高家坪乡的扫盲工作是充分肯定的。

那些脱了盲的人也由衷赞许她：

"刘乡长确实是为民办实事的好人，为我解决了大难题，我上街卖菜再不会算错账了。"

"是呀，我现在都能够给我那个在外地当兵的儿子写信了，我儿子夸我进步好快。"

后来，县妇联选择一个乡镇办绣花培训班，时间为一周。刘芳华知道后，就主动找到县妇联，请求将这个班放在高家坪乡。县妇联领导知道，那些绣花女大部分是中年妇女，文盲多。就目前而言，只有高家坪乡脱盲，又见副乡长亲自来联系，就同意了这一请求。

县妇联花钱请来了教绣花的老师，确定了日期。刘芳华和乡干部们就上门去发动各村妇女参加学习班。那些刚刚识字的妇女热情很高，纷纷来乡政府报名参加学习。由于人员太多，只能按照先来后到的顺序，分期分批进行。

首次开班那天，县妇联来了人，介绍了办班的流程后，刘芳华讲话，然后绣花师傅给学员分发了由县妇联按人提供的丝线和绣花的绷子，师傅在黑板上开始上课了，学员们将教学内容用心记在小本子上。讲一阵课后，就手把手教她们绣花。这样，理论与实践相结合，那些农妇很快就知道怎么飞针走线了。

刘芳华的姑妈本来女红就厉害，学了理论后，绣得更加好了。绣花师傅看到芳华姑妈的作品后，赞不绝口："很好，你加油绣，我负责帮你推销作品。"

其他学员听到这句话后，也加油学，没有多久，第一期学员结业了，县妇联领导参加结业典礼，告诉这些学员："你们回去后，利用空闲时间，加油绣作品，我们负责帮你们推销，这样一来，你们就有源源不断的收入来源了。"

之后，高家坪乡又办了多期这样的培训班，很多学员送来了绣品。刘芳华又请求县妇联支持，送来了绣花机，在高家坪乡办起了绣品厂。她将那些绣得好的学员召集起来，统一在绣品厂专业绣花，还给这些绣品取了一个好听的名字：巧巧妹绣品。不久，这些绣品远销国内外，品牌打响了，被一个知名大企业收购，这些绣女也成了企业职工，企业给她们买了五险一金，生活有了保障。

这些因为脱盲而有了固定收入的人更加感激她："都是因为刘乡长，不然我哪有这份工作，真是连想都不敢想的事。"

姑妈说起这事，更是热泪盈眶："不是华丫头，我家生活都难以维持，现在好了，我老来无忧了啊。"

第四十章
控流保学

刘芳华通过扫盲，使高家坪乡的文盲减少了不少，但如何控制新文盲产生，是她反复思考的问题。她通过与本乡教育界知名人士多次座谈后，得出结论，控制新文盲产生的唯一办法只能是控流保学。

通过反复清理，他们发现，各村都不同程度地存在辍学儿童，他们将清理出来的人员进行分类，哪些是自己厌学的，哪些是因为其他原因而辍学的。摸清底子后，对厌学的一家家上门做工作，进行劝学；对其他情况分类解决。

刘芳华一马当先，有一天，她与同事们走在去樟树岗村的田埂上，看见他们的农户嘀嘀咕咕地聊着天：

"这些人是干什么的？"

"听说是催那些娃儿去读书的。"

"娃儿读不读书关他们什么事？"

"听人说是杜绝新文盲产生。"

他们也懒得理睬这些话，在村里集合后，分开行动，其中有三个孩子在一个组，家住得偏远，她因为熟悉路况，就带了两个人去那个组，几个人走得很累了，就决定休息一会儿再往前走。

眼看就要翻过一座山了，她走在最前面，走着走着，只听到一声号叫，她马上回过头一看，原来是穿着高跟鞋的周春燕脚崴了。

周春燕痛苦地叫着，她马上和另外一个同事轮换着背周春燕到乡卫生院，医生说没有大碍，他们又将周春燕送回了乡政府。

处理完周春燕的脚伤后，她与另外一个同事又去了樟树岗村那个最偏远组农户的家里，这时，天已经快黑了，农户家中的男主人在编制篾背篓，他媳妇不停地咳嗽，一个小女孩在倒水给母亲喝。她与同事进屋后，看向娃儿，与一家人拉起了家常："你家女儿这么大了，怎么不叫她去读书？"

女主人按住自己的喉咙，看看正在做事的男人，欲言又止，男主人接了腔："读什么书？花一些冤枉钱，一学期认识不了几个字，起啥作用？女孩终究是要嫁人的，读书也是为别人家读的。再说，你看我家这种情况，怎么叫孩子读书？"

这时，一个邻居来到他家，听了这些话后，跟着起哄："是呀，听说以后读大学国家也不分配工作了，读书确实没有什么作用。再说，他家女人身体不好，天天要吃药，哪有心情送孩子读书？"

她听后非常气愤，大声反驳："读书，可是改变农家孩子命运的唯一途径，就算以后国家不分配工作了，去外地打工，有文化的人干的是技术活，文盲就只能靠力气吃饭，我说得对不对？"

她那个同事定睛看着小孩，问道："小朋友，你想不想去读书？"

小孩子歪着头想了想后，很干脆地回答："我想去读书，可是，我爹不让我去。"

"那我们明天去学校读书好不好？"

"好，可是……"

了解了学生的想法后，刘芳华转向那两个大人："你们这辈人是条件限制，但你们的后辈有学习条件，千万不能耽误他们啊。"

那人霸蛮起来："女孩子花钱读书，读得心野了不说，就算读出来了还不是便宜别人家。"

那个邻居挖苦道："刘乡长，问句不该问的话，你是读书出来的，你每月给你父母多少钱啊？"

她听后非常气愤，便趁机规劝那人："我没有给父母多少钱，但起码，我不会让父母为我操心。我父母有了什么为难事，我会想办法帮他们解决，怎么就没有作用了？"

那人想了想后，没有想出反驳她的理由，她接着规劝："作为家长，要给孩子一个受教育的机会，其实，你女儿以后有所成就了，更会孝顺父母。乡政府办的绣花厂可能你也听说了，那些女工都是因为脱盲了才被招工的，现在，又被大企业收购，她们从田间走进了工厂，要是不脱盲，能有这种好事吗？"

这个小孩的父亲望望他们，再看一眼妻子，嘟囔道："这事在高家坪乡传得神乎其神，我也多少知道一些，这么说来，我还是要送女儿上学去，说不定以后也能遇到这种好事呢。"她趁热打铁，接着说道："是呀，如果没有文化，就什么机会都不可能有，孩子的前途要紧啊。"

她就这样，一家家走访，对于厌学的反复劝说；对于家长思想不通的，进行教育；对于家中经济条件差而影响上学的，就去县直单位，特别是县妇联和团县委，将本乡的贫困生名单报给这些单位，请求扶持。

县妇联收到贫困生名单后，立即召开县直妇委会主任会议，他们从中选择了二十几个进行扶持，要求县直妇委会给结对学生购买学习用品，给被扶持的家庭购买床上用品，还每个月给被扶持人固定的生活费。

周春燕在乡政府休息几天后，脚伤彻底好了。就这个事主动找到了团县委，团县委领导很重视，也答应扶持一部分，并获得了上级资助，准备为曾经失学、辍学最多的白壁岩村捐建一所希望小学。

这项工作进行了一阵儿后，刘芳华得知自己的一个同学在县委机关任团委书记，就主动与他联系，争取搞一次联谊活动。当她将自己的想法说出来时，那个同学很高兴。双方敲定：由县委机关团员，每人去结对一个贫困学生。

刘芳华将这事告诉了汤书记，书记听说原来的很多同事要来这里搞活动，很欢喜，吩咐她要将这事抓好。

那个同学给她反馈来信息，说自己单位一共有二十八个团员，每人都说要购买书包、文具盒等学习用品，要她尽快安排二十八个需要结对帮扶的贫困学生。

但当时通过县妇联和团县委结对后，家中经济条件差的学生还有三十五人。她要求那个同学将这些人一起帮扶。那个同学看只剩下几个人了,就答应在那些要求进步的青年中再发动一下。

没过多久,樟树岗村的党支部书记田尚武来到她办公室,说他村一个学生家中非常贫困,能不能这次结对一下?她下去调查,发现根本不是那么一回事,就断然拒绝了他。

田书记看她拒绝了自己,非常生气,毕竟在一起工作相处那么长时间,还这样不给面子,任凭她怎么解释,他就是不理解。刘芳华心里很委屈,但她不想为这事将共事多年、配合默契的两人关系搞僵。她主动去田书记家沟通,但田书记借口有事出去了,她便与书记媳妇拉家常,顺带将自己与书记的误会说与书记媳妇听。并在不久后田书记儿子结婚时,上门去喝喜酒,这样,她与田书记的关系才逐渐缓和。

隔了一段时间,这个同学再次告诉她,看见这些青年人搞这样有意义的活动,县委机关的领导知道后也要来参加,自己出钱购买与他们一样的学习用品。她知道后,更加高兴。

活动那天,艳阳普照。县委机关一行人带着学习用品,来到高家坪乡中心学校,学校将各村需要扶持的学生都通知来了,召开欢迎会,将三十五名贫困学生与这些机关干部进行一对一见面,当受扶持的学生从帮扶人手中接过学习用品时,人人早已泪水盈眶,其中,那个经她劝学而来的樟树岗村的小女孩激动地说道:"感谢叔叔阿姨们,给我们送来了这样多的学习用品,我一定好好学习,不辜负你们的期望。"

众人看到这样的场面,也由衷地感叹道:"这样的结对活动搞得好,帮助穷孩子上学,为他们解决了难题,以后还要多多开展。"

汤书记原来的很多同事都与汤书记有说不完的话,刘芳华的那个同学给分管人事的县委副书记杨国庆介绍她,杨书记笑盈盈地表扬她:"我与小刘很早就认识,她干什么工作都有章程,像这样的结对帮扶,可以帮助很多家中经济条件差的儿童上学啊。"

她那个同学也随声附和:"是呀,刘芳华通过深入农户一个个劝学,为控流保学作出了很大贡献,现在,高家坪乡已经很难发现辍学儿童了,真是一大幸事啊。"

乡政府其他干部知道后，羡慕不已：

"县委分管人事的杨书记都表扬了刘芳华，她的发展前途不知道有多大啊。"

"是呀，但是话说回来，刘芳华做事也确实认真，负责。"

第四十一章
空降乡长

年纪轻轻的刘芳华，在高家坪乡经济工作和精神文明建设中，都取得了可喜成绩，县委分管人事的杨国庆副书记就是原来的宣传部部长，对她很了解，刚刚又表扬了她。

恰逢高家坪乡换届选举，很多人都对刘芳华寄予厚望，认为她这次当选乡长，那是铁板钉钉的事。她虽然没有什么奢望，但想到如果职务升迁后，可以为家乡人民做更多事，也有点期待。

这时，有的同事就给她出主意："刘芳华，为了保险起见，你最好找有关领导汇报自己的思想状况去，不然这样等待恐怕不保险。"

她听后，连连摇头："这样与跑官要官有什么区别，这种事打死我都不会去干的。"

临近选举时，高家坪乡有各种谣传：

"这次高家坪乡乡长岗位就是刘芳华的，哪个人都争不去。"

"听说上面要空降人来，说是县政府办的一个副主任下来。"

她没有理会这些，认为如果组织上信得过自己，交给更重的担子，也不推辞；如果组织上还要考验自己，那就安心干好自己的手头工作。

想通了后，在其他人到处打听自己何去何从时，她一门心思干工作，当时的控流保学正在如火如荼地进行，她每天走村串户，一家家去做工作，催那些未上学的孩子去学校读书，忙得晕头转向。

很快就要换届了，先是乡党委换届。这时，高家坪乡乡长杨民清调离了，到其他乡任乡党委书记去了，汤新江书记继续连任，刘芳华提为乡党委副书记候选人。

各村通过召开全体党员大会，选出了出席乡党代会的党代表。一切准备就绪后，选择一个吉日，在乡政府礼堂选举。这一天，阳光明媚，万里无云，高家坪乡党代表们怀着对党对人民高度负责的态度，认真填写选票，选出了他们信任的新一届党委班子，刘芳华在这个庄严的大会上，全票当选为高家坪乡党委副书记。这时，各村干部都向她道喜来了："刘乡长，恭喜啊，看上级组织这样安排，意图很明显，你马上就可以转正了，高家坪的乡长非你莫属啊。"

她马上制止："这是哪儿跟哪儿啊，风马牛不相及的事，怎么可能呢？"

"你分析啊，以前的杨民清乡长就兼副书记，这次，上级将杨乡长调出去，又给你安排了副书记职务，那不是癞子头上的虱子——明摆着的嘛，就是为你当乡长铺路的啊。"

"八字没有一撇的事，不要乱猜。"

没过多久，各村都在选乡人大代表，刘芳华被分到樟树岗村，这个村的很多农民都得到过她的帮助，毫无疑问，她高票当选为乡人大代表。一切都在往高家坪乡村组干部希望的方向发展。

在各村选举结束后，马上就要在乡直单位选举乡人大代表了，这时，县政府办一个叫胡国安的副主任来了，安排的也是副书记，组织部送他下来时，给乡党委书记汤新江交代："由于胡国安同志是正科级，名次排在刘芳华前面。"

这样安排，那些聪明人便看出了玄机，这个人无疑是作为乡长候选人下来的啊。很多村干部就找到汤书记，为刘芳华鸣不平："刘芳华工作那么出色，为什么不推荐她当乡长？"

汤书记苦着脸分辩："怎么没有推荐，为刘芳华的事，我找县委分管人事的杨国庆副书记多次，杨书记也很欣赏刘芳华，但最后究竟怎么安排，恐怕也不是杨书记一个人左右得了的，领导们要通盘考虑啊。"

汤书记怕这样的安排刘芳华会想不通，就找她谈心："芳华，你工作出色，得到了很多村组干部和全乡大部分农民的肯定，但任职的事，不是一两句话说得清楚的，也许组织上还需要考验你一段时间，我希望你看开些。"

她真诚地回答汤书记："我接受组织上的安排，请书记放心，我想得开，而且，也绝对不会影响今后的工作。"

没过几天，在乡直单位选举乡人大代表时，她作为选民，不仅自己投了胡国安一票，还发动其他乡干部投他的票。

尽管她这样大度，来高家坪乡负责选举工作的组织部长还是首先找她谈心："小刘，我知道你工作能力强，威信也高，但任职的事，很多时候是要通盘考虑的，希望你一如既往地干好工作，将来，组织上会考虑你的。"

她看向领导，真诚表态："请领导放心，我也是一名老党员了，绝对不会在选举时有什么不轨的行为，更不会影响今后的工作。"

部长见她说得诚恳，便握住她的手连声说："小刘，谢谢你支持工作。"

"应该的。"

第四十二章
收农业税

高家坪乡政府换届选举，刘芳华没能当上乡长，人们议论纷纷：

"刘芳华工作那么负责，怎么就不能当乡长？"

"也许上级还要进一步考验她。"

刘芳华倒是看得很开，并没有被这件事困惑住，一如既往地干着自己分内的事，她作为新任的副书记，既要协助乡党委书记汤新江分管人事、党建、精神文明这一块，又要协助新来的乡长胡国安抓经济工作。

当时，汤书记去外地联系一个与高家坪乡有关的项目，新来的乡长胡国安在市委党校参加新当选的乡长培训。眼看上半年就要结束了，油菜入库任务还没有完成，上级催得紧。而且农业税要求也时间过半，任务过半。刘芳华作为在家暂时主持工作的领导，急啊。关于这两项任务怎么完成，在班子成员会议上，她一锤定音："按照各村上报的固定承包田土，将油菜入库任务分配到村，乡干部每人包一个村，班子成员包连成一片的几个村，实行包片督查。"

关于具体怎么操作，她提出了建议："同志们，我们在收油菜籽入库时，可以协助农户去乡粮站卖油菜籽，要村秘书守在那里开票收农业税，这样，两件事就变成了一件事。"

高家坪乡的干部都知道，刘芳华是非常靠谱的人，很自然地采纳了她的建议。就这样，高家坪乡的油菜入库任务与乡干部都分到村之后，就开始入户去做工作。他们依照国家所定的收购价格，发动老百姓去乡粮站卖油菜籽。

当时，市场上有人在暗地里收购油菜籽，价格比乡粮站略微高一点。有的老百姓就去卖给这些人，怎么办？老百姓的利益要考虑，上级定的收购任务也要完成，唯一的办法就是打击私自收购油菜籽的商人来规范市场。主意已定，刘芳华来到乡派出所，请求所长刘利民帮忙。刘所长听了她说的这个话后，马上集合所有干警，去现场抓人。

一行人来到收购点，那些私自收购油菜籽的商人，见到这些穿公安制服的干警来了，觉得情况不妙，准备逃跑。刘利民大吼一声："你们是什么人？来这里干什么？"

投机商还想狡辩，随行的干警看见一个大磅秤上放着一大袋油菜籽，旁边站着农户，公路边还放着一袋袋油菜籽。就单刀直入地问道："你不知道油菜籽是国家统一收购吗？为什么来这里扰乱市场？"

那些人连忙道歉，并一再表示是第一次干这个事，马上就走。刘利民大声说道："想走？告诉你们，门儿都没有。"

几个干警先检查磅秤，发现秤砣有问题，就问那些人："为什么要在秤砣上玩猫腻？"

那些投机商人被问得哑口无言。公安干警将放在磅秤上还没有称的油菜籽退还给农民，劝说他们以后不要再卖给这些人了。然后，就将几大袋已经结账的油菜籽没收，将这些人全部带走了。

农户们知道这些商人在秤砣上做文章后，也开始骂起这些人来，之后又将油菜籽挑回家了。

制服了那些私人收购商，刘芳华就安排乡干部们深入各家各户做工作，完成收购任务。

她自己带头，深入所联系的村，不厌其烦地给老百姓做工作："现在，国家有统一收购价格，你种那么多油菜，自己也吃不完，卖给乡粮站，还可以收得一些钱，虽然有收购任务，但每斤都是给了钱的。"

在她入户时，一个农户反问她："听说有私人来收购，价格比国家的高，我们为什么不能卖给他们？"

她耐心解释："私人给的价格虽然高那么一点点，但许多商人在磅秤上做手脚,你还看不出来,你卖给国家,是不会骗你斤两的。"

正在他们说话时,农户家来人告知:"我打听清楚了,私人收购的油菜籽,那个磅秤确实有问题。"

就这样,老百姓除留足自己打油吃的油菜籽外,就将多余的都卖给乡粮站。过了一段时间,高家坪乡的油菜籽入库任务超额完成了。

但老百姓卖了油菜籽收得钱后,秘书又不能时时守着,他们是否愿意缴纳农业税,还是要上门去做工作。刘芳华觉得,要求其他干部干的事,自己首先要带头完成。她负责樟树岗村的油菜籽和农业税收取任务,并单独承包一个最难干的组的收取任务。

那时,已经成家的她,也想回家过一个热闹的端午节,但她考虑到这天很多平时没有在家的农户肯定会回家过节,纠结了好一阵儿后,就将自己的想法说给丈夫听:"建设,我端午节想趁着农户都在家,收农业税去。"

"什么?好好的节日不过,收什么税啊,差这一天了?双方的老人都盼望着我们回去呢。"

"节日今年去了有明年,任务可是不等人啊,我那个组很多人平时不着家,他们端午节可能会回来,我要到樟树岗村收农业税去,你回去陪老人过节。"

李建设看她这样坚持,虽然不乐意,但还是默默地点了头。端午节这天,大雨哗啦啦地下,其他干部都过节去了,她自己一个人去老百姓家中收农业税。当她来到农户家说明来意时,遭到了一些人的不满,他们嘟囔道:

"连过个节都不得安生!"

"鸟儿都有休息的时候,差这一天了?"

她耐心解释:"因为平时找不到你们,今天,我打搅你们过节了,实在不好意思,但我也是没有办法,对不住了啊,我是来收农业税的。"

那些人虽然不悦,但看她节日也没有休息,就问她:"刘书记,你也是成了家的人啊,节日怎么不去看望父母?"

她望向他们,回答道:"任务紧,我这不是没有办法嘛。"

中午,一个农户留她过节,她也不推辞,在他家顺便吃了午饭。那个农户看她这样敬业，也给她交了钱。这一天，她在自己承包的组来回奔波，一直收钱到傍晚，才在田书记家中吃了点晚饭。

天已经擦黑，她看暴雨已经停下来了，就准备回乡政府。经过一条熟悉的小溪时，她试了一下，感觉水不是很深，卷起裤脚应该可以走过去。

她找来一根木棍，拄着一步步试探着往前走，当她走到小溪的正中间时，刚刚已经停了的暴雨又落下来了，电闪雷鸣，小溪马上涨洪水了，一个浪头扑打在山坡上，只听见山体哗啦一下，滑了下来，一泄而下的泥石滚入溪水中，与洪水合在一起变成泥石流，狂笑着肆意翻卷。

她用木棍使劲支撑着，但完全是徒劳。她被一股气浪打下了溪坎，眼看就要滚入深潭中。

而她从田书记家走出去后，田书记料定她会从那条小溪中过，看着门前突然而下的暴雨，心想不妙，就一路追赶她，在小溪边上喊她不要走这条路，他话还未说完，就看见她在洪水中间摇摇晃晃着。田书记马上跳下小溪，抓住她的手，将她拽上岸。

她就这样，没有节假日，全身心扑在工作中，樟树岗村在她的带动下，率先完成了农业税收缴任务。

而其他村，还差很多没有完成。在又一次乡政府班子成员会上，很多人问她有什么绝招，她笑着摇摇头，汤书记接过话："她有什么绝招？无非是你们过节时，她还在农户家收农业税，都差点被泥石流卷走了。如果人人都像刘芳华这样敬业，没有什么任务是不能完成的。"

第四十三章
粮食入库

完成了油菜籽和农业税收购任务后，没过多久，粮食入库任务又下来了。在全体乡干部大会上，新来的乡长胡国安要刘芳华安排粮食入库工作，她的话还没有讲完，台下的乡干部就忍不住小声议论："这还让不让人活啊？农业税刚刚完成，又来一事。"

她明确告诉自己的下属：

"我们端了国家的碗，就要归国家管。上级来了任务，我们要不折不扣地完成，散会。"

会后，刘芳华又在自己所联系的樟树岗村，召开村组干部会，将全村的任务分配到各组，每个村支两委干部包一个组，她布置这个任务时，村组干部也嘀嘀咕咕。

她环视着这些村组干部，一字一顿地说道："我们既然做了牛，就不能误人春，老虎来了大家赶，我同样承包一个最难干的组。"

听见她说了这样的话，村组干部沉默了，田尚武书记首先打破沉默，第一个表态发言：

"我当了多年的村书记，还没有看到像刘书记这样单独承包一个组任务的。先前的农业税刘书记率先完成，现在，粮食入库又是这样，单凭这一点，我们都要各自打扫好门前雪，按照所分配的组，按时完成任务。"

其他村组干部也纷纷表示，按时完成自己所分配组的粮食入库任务。

当刘芳华去自己所承包的组召开群众大会时，她刚刚说明来意，那些农户就很不耐烦。

刘芳华向他们解释:"我们种了国家的田,理应交点粮食给国家啊,况且,国家收粮食是给了钱的。"

群众会后,刘芳华一家家上门做工作,有的农户急需用钱,当她来发动时,就去卖了一些。后来,她得知有一个种粮大户,就去发动,走到那个人门前时,看见稻谷堆成了山,她就情不自禁地与农户聊起来:"你收这么多粮食,那要种多少田啊?"

那个农户对她笑了一下,回答道:"有几个人打工去了,怕田地荒芜,要我认个主子,虽然辛苦,但看到这么多粮食,确实很开心。"

"你打算卖不?"

"肯定的,不然我怎么吃得完。"

"你要卖还是卖给国家粮站。"

"市场上可能贵一点点。"

"今天一点点,明天一点点,得不到整钱啊,卖给国家粮站一次性就可以得到许多钱。"

"可是,我没有人手挑到主公路上,一次卖不了那么多啊。"

"这个你不用操心,你只管收钱就是。"

她与农户敲定好后,马上找来两辆适合跑小路的手扶拖拉机,发动组长和本组的党员,帮忙将稻谷一包包装好后,码在车上,向乡粮站开去。刘芳华和农户分别坐在谷包上。乡粮站主任看见她后,惊奇地与她打招呼:"刘书记,你亲自押车卖稻谷?"

她笑着点点头。粮站主任吩咐工作人员迅速过秤、发钱,农户数着一大沓钞票,笑嘻嘻的。她正想问一下樟树岗村各组的粮食收购任务的底子在哪里,就看见村秘书和粮站主任正在翻看各组的底子,村秘书笑着告诉她:"刘书记,你那个组已经超额完成了任务,我们樟树岗村都没有差多少了。"

正当村秘书在给她汇报时,邻村一个村干部气喘吁吁地跑来找到她:"刘书记,出、出事了,小黄与老百姓打起来了。"

"什么?"

"一个老百姓不愿交稻谷,乡干部小黄就强行去挑,这个叫胡春生的老百姓就阻止,就这样,小黄与胡春生扭打在一起,滚到坎下,双方头上都鼓起了包。"

"唉,太不像话了。"

她叹了一口气后,就随那个村干部去了邻村。到了那里,她看见那两人都抱着头,气鼓鼓地坐在地上。

她首先叫两人到医院去检查,两个人都不愿意去,她就派人去乡卫生院叫医生。然后,她开始调查周围的见证人:"事情到底是怎么发生的?"

那些人你看看我,我望望你,都沉默着不开口。她走入一个农户家,那个农民轻轻告诉她:"讲起来双方都有责任,当时,我坐在家门口亲眼所见,胡春生在晒谷,小黄站在旁边给他讲政策,胡春生有腰痛病,可能前几天下雨,老毛病犯了,心里很烦躁,就对小黄没有好脸色,还说不愿意去乡粮站卖辛辛苦苦得来的稻谷。小黄没有办法,就强行将已经晒干的稻谷装在箩筐中。胡春生见状,就跑过来抢夺。就这样扭来扭去,双方都受伤了,依我看,也不是打架。"

她又单独问了好几个人,基本上与这人说的情况差不多,问明了详细情况后,她首先问胡春生伤得怎么样,胡春生气鼓鼓地说道:"刘书记来了好啊,快把我抓进牢里去。"

旁边的老百姓也随声附和:"一个乡干部竟然与普通老百姓打架,真是稀奇事。"

她反复解释,自己是来调解的,并不是来问罪的。胡春生就要她来评理,干部强行挑老百姓的稻谷,还与老百姓这样揪揪扯扯到底对不对?

她斩钉截铁地答道:"无论何种原因,干部与老百姓动手都是错误的。"

她边回答边将小黄拽来,当着众人面问他与老百姓揪扯错了没有,小黄低着头,说自己错了,并主动走到胡春生面前,大声说"对不起"。当小黄道完歉后,她便告诉老胡:"干部强行挑稻谷肯定不对,已经向你道歉了,现在我们来讨论另外一个问题,那就是,国家的粮食收购任务要不要完成?"

听见她这样问,胡春生没有立即回答她,好像在认真思考。不多一会儿,乡卫生院来了个老医生，给两人检查后，认为没有什么大问题，就给两个人上了药。

刘芳华耐心地给胡春生做工作，说现在国家还没有足够的实力反哺农业，教师工资、村干部工资，还有全乡的很多开支，都是承包田土人负担的。

那些农民就趁机问她："那以后国家富裕了，是不是就不用交这些东西了？"

"那肯定的呀，所以要国家强盛啊。"

就这样，她与老百姓在轻松愉快的气氛中聊天，胡春生见与他起纠纷的干部已经向自己道了歉，刘书记又这样平易近人地说话，才逐渐与她有了互动。最后，胡春生说自己现在头上负了伤，实在没有力气挑稻谷去乡粮站卖了。

随后赶来的村书记为了给胡春生台阶下，要胡春生自己将稻谷装在箩筐中，他安排村主任与组长帮助胡春生挑到乡粮站去卖，这样，这家农户的粮食收购任务也完成了。

胡春生对在场的人说道："那个抢稻谷的干部，要是像刘书记这么细心地跟我讲道理，哪有这场架打啊。"

没有想到的是，那天，刚好胡春生在县城上高中的儿子回家了，他还带来了一个同学，这个同学从邻居口中得知了胡春生与乡干部打架的过程，就鼓动胡春生的儿子继续找小黄麻烦。

刘芳华刚刚与小黄回到乡政府，胡春生的儿子与他那个同学就找上门来，他们要求将小黄严厉处置。她反复给他们解释，并带着小黄去胡春生家中再次道歉，但胡春生的儿子还是坚决不同意和解。

这件事一直拖了好久还没有结果，作为年轻人的小黄很急，刘芳华作为这片的联系领导，也觉得此事必须解决，就将自己的苦恼向丈夫倾诉。李建设知道这个消息后，就告诉她："我这几天托人得到一份从外地搞来的高考模拟试卷，刚好要送给我的一个得意门生，他也是那个村的人，不如我们一起去，到时候找机会帮你劝说一下。"

他们一起走入胡春生家，两个人都很惊讶，异口同声一问一答："你找的人住在这里？"

"那太好了。"

刘芳华请求胡春生原谅小黄，并说小黄已经道了几次歉，年轻人不容易。李建设也跟着帮腔，几个人正说话时，胡春生的儿子回来了，一见到李建设，就高兴地叫道："李老师，你怎么来这里了？"

"我专程给你送模拟试卷来的。"

"太好了，李老师，你真是雪中送炭啊。"

年轻人看向李建设，指着刘芳华，笑着问道："李老师，你怎么是与刘书记一起来的？"

李建设拉着刘芳华的手，笑嘻嘻地向自己的学生介绍："这是你师娘，与你父亲商量一点事。"

"什么？师娘？商量什么事？"

胡春生看向儿子，叹口气："就是上次与小黄打架的事，刘书记要我原谅他。"

李建设看向那个学生，没有说任何话，那个学生懵懵懂懂地自言自语："刘书记，师娘？与父亲商量事？"

片刻的思维短路后，那个学生将李建设的手臂挽住，对自己的父亲说道："这是我最尊敬的老师，我读初中时，他曾经给我很多帮助，今天，又将我梦寐以求的模拟试卷给我送来了，为我今年高考助了一把力。老师的事，就是我的事，那件事就不要再纠缠了。"

胡春生点点头，就这样，胡春生原谅了小黄。这样一来，收稻谷工作又照常进行了。大约半个月过去，这个村的稻谷收购任务终于完成了，而其他村还在慢慢收。

这时，村民又在传颂她：

"刘书记和风细雨对待老百姓，我们为国家卖点稻谷，也心服口服。"

"是呀，像刘书记这样干工作，哪有完不成的任务。"

第四十四章
有了孩子

刘芳华与李建设结婚后，转眼一年多过去了，她一心扑在工作上，很少顾及家庭，李建设母亲颇有微词，特别是看她还没有怀孕的迹象，就很不高兴，老人先是在儿子面前唠叨："儿子，你媳妇是怎么啦，这么长时间还没有行迹？"

"什么行迹？"

"你是糊弄我，还是装痴？怕是有什么病吧，看看医生去，得赶紧治疗。"

"啊，我们不忙的。"

"你啊你，你看看与你同龄的人，人家的孩子都要上学了。"

陈美玉看与儿子沟通是这种结果，料定是儿媳妇的主意，于是，一次刘芳华回家时，便单刀直入地问她："芳华，你看我家人丁稀少，我要人才娶人的啊。"

"妈，我们还年轻，不忙的。"

"年轻？你看看与你们年纪一般大的人，哪个没有孩子？"

她回到老家，母亲也催她："华丫头，趁年轻身体好，要个孩子吧，将来年纪大了，生小孩困难啊。"

甚至乡政府那些老年人也劝她："芳华，我知道你将自己的工作看得很重，我认为，所谓前途，并不是你努力了就有的，还要看机遇，趁早要个孩子，这样工作、生活两手抓，两手都要硬，才是正道。"

这样轮番轰炸，她和李建设商量后，也就决定要一个孩子。

几个月后，刘芳华发现一直没来例假，就与李建设一起去县人民医院妇产科检查，医生笑眯眯地告诉她："恭喜你们，怀上宝宝了。"

她兴奋地问医生："什么，我怀孕了？"

李建设更加高兴："那太好了啊。我就要做父亲了，哈哈哈。"

从此后，李建设要她请假在家休息，她耐心解释道："乡政府那么多女干部人人都有结婚生子的过程，她们都是快生产时才请产假，我也不能例外，况且，我还是领导干部，更要带头。"

李建设看说不过她，只好违心地由着她继续上班。她母亲知道后，专程来到乡政府给她做工作："华丫头，你从小就体质差，现在怀孕了，身体负担更重，乡政府上班每天要下村，你身体怎么受得了，请病假休息算了。"

刘芳华劝母亲："我没有那么娇贵，我有分寸的，你请放宽心。"

黄冬梅看说不动她，就时常给她送吃的东西来，夏季到来时，母亲知道她喜欢吃腊肉，家里没有了，就从别人家高价买来一块炒好后送来。

婆母陈美玉更是急得不行，当她回家时，陈美玉几乎在哀求她："芳华，咱们不要那点工资，请假休息保养孩子行不行？我今年多打点粮食，多喂几头猪，将损失补回来。"

她劝婆母："妈，你不用那么操劳，我会照顾好自己的。"

陈美玉看她这样说，知道说再多也是徒劳，就不再阻止她去工作，而是时时关照她。她周末回家时，看见老人正在摘菜，就蹲下去帮忙，老人赶忙制止："我马上就好了，你休息去，莫将我孙宝儿弄坏了。"

老人炒菜时，她在灶膛前烧火，老人及时赶走她："我自己弄，你坐到堂屋中间看电视去。"

回到乡政府后，一天赶集日，她刚刚从村里回来，看见一个老人坐在食堂门前，她一看是婆母，赶忙将她接进自己办公室，老人从挎包中掏出一个罐子，她打开一闻，好香，原来是一罐子鸡汤，她当时眼睛就湿润了，老人笑呵呵地说："我看你们食堂的伙食一般啊，给我孙宝儿加点营养。"

如此这般，老人送了多次好吃的给她。李建设与她开玩笑："你在我妈面前，享受的是公主般的待遇，我都有点嫉妒了。"

"她怕她孙宝儿没有营养啊。"

那时，刘芳华妊娠反应极其强烈，吃进什么都马上吐掉，那年高家坪乡干旱严重，她几乎天天去村里抗旱，工作时特别难受，一向工作认真负责的她，在这次抗旱工作中，几次出错，她将这一情况告诉丈夫，李建设叹口气道："芳华，不是我说你，你将工作看得太重了，现在，自己身体不舒服，工作没有干好，我相信乡政府的领导和同事都会理解你的。当前，你主要的任务是生一个健康的孩子，知道吗？不然，让我怎么向我妈交代。"

她听了李建设的话后，感到自责又很委屈，心里五味杂陈，说不出口，自己身体不适，工作又没有干好，无人理解，就连自己最亲近的人，也与自己的想法不一致。

同事们知道她的情况后，说什么的都有：

"刘芳华平时干工作不是有一套的吗，怎么这几次出现差错了？"

"你知道吗，李建设家几代单传，肯定想要个孩子啊，她妊娠反应那么强烈，吃什么呕吐什么，怎么有精力干工作，可以理解的。"

"是呀，做娘的人人都有这个过程的。"

这样的日子持续了很久，她刚刚感觉好一点时，上级通知她参加一个短期培训，内容是国家要取消农业税和油菜籽收购任务了，乡政府一级怎么适应这个形势，分管领导要统一在县委党校培训。她毫不犹豫地准备参加这个培训班。

李建设知道后，赶忙规劝她："芳华，培训班课程安排得好紧张，一整天都要坐在课桌上听课，你身体受不了的，况且，回来后还要落实培训内容，我建议你不要去，找领导说明情况，安排其他人参加会议。"

她耐心地给他解释："这是我分管的事，不去不行的，怎么好意思向领导开口？况且，我如果不培训，回来后，怎么贯彻？"

李建设看她坚持，只好由着她去。

她挺着大肚子，每天坚持学习，参加会议的人都在议论："高家坪乡怎么派一个孕妇来学习，没有其他人了吗？"

黄冬梅知道后，找到培训班去看她，看见女儿挺着大肚子排队打饭，很心疼。劝她回乡政府换人，她只是笑笑。

婆母陈美玉更是急得天天要儿子将儿媳妇弄回家，李建设只是生闷气。看这样不行，陈美玉通过打听，自己找到培训地点，看见她规规矩矩地坐在教室听课，就擅自做主，在班主任那里给她请假。班主任征求她的意见，她说什么也不同意请假，再三强调自己能够坚持，并耐心地给老人做工作。可是，老人哪里肯听，还在教室外面大吵大闹。她只好骗她，说自己上完课后就回去。但老人不肯走，一直等她。

下课后她看见婆母还在，就将她带到自己住宿的地方，继续给她讲道理。婆母看见小小的宿舍中间架着两张床，衣服、书本都放在床上，就强烈要求她回家。恰在这时，李建设找来一辆车，开到她住宿的地方找她，看见母亲在场，问明情况后，也要她回去。她只好请一个晚上的假，随他们回家。

第二天，天还没有亮，她怕他们会阻止自己去培训，见李建设睡得很沉，就轻手轻脚地摸索着起床。然后走好长一段路，才搭车到培训的地方，刚好赶上上课。

就这样，直到培训结束，尽管行动不便，她都没有再请假。回到乡政府后，她又接着贯彻会议内容，去各村宣传。

几个月过去，要临产了，直到这时，刘芳华才请产假。一个人去县人民医院妇产科住院生小孩。她为了快点生出孩子，经过医生检查后，就在大街上走，直到感觉腿很吃力时，才回到医院。这时，李建设与双方母亲都赶到了医院。母亲看到她额头上的汗水，就责怪起她来："你一个人这样到处跑，多危险啊。"

婆母也附和道："是呀，生小孩这么大的事，竟然一个人来到医院。"

李建设也担心地说道："芳华，你要我说什么好呢，什么事都这样逞强。"

晚上，刘芳华的肚子开始疼了起来，开始时，是微微疼，到半夜时分，一阵比一阵疼得厉害，两个老人不停地安慰她："忍一忍，孩子生下来就好了。"

李建设一直抓住她的手，隔一会儿去叫医生，医生来检查后告诉她："还没有到生的时间。"

就这样疼痛了一整夜,到了第二天早上,医生才吩咐她去产房。陪护她的几个人只能守在外面。

到了产房,她咬紧牙关,头上全是汗水,呼吸也很急促,眼冒金星,只看见穿白色衣服的人在眼前晃来晃去。感觉没有一点力气,马上就快晕过去了。但是,医生还是告诉她:"你力度不够,还要用力。"

她咬着下嘴唇,深吸了一口气,用尽最后一点力气,猛然,肚子一阵轻松,"哇"的一声,孩子哭了。当医生告诉他们母子平安时,守在产房外面的李建设长长地松了一口气。

她妈连声说:"平安就好。"

婆母第一句话是问医生:"生的是孙儿还是孙女?"

见医生没有回答,就自言自语道:"都好。"

新生命的到来,缓解了两代人的矛盾,他们个个喜笑颜开。他们给女儿取名叫丹丹,希望孩子的一生红红火火。

第四十五章
分身乏术

孩子生下来，月子坐完，刘芳华继续一心扑在工作上。她将婆母请到乡政府帮忙带小孩，陈美玉自然满心欢喜。从家中清理好锅碗瓢盆，自己的衣物，为小孩准备了小棉絮、棉鞋、衣服等，还将珍藏在家中的竹质小摇床准备好，请一辆手扶拖拉机，装满满一车，从李家河村拉到高家坪乡政府。

婆母一大把年纪，坐在司机旁边，当这个车"突突突"地开到乡政府时，恰巧那天高家坪乡逢场，很多人便前来围观看热闹："这是来干什么的啊？"

"带那么多日常用品，像是来住家的。"

正在那些人议论时，车直接开到了刘芳华宿舍门前，老人跳下车后，紧接着就从车上搬东西到她家，抱着婴孩的刘芳华见状，将孩子递给一个同事，马上将最重的那个竹摇床搬回自己宿舍。

直到这时，同事们才明白，老人是来给刘芳华带孩子的。弄清楚情况后，同事们都帮忙搬起东西来。搬完老人带来的一车东西后，刘芳华给同事们倒茶，连连道谢，并自己掏钱买了几斤猪肉给食堂大师傅，说是晚餐时给同事们改善一下伙食。同事们看着久违的油水，很高兴，便向老人道喜："阿姨，恭喜你，三代同堂了啊，一家人团聚了。你来得真好，我们跟着打了一餐牙祭。"

老人笑眯眯地回答："是呀，我做奶奶了，高兴。"

当时的乡政府食堂，干部虽然是买票吃饭的，但从乡经管站补助的有一部分钱。自从一家人安顿下来后，刘芳华觉得不能占乡政府食堂的便宜，况且，自己的奶水也不充足，可能要给女儿添奶粉喝，时时需要开水，就决定自己开餐。

几平方米的小房子，用床单隔成两间，架两张床，还要放藕煤炉灶、锅碗瓢盆、一个装衣服的木柜子、放碗筷的茶几、一些简单的小家具，挤了又挤，走路都要侧着身子过。

每天，天还没有亮，当同事们还在熟睡时，刘芳华早早起床，先要生火做饭，然后从吊井中打来水，洗菜、洗衣服。等孩子醒来，急忙帮助婆母给小孩洗澡、穿衣，洗澡盆放在过道上，从床上取出丹丹的衣服，要从洗澡盆上跨过去。给孩子喂奶也是坐在床上。

同事们吃完早饭下村去时，她也要出发了。不管去的村离乡政府多远，她中午都要赶回家给小孩送奶吃，再赶到村里去。那时，她要到乡村组去宣传、落实国家对农村的各项政策，中午又要急急忙忙赶回家，经常忙得顾不上吃饭。

有一天中午，她刚刚从樟树岗村骑自行车到乡政府门口，就听见丹丹哇哇的哭声。她跑着进屋，看见婆母正在用奶嘴给女儿喂牛奶，丹丹的嘴巴紧紧闭着，头连连摇摆，哪里肯喝，婆母用小勺子从丹丹的嘴角试着灌一点进去，丹丹又吐出来了，哭着哭着，丹丹便没有什么力气了，昏昏欲睡的样子。

她看见这一幕，心里生生地疼，赶忙抱起女儿，将奶头塞进丹丹口中，丹丹马上大口吸起来，吃饱后，咧开嘴笑了。这时，她向婆母解释："今天上级领导在村里面检查，所以迟迟抽不开身，我心里也急啊。"

婆母轻轻地埋怨："再这样搞下去，丹丹总有一天要饿坏的，我一手带大的，你不心疼我还心疼呢。"

她向老人保证："我以后会注意的。"

还有一次中午也是在村里走不开，当她匆匆忙忙赶回乡政府时，没有看见婆孙两人，就到处找，有人告诉她："你婆婆喂孙女牛奶喝，孩子不肯张嘴，便到集镇上讨奶喝去了。"

她好不容易找到她们，远远看见一个妇人在喂自己的小孩，在婆母央求下，极不情愿地与婆母交换了饿得直哭的孩子，让丹丹喝自己的奶水。丹丹马上止住了哭声,大口喝起来。婆婆又在埋怨:"我还没有见过这样做娘的,孩子饿成什么样子了。"

那个女人只是笑笑,没有接婆婆的话。看到这一幕,刘芳华眼睛湿润了,急忙靠拢来,真诚地对那个女人说道:"谢谢你了。"

在乡政府耽误一会儿后,她又要去村里了。她晚上睡觉时在考虑,这样下去毕竟不是办法,孩子终究是要喝牛奶的,便在丹丹熟睡后,将牛奶涂在自己的奶头上,丹丹在睡梦中喝了几次后,她慢慢挤出自己的奶水,兑少部分调好的牛奶,灌在奶瓶中,让丹丹喝,女儿用鼻子嗅嗅后,张开嘴喝了起来。于是,她慢慢加大牛奶的比例,后来,干脆用牛奶,丹丹竟然分不出真假来了,大口喝起来。

工作了一天的刘芳华,尽管累得快散架了,看着带孩子累了一天的婆母,她还是抢着抱孩子。丹丹晚上哭,她就抱着在乡政府大院走来走去,同事们经常看见她用棉絮抱着孩子,围绕着池塘来回走动,一坐下来就打瞌睡。

暑假的一天早上,李建设的姐姐带着儿子来到高家坪乡政府看望母亲,房间太窄,没有地方坐,只能坐在床上,看见老母亲佝偻着身子,只能侧着身子在炉灶上弄熟饭菜后,放在茶几上吃,还不时要看着丹丹,免得她从床上掉下来,觉得母亲太委屈了,就很生气,要将母亲带回家去住。刘芳华与姐姐没有说上几句话,就要去樟树岗村。她交代姐姐等她中午回家后再回去,婆母就劝她:"姐姐才来,你就不能请假陪陪她吗?"

"不行啊,工作任务重,同事们都扑下去了,我总不能拖后腿吧。"

婆母脸上挂不住,就没有再吭声,到了中午,她回家了,问姐姐去哪里了,婆母气冲冲地回答:"回去了。"

然后,很严肃地告诉她:"芳华,我要回去了,你自己找人带孩子吧。"

她无辜地看向婆母:"妈,我哪里做错了,你指出来,你不带丹丹,我怎么工作啊?"

"你一天除了工作,还是工作,也要懂点人情世故啊。"

"好,我以后都听你的。"

老人气鼓鼓地嘟囔了几句,她也不辩解,婆母这才罢休。

李建设调到外乡去了，平时根本帮不上忙，周末来了就做藕煤、买米，其他的事也不知道怎么插手。

孩子要带，工作任务要完成，刘芳华恨不能有分身术。她天天在乡政府与各村之间往返，风里来雨里去，没有一天间断过。她起早贪黑，日复一日地熬着日子，只盼望丹丹快点长大。

一天晚上，她感觉到腹痛难忍，背部也疼，同事们劝她去县人民医院检查，她考虑到一家老的老小的小，不说没有人照顾自己，就是祖孙两人恐怕生活都难自理。

于是，刘芳华就在乡医院打止痛针，吊几瓶水。但是，疼痛没有任何缓解，她不得不丢下婆孙两人去县医院，由同事陪着去检查，到了医院，通过内科门诊医生一检查，便给她开出住院证，收入内科，说是胆囊炎急性发作，要住院治疗，她当时想不出更好的办法，只好住院。

她在同事的陪同下，住院几天后，疼痛稍微缓解，任凭医生怎么劝说，都坚决要求出院。回到乡政府时，看见女儿瘦了一圈，婆母在给孩子喂牛奶，她摸摸自己的奶头，已经没有奶水了，无奈地轻声对女儿说："孩子，妈妈对不起你。"

自从婆母来高家坪乡政府帮刘芳华带小孩后，一家人挤在她那狭小的办公室兼住宿的地方，特别不方便。孩子时常哭闹，也影响同事们休息，婆母经常对她说："芳华，说实在话，我来到这里后，你待我也不错，但是，我住在乡政府很不舒服，处处小心谨慎，要是住在家里，什么都方便些，况且，丹丹现在喝的是奶粉，我还是想带孙女回去。"

"那怎么行，一老一小，有什么急事怎么办？"

"没有关系的，老家房子在大院中间，有什么事只要喊一声，邻居们会相互照应的。"

她还是觉得不妥，既舍不得女儿，也怕老人一个人太累，最后还是决定让她们继续留在乡政府。周末，李建设也往这里赶，乡政府成了他们的家。虽然住宿地方很窄小，但一家人团聚了比什么都强，他们觉得很满足。

第四十六章
取消税费

　　自从刘芳华参加县政府举办的取消农业税培训班回来后，就要具体贯彻落实了。她首先给乡村干部进行培训。当她在乡干部会上宣讲这项政策时，很多人怎么也不敢相信，都问她是否搞错了，当听见她肯定的答复后，半晌才明白过来，然后，长长地舒了一口气，异口同声高叫道："真是太好了啊。"她给乡干部培训后，就安排同事们落实到各村，她先在自己所联系的村办点，要同事们去观摩。

　　她首先来到樟树岗村，很多熟人知道她做了妈妈，都来恭喜她："刘书记，听说你做了妈妈？恭喜啊。"

　　"小孩长得壮实不？一定很可爱吧？"

　　"是的，孩子发育得很好，也很可爱。"

　　她笑眯眯地一一作答。

　　寒暄一阵后，就进入正题，那就是召开村组干部大会，主讲这项惠民政策怎么落实，那些村组干部听到这个消息时，围着她问这问那，以求证这个消息是否真实："刘书记，你刚才所说的国家取消了农业税上缴任务，是不是真的啊？"

　　"当然是真的了。"

　　"那就太好了啊。"

　　培训了村组干部，她又召开群众大会，农户们听到这个信息后，高兴得咧开嘴笑了起来。他们奔走相告：

"国家已经取消了农业税上缴任务,你们知道吗?"

"当然知道,刘书记已经在我们村开会宣布了这个消息,以后我们再也不用上缴农业税了,真是太兴奋了啊。"

"我今年要多种点油菜,现在,种的东西全部是自己的了,怎么处理都可以,我们农民也有今天,真是太高兴了啊。"

后来,上级又宣布取消"三提五统",刘芳华又带着婆母和小孩,祖孙三代去参加这个会议,在住宿的地方,很多熟人见到她们,都恭贺她有了可爱的女儿。那些人摸摸孩子的脸蛋,捏捏小孩的小手,都说孩子好可爱、好漂亮,说她有福气。

当参会人员走入会场时,众人议论纷纷起来:

"这样一来,那些民办教师的工资从哪里出?村干部的工资怎么办?"

"领导自有安排的。"

"也是啊,我们只管照办就是了。"

在这个大会上,关于这几项费用,领导当场宣布:"各乡取消向农户收取的提留款后,民办教师的工资由全县统一安排,划归县教育局统管;村干部的工资也是全县统一标准,由县财政拨款到各乡财政所统一管理,至于乡村一级的收入,那就'八仙过海,各显神通'了。"

台下的人听了前面的话后,拍手称快;当听到后面这句话时,又议论起来:

"什么?要我们自己想办法?"

"难道我们工作都不要干了,都赚钱去?我没有听错吧?"

他们正在议论时,台上的领导又说话了:

"我们已经请示了上级,各乡开动脑筋自己想办法。"

刘芳华带着婆母和女儿回到乡政府后,就给乡党委书记、乡长汇报这次参加会议的内容,两位领导面面相觑,具体怎么搞,说是要好好考虑一下。他们首先召开乡干部会议,那些乡干部听说不用去收提留款了,除领导担心没有钱外,一般干部个个眉开眼笑。

此时,刘芳华与李建设两人,都对搞好本职工作没有一丝一毫的动摇。

他们相信，上级领导会考虑周全的。

关于取消各项税费，乡政府先统一召开村干部会议，村干部听了她传达的会议精神后，开始时根本不相信，待确定之后，既高兴又带着疑惑地问道：

"我没有听错吧？这确实减轻了我们的工作负担，但是，这样一来，我们村里面的那些开支，譬如办公经费什么的，都从哪里来？"

乡党委书记汤新江与乡长胡国安交换了一下眼神后，问长期在这里工作，并且参加了这次县政府会议的刘芳华：

"芳华，你给他们说清楚一下。"

她点点头，环视了一遍会场后，缓缓答道："先说一下我们乡政府是怎么搞的，可能你们也听说了一些，那就是经营、管理好自己的企业，我们的水果场有固定收益，小水电站也有一点收入，还有电影院、经销店等。具体到各村，你们也有水果场，有的还有其他企业，要巩固好、经营好，那些费用都可以从这些地方补充。"

村干部们听后，茅塞顿开，都表示听明白了会议的内容。在这个会场上，各村书记都进行了表态发言，大家都拍着胸脯表示，一切听从乡政府安排。

为了合乎程序，乡人大准备召开乡人代会，形成决议。艳阳高照的一天，全乡人大代表都来参加会议，不是代表的各村书记也来列席会议，与会者群情激昂、兴高采烈，他们纷纷表示：

"坚决拥护上级关于取消各项提留款的决定，不搞'搭车收费'这一套。"

在乡人代会上投票形成了决议。然后，以乡人大常委会文件下发到各村，要各村干部务必遵照执行。

文件下发后，乡干部就奔赴到各村去宣传，刘芳华去了樟树岗村，在还没有开会之前，她与农户聊天拉家常，很多熟人与她聊起了孩子："刘书记，我那天去乡政府办事时见过你女儿，长得好可爱，只是你这么辛苦，很难有时间照顾她啊。"

"是呀，我也想时时与丹丹在一起，但是，没有办法啊。"

当她向老百姓宣布这个消息时，农户当场就高兴得手舞足蹈起来：有人抑制不住激动，在会场吹起了口哨；有人兴奋得唱起了欢乐的歌儿；有人窃窃私语；有人马上跑去村代销店买来几挂鞭炮，在会场外面放了起来，噼里啪啦的响声，久久在天空回荡；还有人竟然去乡电影院请来一场电影，在自家门前放映，通知本组的人都来观看。他们个个欢天喜地，人人眉飞色舞，叽叽喳喳个不停：

"我们迎来好日子了啊，没有想到咱们农民也有今天。"

"以后，我们自己种的庄稼就要完全归自己了。"

"眼看好日子就要来到了，我们怎能不高兴呢?"

那一天，樟树岗村大多数农户都去打酒秤肉，男人喝酒行令，女人唱歌跳舞，他们尽情挥洒激情，直到通宵达旦、雄鸡高唱。

第四十七章
祖孙相依

孩子一天天长大，开始喝粥了。婆母一再要求独自带丹丹回老家去。刘芳华觉得，高家坪乡政府的住宿条件虽然差一点，但起码一家人在一起，有个照应。将这一老一小放在老家没有人照顾，她很不放心，就一直没有同意。

有一天，大约吃早饭时，李建设的二叔李大炮端着一碗饭坐在自家门前吃，无意识地一抬头，看见隔着陈美玉房子的庚大婆家浓烟滚滚，这一看不打紧，李大炮马上放下饭碗，来到庚大婆家。只见木质的老旧房子里面，一股浓烟往外蹿。

李大炮赶紧脱下自己的衣服，奔向庚大婆里屋，只见庚大婆正在房子中摸索着，他急忙将庚大婆抱出屋子。随后，大声吼道："庚大婆家房子着火了，大家快来救火啊。"

正在家中吃早饭的邻居们都立即放下碗筷，奔跑着来到现场。看着庚大婆家成了一片火海，火苗就要蹿到陈美玉家中了，这时，有人提议：

"快砍隔离带。"

"怎么搞？"

"打烂陈美玉家房屋上面的瓦，掀掉檩子、木条。"

"她家没有人，怎么办？"

"我负责。"

李大炮边说边拿起锄头跳上屋，动手打瓦，掀掉檩子、木条。

组里的年轻人见状，也跟着爬上屋，动手干了起来。在他们这样做时，庾大婆在外面凄厉地哭喊道："我家房子烧了，怎么办啊？腊肉也烧光了，如何是好啊？"

众人齐动手，很快，陈美玉家的房子就只剩下砖头了，这样一来，庾大婆家的火苗就只能蹿上砖头，在陈美玉家的墙上熄灭了。看见这样的结果，大家长长地舒了一口气。这时，李大炮的媳妇看着妯娌家变成了这样，很担心地说道："嫂子家房子成了这个样子，怎么向嫂子交代啊？"

李大炮赶紧吩咐儿子："快去乡政府通知你伯娘。"

那天早上，陈美玉正在给丹丹喂粥喝，侄儿跑来急吼吼地告诉她："伯娘，你快回去，你家房屋上面的瓦全部被打烂了。"

"怎么一回事？"

"唉，你那邻居庾大婆不是眼睛看不见吗？她在家烧腊肉，着火了，你家不是在最中间吗？为了控制火势蔓延，我爹做主，将你家作为隔离带，几个年轻人上屋，把你家瓦片全部打烂了。"

刘芳华这时已经到了村里，乡政府来人通知了她。她和婆母带着小孩急忙回到家一看，满屋的碎瓦片。看着满屋的狼藉，婆母呼天抢地地哭了起来。刘芳华见状也很心疼，但她强忍着，叫二叔的儿子去通知李建设回来。

婆母照顾丹丹，刘芳华就开始打扫、清理屋子里面的垃圾。她正在房间里面用锄头往撮箕中刮碎瓦片时，李建设赶了回来。看见满屋狼藉，李建设来不及擦一下满脸的汗水，就出去买木材、小青瓦。

将建材拖进屋后，李建设又请工匠整理房子。刘芳华和李建设做小工，李建设帮匠人拌砂浆、挑砂浆，刘芳华继续打扫房子，一点点将堆成山的垃圾运出去。他们花了好几天工夫，终于将李家房子修整好，打理清爽。

这时，婆母说什么也不肯随她走了，坚决要留下来守屋。刘芳华与李建设商量后，同意了老人的要求。他们想将丹丹带走，另外请人在乡政府照顾，但陈美玉死活不同意："你们不要打丹丹的主意，这个孩子已经成了我的命根子，正好可以与我做个伴。况且，别人带孙女，我也不放心。"

面对这种情况，小两口商量后，便将祖孙二人留在了李家河村。

孩子送回老家后，周一到周五，祖孙二人就相依为命了。陈美玉是习惯了劳动的女人，春耕时节，她背着小孩这里走走，那里逛逛，看见山野间、田地里，到处都是忙碌的身影，实在坐不住了。

一天晚上，吃过晚饭，她背着小孩来到李建设的二叔家里，开诚布公地说道："他二叔，我现在回来了，想取回自己的稻田。"

二婶接过她背上的丹丹，逗弄着，听见这话后一惊："你一个人带着小孩怎么侍弄稻田？"

她看看妯娌，笑着说道："这个你别管，我自有办法的。"

稻田收回来后，陈美玉也不跟孩子们说这事，她请自己的娘家侄儿将自家的那丘稻田侍弄好，在组里其他人都在插秧时，她趁着周末儿子和儿媳回家，也要求他们在自家的大田中插秧。

李建设听到这句话时，简直不敢相信自己的耳朵："妈，那丘田不是二叔在耕种吗？我们又不缺这点粮食，你一个人在家侍弄稻田多辛苦啊。"

刘芳华也疑惑地问道："妈，你带着丹丹育好了秧苗？为什么要这样辛苦地干活？是给你的钱不够用吗？"

陈美玉一个劲儿地摇头："不是的，我只是觉得那么无偿地让人栽种我家的稻田实在太可惜了。"

事情到了这个地步，他们也不好再说什么了。刘芳华和李建设找来箩筐绳子，两人牵好绳索，在绳索两头钉好桩，依照绳索插秧苗。

秧苗插好后，他们要回去上班了，临行前，刘芳华一再交代："妈，你安心带小孩，稻田里的事我们周末回来再弄。你千万别再管了啊。"

陈美玉不耐烦地答道："我晓得。"

过后没有几天，陈美玉时常背着孙女观察起自家的稻田来。一个雨后刚晴的早晨，她又背着孙女来到自家稻田，看着青幽幽的稻苗，她忍不住笑了。哪知道，她脚下一滑，身子晃了几下，背上的小孩从竹背篓里滚入稻田中。

这可把她吓傻了，忙从水田中一把扯起丹丹，抠出丹丹口中的泥巴，又用手拍后背，企图将孩子吸入的污水拍出来，拍了几下后，孙女"哇"地哭出了声，她忙抱着小孩回家。

一到家，陈美玉忙给丹丹用干毛巾擦头，用清水洗嘴巴，又脱下脏衣服，把用棉被包着的丹丹放入摇窝中。

她又在灶膛中生火烧热水,将热水倒入澡盆中给丹丹洗澡,再换上干净衣服,哄丹丹睡觉。经过这样一番折腾,丹丹马上入睡了。

但她发现,丹丹额头上有细密的汗珠,她一摸孙女额头,好烫,她吓了一跳,马上抱起丹丹去村卫生室。村医量了体温,询问了事情的经过,给了几片感冒药,就着热水,强行灌入丹丹口中。

陈美玉将丹丹抱回家,又哄丹丹睡觉,用手一摸丹丹额头,感觉身体没有那么发烫了。老人长长地舒了一口气。

哪知道半夜时分,丹丹又全身发烫,老人一会儿给丹丹敷额头,一会儿给丹丹的后背垫薄棉尿布,但全身还是热得厉害。陈美玉跑到邻居家敲门,央求他们分别喊自己的儿子和儿媳回来。

那天,刘芳华在村子里忙了一天,回家已经很晚了,虽然很累,但总是睡不着觉,感觉有什么事要发生。半夜过后,迷迷糊糊地,仿佛听见有人在敲门,她一个激灵坐起来,急切地问道:"谁?有什么事?"

只听见房门外有人在大声吼道:"你女儿病了,快回家。"

她马上披衣下床,给来人开了门,一看是二叔家的儿子,简单地问了几句后,她马上写请假条,将请假条给食堂大师傅让他帮忙转交,然后随二叔的儿子去了李家河村。

她一到家,用手一摸,发现丹丹是滚烫的,马上抱起去乡医院。医生测量体温、照胸片后,马上给丹丹吊水,同时,开了退烧药、消炎药,她将药用汤勺兑水调匀后,再加一点红糖,哄丹丹喝下,这时,李建设也赶来了。经过一天一夜的治疗,丹丹终于退烧了。

刘芳华见祖孙二人这样在老家终究不是办法,就要将丹丹带回乡政府自己照顾,但陈美玉说什么都不肯。李建设见母亲实在舍不得丹丹,就不再勉强,只是告诉母亲:"妈,我求求你,再也不要管稻田中的事了,稻田还是叫二叔去管理,打的粮食归二叔,不然,我们在外面工作也不安心啊。"

陈美玉哪里舍得那已经种好了的田,但是,孙女刚刚出事,也不好说什么,便默默流泪,李建设看母亲很伤心,只好答应她,每周回来管理那丘稻田。陈美玉这才停止哭泣。

为了老人和孩子的安全，李建设与母亲约定：小两口继续管理稻田，但母亲坚决不能再下田地，否则，就将稻田送给二叔打理。陈美玉一听稻田还是自家种着，就答应儿子一门心思照顾孩子。

这样一来，每个周末，刘芳华和李建设就在稻田里面扯草、打药、施肥，不停地忙碌。

刘芳华时常加班、去外地学习、培训，很难有时间干农活，所有的活都落在李建设一个人的肩上。等待早稻收割后，李建设又与母亲商量："妈，不要再种稻田了啊，我们时常不在家，如果祖孙俩有个闪失，后悔就来不及了啊。"

陈美玉看这段时间儿子每个周末都得不到休息，自己想帮忙，又怕孙女受伤，尽管心里有万分舍不得，也不好再说什么了。

说通了母亲，李建设找到二叔，要他再次无偿管理这丘稻田，二叔不相信地问道："你妈同意了？"

李建设答道："你只管安心经营，别管我妈的，我讲话作数，你种的粮食作物收割时，不会要你一粒粮食的。"

二叔叹口气："你妈就是那个脾气，我也不好说她，免得别人以为我非要占你家便宜，稻田又不能荒芜。"

就这样，祖孙二人在老家又安心住了下来。随着丹丹渐渐长大，陈美玉先是熬粥给她喝，后来就与她一起吃饭，她总是给孙女添点瘦肉，剁成肉丸给她吃。李建设时不时地回家看看，刘芳华只要不外出，也在周末回家与他们相聚，一家人其乐融融地过着日子。

第四十八章
管理食堂

离别了孩子，刘芳华回到乡政府，看着曾经一家人生活过的小屋，心里感觉空荡荡的。

老的小的都回家了，她又有大把精力干工作了。自从取消了向农户收取的各种税费后，乡企业除水果场有点收入外，其他几个企业给工人开完工资后，几乎没有结余。

以前乡政府多少有点结余，还可以偶尔填补一下乡政府食堂。乡干部伙食都很差，她不由得想起了自己初次在乡政府食堂开餐时的情景：很少的一点蔬菜马上就光盘了，大部分人用米汤泡饭吃。而现在，除收取少得可怜的干部餐票钱外，更加没有任何收入来源了。

食堂管理员换了一个又一个，都管理不好，她看到这个情况，便自告奋勇地要求管理食堂。那个正在管理食堂的乡干部看有人愿意接这个烫手的山芋，便立即要求交接。

她接手后反复思考：俗话说得好，巧妇难为无米之炊，乡政府食堂伙食费，只有乡干部每月交的一点钱，买完米和油盐就所剩无几了，更不可能买肉、鱼、禽、蛋这些有营养的东西，这样的入不敷出，确实不好干。

伙食不好，饭都吃不饱，干部们哪有心思上班，十分关心乡干部的刘芳华，看这样下去确实不行。怎么办？看着空空如也的食堂储物柜，她也感到为难。思来想去，她觉得要想食堂正常运转，还是得在开源节流上下功夫。可是，怎么开源？怎么节流？

她在市场上购买物资时，与那些卖米的、卖油的砍价，然后，与食堂大师傅一起，两个人用板车将米、油等拉回食堂。逢场日，她就在快散场时买那些急着回家人的菜，会便宜一些。

尽管这样精打细算，还是只能勉强维持。她搜肠刮肚，实在想不出好办法来。

正在她左右为难时，乡林管站站长急匆匆跑来，给当时分管林业的她汇报工作："刘书记，我们在乡集贸市场上发现，从邻县偷树来这里卖的人很多，乱砍滥伐现象严重，邻县来人到这里请求支援。乡政府能不能给予支持，到时候，可以从偷树人的罚款中提成一部分给乡政府。"

刘芳华听到这里，觉得是个好机会，就想将这个事应承下来，乡政府干部夜晚可以轮流排班执勤守卡，抓到一车树后，可以罚那些偷树人的款，然后将罚款中的提成充实食堂伙食。但她转念一想，又觉得不妥，这样搞有权钱交易的嫌疑，为一点钱犯错误划不来。她想了想后，对那个站长说："这个事确实要支持，我会请求书记、乡长安排干部晚上轮流去乡林管站值班，但提成就免了。"

那个站长见分管这项工作的她这样说了，也就不再说什么了。此后，晚上值班的干部就去乡林管站吃饭，因为不要提成，林管站就将伙食安排得很好。但那些因为手上事情多、值不成班的人还是只能在食堂吃饭，饭菜吃不好还是不行，还是要想办法解决。

刘芳华思来想去，有了一个办法。新修了乡政府办公楼后，原来的老乡政府拆除了，那里有一大片地基空着，何不在那里种上蔬菜呢？说干就干，她就这一想法征求了大家的意见，利用各种场合，先给乡干部吹风："同志们，乡政府食堂的现状大家心里非常清楚，要想将食堂办好，只有两种方法，要么每人每月加钱，要么想其他出路。"

听了她的话后，关于是否加钱，众人叽叽喳喳，说法不一：

"我每个月就那么一点钱，还要加钱，那我的家人怎么办呢？"

"也没有什么好门路，总不能犯错误啊，要想让伙食好，看来只有加钱了。"

听了这些话后，刘芳华缓缓说道："确实，再加钱同志们承受不了，不加钱伙食又不好，我有个折中的想法，不知道行不行。"

同事们看她一眼后，忙问是什么想法，她定睛看着同事们说道："新修了乡政府办公楼后，原来乡政府的地基空着，我们自己在那里种菜，这样，小菜就不用买了，节约下来的钱可以买鸡、鸭、鱼、肉等有营养的东西，这样一来，食堂伙食就可以改善了。"

关于自己种菜，每个人的说法又不一样，那些城里来的年轻人坚决反对："我是来干工作的，不是来种地的，如果你们种菜，我情愿拿出钱。"

年纪大点的、农村出来的干部就很赞同："很好，这样一来，既得到了劳动锻炼，又能改善生活，是一举两得的好事。"

通过与大多数人交谈，支持种菜的人多一些。她便将怎么种菜，怎么分配地，在干部会议上又征求意见。她首先就怎么分配那点地说出了自己的一套方案。见她说要人人平均分配地块种菜，有的人就反对，那些本来就不愿意种地的人，便打着领导的旗号反对她：

"领导们那么忙，哪有时间种地，还是有时间的人多干点。"

这样争来争去，最后形成决议：种地这个事由刘芳华全权负责，先集体统一搞，到了种地日，大家都尽量去。

统一思想后，刘芳华利用休息日，带领几个人将那些地挖松、平整好，再起垄、开沟，然后撒种丢肥料。过了几个月，蔬菜丰收了，干部们交的那点钱不用买小菜，除买米和油盐外，还可以买肉吃，食堂伙食也相对好了起来。

一季菜种过去，每次种地日都是那几个老实肯干的人，而很多人并没有紧急的事，只是偷懒而已。他们便在刘芳华面前提意见。她亲自种了几次地，觉得也是这种情况。

她思考了一阵后，想出一个办法，就是将那些地按照所有开餐人员分到人，然后规定每季菜上交食堂的数量，每人每次交到食堂的菜的名称、数量都进行详细登记，一季蔬菜过去，实在达不到数量交不出来的，自己想办法调剂。

这样一来，那些经济条件相对较差的，就经常利用节假日和休息日种菜；

那些不愿意种地的，就主动与几个勤劳的人挂钩。她按照农时，规定了种菜的品种：四季豆、西红柿、辣椒……

地种好了，蔬菜丰收了，鸡、鸭、鱼、肉都时常摆上桌，伙食好了，乡政府的凝聚力更强了，很多人都愿意在食堂吃饭，大伙儿工作的也更加卖力了，看着满桌子丰盛的饭菜，人人对她称赞不已：

"刘芳华想的这个办法实在好啊，既利用了那些地，又改善了干部生活。"

"是呀，自己动手，丰衣足食啊。"

第四十九章
当上乡长

刘芳华管理食堂搞得有声有色，得到乡政府干部的普遍好评。

有的事确实很凑巧。当时，之前县分管人事的专职副书记杨国庆升为县委书记了，她升职后，想对全县各乡镇的班子成员进行适当调整，其中也包括自己联系多年的高家坪乡，指派县委组织部在各乡镇征求一下乡干部意见。

县委书记发了话，组织部长马上执行。有一次，组织部长没有向任何人打招呼，一大早就来到高家坪乡政府，走进食堂一看，干部们正在吃早饭，汤书记见到部长后，忙问他吃早饭没有，他说自己来时已经吃过早餐了。

看着满桌的菜肴，对比很多乡政府食堂揭不开锅、干部们怨声载道的现实，组织部长笑着问道："你们今天改善伙食呀？"

干部们自豪地回答："不是，我们天天都是这个标准。"

组织部长高兴地赞叹道："是哪个干部管理的食堂？搞得很好啊，民以食为天，干部们吃饱了，才有干劲搞工作。"

干部们争抢着自豪地回答："是我们的副书记刘芳华。"

"啊，不错。"

待干部们吃完早餐，组织部长进入了正题，他逐个向班子成员和其他在家的乡干部征求高家坪乡可以提拔正科级干部的人选，那些人几乎异口同声地推荐了刘芳华：

"现成的人选，就刘芳华，她上次就应该被提拔为正职了。"

"在我们乡，像刘芳华这样什么事都管理得好的人，确实没有几个，正科级人选，非小刘莫属。"

当组织部长向刘芳华征求意见时，她真诚地回答道："我作为一名党员干部，就是组织上的一块砖，哪里需要就往哪里搬。"

当组织部长问她哪位同志可以提拔为高家坪乡正科级干部时，她很无私地推荐了张贵平副乡长："张贵平副乡长从办公室干起，一步一个脚印，件件事都搞得很出色，是正科级的不二人选。"

组织部长还问了她一些管理食堂的办法，聊起了她个人及家庭等情况，两个人谈得很投机，聊了很久。

当组织部长向县委杨书记汇报这次在高家坪乡征求意见的结果与自己的感受时，杨书记高兴地连连点头，情不自禁地轻声说道："部长，这是意料中的事，我与刘芳华打了多年交道，什么事到了她手上，那就是与别人效果不一样，用这个人，那叫一个放心。上次我就推荐了她，你是知道的，那时领导要通盘考虑。"

组织部长不停地点头："那确实，刘芳华在高家坪乡反响很好，威信很高。"

组织部长刚一回去，高家坪乡干部中就风声四起：

"刘芳华这次要提拔了。"

"那也不一定，上次还不是铁板钉钉的事，最后还是变卦了，什么事不到最后关头都是有变数的。"

"不过话说回来，刘芳华早就应该提拔了，再耽误，就太对不起她了，什么不好干的事都指派给她，她还干得很好，这样的人不提拔，那就真是说不过去了。"

高家坪乡干部，自从组织部长来后，很多人就坐不住了，到处托人找关系，忙得不可开交。

她没有想这些，觉得这不是自己应该想的事，继续干着自己分内的事，高家坪乡食堂伙食很好，那时，邻近的几个乡来到高家坪乡取经，她很热心地给他们推广经验。这样一传十、十传百，县里很多乡都来高家坪学习管理食堂的经验。

取消了各种税费后，她更加关注企业的收益了，特别是自己一手搞起来的丘岗山地开发成果。各村水果场、茶叶场、小水电站都发展起来了。她也经常去那些村了解情况，她这种脚踏实地的工作作风，深受村组干部喜爱。

没过多久，汤新江书记被调走了，乡长胡国安升为高家坪乡党委书记，刘芳华成为高家坪乡乡长的正式候选人，乡人大为此专门召开了会议，高家坪乡的各位代表欣喜若狂，大家一致认为：

"刘芳华实在是众望所归，组织上给了她这次机会，我们一定要紧紧抓住，都要投她的票。"

选举日那天，蓝天白云，新书记胡国安全盘掌握选举动态，乡人大主席张贵平主持选举会场，当主持人宣布选举开始时，那些乡人大代表马上打开选票，毫不犹豫地在她的名字上面画了个大的圆圈。通过计票、唱票、监票人一丝不苟地工作，主持人当场高声宣布："刘芳华全票当选为高家坪乡乡长，这是全乡人民的大喜事。"

主持人话音未落，台下便响起了经久不息的掌声。那些乡人大代表齐声高喊道："刘芳华当上乡长了，是我们选举的，太好了啊，这个日子太值得纪念了，我们喝酒去啊。"

那些代表情绪激动，相邀在一起，在乡政府旁边那个唯一的餐馆里喝酒庆贺，回去之后，又忍不住兴奋，逢人便说："告诉你一个好消息，刘芳华当上乡长了。"

同事们也很欢喜，个个发表感言："领导这次确实看准了人，选对了一个真心实意干工作的好干部，是我们高家坪乡的荣幸。"

"是呀，群众的眼睛是雪亮的，那些人大代表都投了她的票，她是全票当选呢，这在我们高家坪乡，可是头一个。"

樟树岗村村民知道后，也挨家挨户传送这个信息：

"小刘当上乡长了，为咱们农民选对了好领头人，我们有福气啊。"

"是呀，她工作那么踏实，早就应该当乡长了。"

老家人更加高兴："我们白壁岩村出人才啊，刘芳华当上乡长了。"

她回家时，刚好婆母的侄儿在她家，正在与他姑妈说笑，她看李建设这个大表哥也不是外人，便将这个好消息告诉了家人。她话音刚落，丈夫李建设笑得合不拢嘴，连声说："恭喜你啊。"

婆母白了儿子一眼，接过话，生气地嘟囔道："恭喜什么呀，当乡长有什么好？以后更不着家了，孩子都不要了。看你，还跟着那个高兴样。"

那个大表哥跟着自己的姑妈帮腔："一个女人家，当那么大的官干什么，相夫教子才是本分，做个贤妻良母最好。"

李建设义正词严地反驳："大表哥，你怎么能这样说话，时代不同了，男女都一样，你这是大男子主义。"

刘芳华的父母知道后，喜上眉梢，父亲刘正义骄傲地告诉前来道喜的人："我自己的孩子自己清楚，她从小就很懂事，当乡长那是迟早的事。"

母亲黄冬梅接过话："是呀，我家华丫头心眼太实，吃得苦、受得累，领导提拔她，是放心她，知道她什么事都能够干好。"

第五十章
撤除危房

刘芳华上任后，与胡书记进行了分工，胡书记管理人事、党务、计划生育工作，她管经济工作，这样一来，她管的事更全面，担子更重了。她在深入各村调查时发现，当时农村很多人修房子都没有办理建房手续，以至于乱占滥建现象十分严重，许多农田变成了民房，更有甚者，竟然将房屋建在镇上村民饮用水的上游，引发了极大的民愤，而且，当农户之间有界址争议时，双方都拿不出证据来。

面对此情此景，她陷入了深深的思索中，心里很着急，她想将全乡的土地用途进行规范。这时，关于土地如何规范，上级还没有明文规定，她也不知道从何下手，但这事又不能再拖下去。

面对这种情况，刘芳华主动与乡党委书记胡国安协商，建议对全乡的集体土地进行清理，对那些已经修建了房屋的农户，酌情发一个证件。限定一个时间段，对以后建房的农户，必须办理相关建房手续。

关于这项工作，在班子成员会议上，争论非常激烈：

"乱占滥建现象是要整顿了。"

"我觉得还是要等上级文件精神下来了再搞，毕竟我们不懂政策，怕搞走样。"

刘芳华据理力争："整顿违建现象已经刻不容缓，不能再等了，必须马上行动起来。"

经过乡党委、政府班子成员会议热烈讨论后，最终形成决议：对全乡已经建好的房屋进行清理。统一思想后，她组织召开了各村主干会议，要求对全乡农户的住房进行清理，对每户已建房屋统一制作一个证件，以便老百姓对所建的房屋有依据。对于这个提议，村干部反应不一，说什么的都有：

"办什么手续啊，房子都住进去了，别人还能占去不成？"

"办个手续肯定有好处，这样一来，四至界线分明，有矛盾时，也才有依据。"

在这个大会上，她将任务分配给各个乡干部，大家领到任务后，便分赴到各村，她也到了所联系的樟树岗村。

当她带着村干部去各家各户落实这项工作时，老百姓觉得很奇怪，很多人跟在他们后面，议论纷纷……

清理在照常进行，当她深入到樟树岗村农户时，听见昔日和睦的邻居为界址吵翻了天：

"阴沟中间有块大石头，怎么到我家这边来了，你挖阴沟时，怎么往我家这边挖，墙角都要被你挖垮了啊。"

"你哪只眼睛看到我挖了？"

他们争吵时，刘芳华刚好走到这里，就进行调解，将两家的墙作为终点，在正中间钉了桩，没想到有一家人不干了："当时修房子时，我这边留出的地本来就多一些。"

她反复给这家人做工作，并给他们讲"六尺巷"的故事，后来这家人也觉得作为邻居，低头不见抬头见的，关系搞得太僵也不好，就照她说的办了。

当她处理好这两家人的纠纷后，那些人才知道她是来清房的，就给她提供线索："从这个村走出去的陈福生，将房子建在水源的上游，人畜粪便都流入溪水中，老百姓敢怒不敢言。"

"什么，竟然有这样的事？"

"怎么不会有这样的事？那个人你肯定认识，就是镇上那个唯一的餐馆老板。"

为了弄清楚事情原委，她要村干部带着自己去陈老板的住处查看。一行人来到供水地点，远远看去，小溪旁边，一幢三层楼房特别扎眼。走近一看，房子的半边吊在水面上，从溪中间用水泥柱子立起来。真正一个"水云间"。他们来到陈老板家，见床上躺着一个瘦弱的老妇人，正在不停地呻吟，头歪向床沿。旁边，站着一个中年妇女，正在拿着汤勺给这个老人喂药吃。

刘芳华见猪栏中间有几头猪仔，猪粪直接落到溪水中。就又走进厕所，没有发现下水道，几块水泥板中间留出几个孔，粪便也直接流入溪水中。

看见这些，她心情沉重地走到溪边，发现没有多远的地方，接入了很多水管，看来是从这里接水进农户家的。

她从溪边再次走入这家，问候老妇人怎么了？那个服侍的妇女答道："这个老人是陈老板的母亲，已经瘫痪几年了。"

刘芳华安慰了老妇人几句后，将中年妇女拽出屋，指向溪水，对这个中年女人说道："你家的人畜粪便都直接流入溪水中，下游的人吃水怎么办啊？"

那个妇人看她一看，回答她："我是被请来服侍这个老婆婆的，他儿子在镇上开餐馆，据说生意还可以，其他的事，我就不知道了。"

这时，恰巧有人从这里路过，接过这个女人的话："这家人就是这么干的，哪个敢讲话呀。"

"不敢讲话，为什么？"

"你看样子是个干部，肯定清楚原因啊，他儿子与乡政府的某些领导关系好着呢，而且，还有个瘫痪在床的老娘，哪个敢动他？"

她听了这个过路人说的话后，越发觉得情况严重，就准备找开餐馆的陈老板去。

她来到镇上餐馆，陈老板热情地接待了她，问她点什么菜，她说自己不是来吃饭的，是关于老家房子的事，想与他谈一谈。陈福生听到这里，马上变了脸色，说自己的房子早就修好了，不知道挡了别人什么道，竟然三番五次地有人来骚扰。

她见这个老板话中有话，就紧跟着问道："你是说已经有人找过你了？"

"是呀，乡水管站工作人员来找过我多次，要求拆除这个房子。说这个房子有隐患，在涨水时，可能导致洪水无法通行，还会波及其他房子，今年预计还有大的降雨，所以，房子不拆除，住在里面非常危险，还说影响下游吃水,你说,这不是坑人吗?"

"你那房子的人畜粪便直接流入溪水中,确实影响下游饮水啊。"

"那也是没有办法的事,我修那房子时,也没有人饮用溪里面的水呀。"

尽管她讲得口干舌燥,陈福生就是不愿意撤除那栋房子,到了第二天早上吃早饭时,乡环保站站长匆匆忙忙找到她:"刘乡长,昨天我去县环保局参加了会议,我县承载有大鲵保护项目,要对溪河周边进行治理。当前要马上撤除溪河周围的房屋。具体到我们乡,就是撤除陈福生的那幢楼房。"

刘芳华扒了几口饭后,和乡环保站站长又一起来到陈老板餐馆,给他传达县环保局的会议精神,并再次强调要他撤除房屋的重要性。陈福生还是无动于衷。

但她没有放弃,继续给陈福生讲道理。又过了一天,刘芳华正与陈福生交谈时,乡水管站站长急匆匆跑来,上气不接下气地告急:"刘乡长,上游已经涨水了,洪峰可能半天就要到乡里来,陈福生坐落在溪坎上的房子肯定要被冲垮,怎么办?"

她扫视了一下站长,盯着陈老板,一字一顿地说道:"陈老板,刚才水管站站长的话,你也听见了,你那房子必须撤除。"

陈老板对她看了看,没有出声,她继续说道:"我理解你的心情,确实建房时花了不少钱,现在撤下来,肯定没有什么可用的建材了,但现在情况危急,那个房子必须马上撤除。"

陈福生对外望了望,看见暴雨越下越大,痛苦地抱着头,长叹道:"你们都这样逼我,我怎么办啊,那栋房子可凝聚着我多年的心血啊。"

刘芳华走到他面前,拍拍他的肩膀:"陈老板,过了这个坎儿,一切都会好起来的。你那房子一定要马上撤除,因为那个房子不仅堵塞溪流,影响泄洪,波及别人的房子,你自己一家人还会有生命危险。请你配合、理解、执行。"

她看暴雨根本没有停下来的意思,实在坐不住了,就拽着陈老板,来到乡政府,吩咐办公室通知在家的所有干部,迅速赶赴陈福生修建在溪边的房子。

暴雨还在哗啦啦地下,小溪在涨水,一浪高过一浪,小溪旁的房屋摇摇欲坠。里面,一个老妇人瘫痪在床,不停地呻吟。众人惊慌失措地问道:"刘乡长,怎么办?"

刘芳华抹了一下冲进眼睛里面的雨水,勉强睁开眼睛,镇定自若地指挥:"主要是救人,来一个力气大点的年轻干部将陈老板的母亲抱出屋,陈福生自己再去收拾一下证件、存折、首饰什么的。"

刘芳华和几个干部冒雨先抬出一张沙发,一个男干部双手抱着老妇人。周春燕撑开雨伞遮在老妇人头上,男干部将陈老板的母亲放在沙发上后,由两个女干部扶着,周春燕负责打伞。但雨伞几次被大风吹得翻卷起来,周春燕又在陈福生家找到一块塑料纸裹住老妇人。那个护工拿来自己随身带的东西后站在老妇人旁边。

陈福生正从家中迅速翻出几件值钱的东西时,已经听得见洪峰在咆哮了,有人喊道:"洪峰来了。"

刘芳华立即要众人撤离危险地带,一个男干部背着陈福生的母亲刚刚离开,滔天的洪水便怒吼着来到眼前,将那个房子卷入水中,面对此情此景,陈福生吓得冷汗直冒,一屁股坐在地上,眼睛看向刘芳华,哆嗦道:"刘乡长,幸亏你要我进屋拿出了重要东西,要不然,我就什么也没有了啊,说不定,老母亲现在就在那滔天的巨浪中间,真的不敢想象啊。"

陈福生建在供水上游的房子撤除了,村民们欢天喜地,奔走相告:"你听说了吗?陈福生建在溪坎的房屋撤除了,我们终于可以吃上干净的水了,真的比过节还高兴。"

"这次多亏了刘芳华。"

解决了这个老大难问题后,樟树岗村的房屋清理工作很快推行了下去,没有多久就搞完了。

第五十一章
大义灭亲

房屋清理工作在樟树岗村开展之后,刘芳华又在其他村进行撤除违章建筑工作,老百姓起初不理解,但慢慢想通了,还从内心里感激她。

关于这项工作,她老家白壁岩村的包村干部向她汇报:"刘乡长,我实在推行不下去了。"

"什么情况?"

那个干部只是苦着脸不出声。刘芳华带着那个干部来到老家,她首先了解情况,看有什么好办法,或者将哪里作为突破口,乡亲们怪异地笑笑,都摇头说不知道,她百思不得其解。村书记凡志远看她解决问题心切,就将她拉到一旁,悄悄告诉她:"芳华,你如果想真正解决问题,那就要从你伯伯刘子明开刀。"

她疑惑地问道:"到底是怎么一回事?"

凡书记缓缓道来:"刘子明在村小学旁边建了一个小房子,用于卖学习用品,影响了村小的扩建,校长多次找他协商,他根本不予理睬,这次,又和包村干部发生了激烈冲突,现在还僵持不下,那个干部可能不敢将实情告诉你,这项工作就搁置下来了。"

"有这回事?他是什么时候建的小房子?"

"就你生小孩那阵子。"

"啊,难怪我不清楚,我上次回来没有去学校,也没有人告诉我这件事。"

她与凡书记马上来到村小学,找到校长,校长摇摇头,没有多说什么。

她去查看那个小卖部，伯伯见到她后，老泪纵横，向她告状："华丫头，你终于回来了，有人要抢我的饭碗啊。"

"到底是怎么一回事？"

"他们要撤除我这间小屋啊。"

她耐心地给伯伯解释："这项工作就是我安排的，你要支持我的工作啊。"

刘子明开始哪里肯听，一个劲儿地说自己搭建这个小屋的辛苦，她反复给他讲道理，与此同时，包村干部、学校校长、村书记都轮番上阵，大伯的心理防线开始松动。

刘芳华眼看时机成熟，就让村书记找几个人来，由村里出钱，来撤除这个小屋。村书记开始有点犹豫，她当着大伯的面，对凡书记说："是我决定要撤除的，不关包村乡干部和村干部的事。"

凡书记听后，便很高兴地叫人去办。

大伯见她这样坚决，就自己将堆在小屋中间的很多东西一件件搬出小屋，她与校长帮忙搬东西。待小屋里面的东西全部搬出后，她首先搭上木梯子爬上小屋，用手掀开第一块瓦片。

那些民工见她亲自上了屋，也跟着爬上小屋，三下五除二，就撤除了那间小房子。

很多村民前来围观，叽叽喳喳道：

"刘芳华还真是铁面无私，连自己亲伯伯的违建房都撤除了。"

"当干部就应该这样，不然哪有人真正服气啊。"

伯母从外面回来，看见她带人撤除了自己的小房子，就披头散发，呼天抢地地号叫：

"什么亲侄女，连外人都不如，天哪，我怎么活下去啊？我再也不认这样的侄女了，好狠的心呀。"

刘芳华看劝说也是徒劳，就不予理睬，随她骂。她将伯伯的房子撤除后，其他人就没有什么可说的了，这个村的房屋清理工作，很快就完成了。

当时，农村乱占滥建现象还很严重，有关部门派人调查，然后将各乡乱占滥建现象，以及樟树岗村怎么治理的情况报告给县政府。分管的副县长就亲自带人在各个乡镇进行重点调研。通过现场调研，副县长发现，各乡占用良田修房子的问题确实很严重，而且，都没有很好地管理，只有高家坪乡独树一帜。

他回去后，就将各乡乡长叫来，召开紧急会议，会后，将参加会议的人带到高家坪乡学习，要刘芳华介绍经验。

这次会议后，县政府将各乡田地划出了基本农田保护范围并发文，文件中规定：在基本农田中，只能种粮食作物。

以后农户建房，要统一规划和报批，县国土局与县建设局先后在各乡安排了国土员和规划人员，成立了乡国土站和规划所。全县统一制作了一个标准的土地使用证。

这时，人们叽叽喳喳起来：

"全县都来我们这里学习经验，我们高家坪乡出名了啊。"

"讲句实在话，田地确实被房子占完了，子孙后代将来吃什么，刘乡长做了一件大好事啊。"

他们将每村清理好后，每户只收几块钱的工本费，然后将数据报给乡国土所。

经过她几个月的劳累奔波，终于将全乡土地使用证办理完毕。

各村的田地都搞好了规划，对于建房，有的农户看到清房确实搞得轰轰烈烈，但还是抱着侥幸心理，不办理任何手续，强行建房。她知道后，又带着国土站和规划所的工作人员一家家查清情况，经过这般清理后，对于确实没有房屋住的农户补办了手续，有房屋住而违建的进行了撤除，新建的要统一规划、办证，高家坪乡的建房工作在有序进行。

通过艰辛工作，高家坪乡农户占田地建房现象得到了遏制，老百姓建房，都知道要办证了。这时，人们叽叽喳喳个不停：

"若不是刘芳华，可能这些田地都要占完了。"

"现在，老百姓建房形成了好习惯，难得啊。"

"主要是确定了基本农田保护区，留足了口粮田，有田种粮食，不会缺饭吃，那就真叫一个'手中有粮，心中不慌'。"

后来，一场暴雨，高家坪乡所辖一个村的几个组山体发生滑坡，泥石流阻塞了村民进出的小路，还将山脚下几个农户的房子推走了。其中一户家中的两个老人没有来得及撤离，也随房子被淹没了。死了人，上级要问责，乡党委书记胡国安出面检讨认责，然后，刘芳华也主动承担责任，公开检讨。

之后，县政府组织专家对这个村的山体进行监测，得出的结论是，该村已经不适合住人了，要进行整体搬迁。

刘芳华得知这个情况后，迅速找到了分管的副县长汇报，副县长就召集发改局、住建局等单位召开紧急会议，将这个村的村民进行整体搬迁，又安排发改局、住建局迅速落实这事，任命她为这项工程的指挥长。

她在这个村召开群众会发动，那些在这里长期生活的村民根本不愿意举家外迁。她就用那两个被淹没的人举例，要他们三思。通过反复开会，深入各家各户做工作，他们终于愿意搬出这个村子了，但他们要求迁到镇上。

了解到村民的意愿后，她又在镇上的所在村协调，终于买得了土地，两个后盾单位拿出了一些钱，为搬迁的村民统一购买了地基，统一放样，统一下了基脚，还为建房的村民向上级争取来每户两万元现金补贴。搬进新居的村民个个笑逐颜开，对她赞不绝口：

"多亏了刘乡长，要不然我们什么时候被土活埋了都不知道。"

"是呀，想起来都后怕啊。"

"我们能够安居乐业，要感谢共产党、感谢党培养的好干部啊。"

第五十二章
遭遇误解

通过清房,高家坪乡的国土有了规划,老百姓建房也有章可循了。但是,作为乡长的刘芳华看到还有几个村未通公路,心里一直不是滋味,她也想将这几个村的主干道修通,可是,乡政府财力有限,而要这几个村自己去搞基础设施建设,那是根本不可能的事,因为剩下的这几个村,都是经济条件特别落后的。

要想改变这种贫穷落后面貌,只能请求外援。面对现实,刘芳华多次去县直有关部门反映这一情况,给分管交通的副县长汇报,终于打动了各级领导,这些领导先将县交通局、县发改委分配到这个乡进行建整扶贫,主要任务就是进行修路、解决人畜饮水、农网改造等基础设施建设。最要紧的一件事就是修通村级公路。

当时,高家坪乡未通公路的村有刘芳华老家的白壁岩村,还有山下的两个村。临近端午节,两个后盾单位来到高家坪乡时,恰逢乡党委书记不在家,刘芳华负责接待这两个单位的领导和工作人员。后盾单位一来人,刘芳华便马上召集在家的班子成员陪同,一起决定从三个村中选出两个进行帮扶。刘芳华首先征求两个领导单位的意见:"各位领导,欢迎你们支援高家坪乡建设,我们这里未通公路的一共有三个村,是先介绍各村情况,还是先到现场看看去?"

来人都说直接去现场。刘芳华看了一下天色,告诉他们:"白壁岩村离乡政府最远,今天这时候可能上不去,只能在山下望望了。其他两个村相对来说近一点，怎么安排？"

几个领导交换了一下眼色后，当即决定："那就先去其他两个村，然后在白壁岩山脚下望望。"

他们首先来到新农村的小山脚下。只见公路两旁摆满了一担一担的新鲜蔬菜，村民们准备搭车到镇上卖。

从小山脚下到村部有一个小山坡，一行人只见沿途很多村民肩挑背驮着蔬菜下山去卖。领导们就与村民们交谈："你们每天都这样卖菜？"

那些人便苦着脸答道："是呀，不然怎么办？卖点菜，来回要一天时间。"

有人跟着帮腔："而且，人工运输，一天只能采摘一回。你们还不知道吧，没有人手的家庭，大量的蔬菜只能烂在地里。眼看着辛辛苦苦种的菜无法换来钱，很多村民欲哭无泪。我们多想有条公路，这些菜就可以用车装着运出去了，大把的钞票装进了腰包，多带劲啊。"

刘芳华又将这些人带到丛茂村，通村的小路弯弯曲曲，七弯八拐，一个林子连着一个林子，沿途有很多背着丛菌的村民来来往往，小路两旁有很多提着桶、背着背篓在山林里钻来窜去的人，每人从树林里出来，都是带着黄灿灿的丛菌。领导们又与村民们交谈起来："这里好多丛菌啊。"

村民们回答道："可是，这里没有公路，不能用车子拖出去卖，只能靠人工背出去。长途运输后，菌子变了颜色，价格也就大打折扣，况且，这种菌子放两天就烂掉了。眼看着丰收果实变不成钱。"

他们又来到白壁岩山脚下，远远望去，悬崖峭壁，那岩壁白亮亮的，闪着银光，岩壁上架着悬天梯，过一个坡后，还有一段独木桥。在那条连接外界的唯一山道上，远远望去，那些来来往往的都挑着或者背着很重东西的村民们在山道上像蚂蚁一样爬行着。干部们看到这一幕，都很震惊。

从这几个村回到办公室后，他们就具体确定哪两个村召开了简短的会议。刘芳华首先发言："各位领导，你们也在现场看了，几个村交通都不便，都想有条公路啊，请几位领导定夺。"

她刚刚说出这句话，一个副乡长轻轻咳嗽一声后，马上站起来打断了她的话："各位领导，白壁岩村树木最多，村民将树一根根从山上搬到山下去卖，要一天时间，村民集中居住的地方离镇上最远，从乡政府去村里要爬几个小时的山。农药、化肥都要肩挑背驮，村民们苦不堪言哪。即使只有一个村的修路名额，都应该给白壁岩村。"

那几位领导看了一眼刘芳华，严肃地问道："刘乡长，你觉得呢？"

她继续说道："白壁岩村村民做梦都盼望有条公路不假，但新农村你们也看见了，那些菜就要烂掉了啊。"

那些领导听后，就频频点头，都觉得这样的村要马上定下来，交通局局长当场拍板："我们的资金可能最先到位，那我们就选择这个新农村吧。"

刘芳华高兴得连声道谢："我代表新农村感谢县交通局领导，他们有福了啊。"

她环视了一下会场后，继续发言："还有一个丛茂村。村民都想有条公路，好卖丛菌。所以，我觉得还是选择丛茂村吧。"

她话音未落，另外一个乡党委委员站起来，大声分析："丛茂村没有公路卖丛菌不方便没有错，但是，丛菌终究还是有季节性的，而白壁岩村的树木就不同了，几乎一年四季都有树木卖，况且，那个村离乡政府最远，下山都是陡坡，交通最困难，村干部开会，都是由袁红兵帮我们送通知的，剩下的县发改局一定要安排给白壁岩村。"

刘芳华看了大家一眼后，激动地说道："感谢大家同情白壁岩村村民，现在，都不要多说了，以我讲的为准，先安排丛茂村修公路。"

几个副职还在据理力争："不管怎么比，都应该安排给白壁岩村。"

"是的，必须定白壁岩村。"

县发改局领导疑惑地问道："刘乡长，到底是怎么一回事？"

那些副职抢着答道："领导，只因为白壁岩村是刘乡长的老家啊，她这样将好处让给别的村，对白壁岩村是不公平的。"

她摆摆手，向两个单位的领导报告："就定新农村和丛茂村，尽快修通公路现实一些。如果以后再有机会，就优先考虑白壁岩村，也希望各位领导有好机会时，记着还有个白壁岩村。"

会议在刘芳华的坚持下，形成了决议。已经升任为办公室主任的周春燕，将整个过程记录了下来。就这样，新农村分给县交通局，丛茂村分给县发改局。剩下的白壁岩村暂时还没有找到后盾单位。

从此后，她只要进城办事，就往有关单位跑，她找过县扶贫办、县农业局，都说上级还没有下达项目计划，她也只好耐心等待。

在一个村主干会议上，那两个村的村干部将进驻本村的工作人员分别领到了自己村。

当时，丛茂村的后盾单位发改局项目早就下来了，就率先动工搞了起来。新农村的后盾单位是县交通局，修公路就是自己的本职工作，也行动了起来，只有刘芳华的老家没有任何动静。

眼看其他两个村都干得热火朝天，而自己的村没有一点信息，白壁岩村的村主干就很气愤，他们相邀着找到刘芳华，村书记凡志远首先质问她："刘乡长，你好歹也是白壁岩村走出去的人，老家的交通情况你最清楚，为什么没有给我们村安排后盾单位？"

她反复解释："我作为一乡之长，手心手背都是肉，怎么能顾此失彼呢？"

老家的村主干哪里肯听她的解释，几个人气鼓鼓地走出了她的办公室。他们从小道消息中得知，是刘芳华坚持要把机会让给其他两个村的，就更加想不通了。

几个人一路生气地走回家，将这一情况说给家人听，那几个家属，有的就说给了其他村民听，这样一来，便有很多村民对她有意见。人们嘀咕："刘芳华当了乡长就忘了本，小时候走的路难道不清楚吗？这里的人挑担东西下山如何艰难，她怎么就体会不到？"

事不凑巧，没有多久，刘芳华的母亲得了急症，全身发冷，三更半夜，他父亲将砖头烧得通红，喊来乡亲们，抬着黄冬梅下山。狂风将他们撑着的雨伞吹斜了，暴雨将他们的衣裤全打湿了，担架上的黄冬梅身上的被子也被雨水淋透了，在过悬天梯、独木桥时，刘正义只好将病中的妻子黄冬梅绑在自己身上，小心翼翼地攀爬着。其他人将担架绑在后背亦步亦趋地慢慢爬行。这更加激起了这些人对刘芳华的抱怨。抬她母亲的那些人，脚踩崎岖山路，对她怨恨至极，个个指责她："芳华作为家乡人，这点事都不照顾，如果通公路了，我们哪能受这种苦。"

这时，黄冬梅在担架上痛苦地呻吟，她父亲刘正义听见后，也气得牙痒痒："这个丫头太老实了，一点也不知道变通。"

第二天，她去乡卫生院院长那里联系工作，遇到一个老家来的人，那人匆匆从乡卫生院出来，她便追上那个人，焦急地问道："大叔，你来这里有什么事，是家中谁生病了吗？"

那人奇怪地看她一眼后，反问她："你妈昨夜得了急症，你难道不知道？"

"什么？"

"你妈生病了，是乡亲们昨晚半夜里帮着抬下山的。"

她听后，马上去看望母亲，看见蜷缩在病床上的母亲脸色苍白，头上在冒汗，她急忙拉住母亲枯瘦的手，焦急地问："妈，你怎么了？哪里不舒服？"

黄冬梅苦笑了一下，轻轻问道："华丫头，你怎么来了？工作忙完了？我已经好多了，不碍事的。"

刘正义看见妻子都这个样子了，还在担心女儿的工作，望了她一眼后，生气地说道："丫头，我从来不干涉你的工作，但这次建整扶贫，听说全乡只有三个村未通公路，来了两个单位扶贫，你怎么不给我们村安排一个？要说自然条件，我们村最差，离镇上也最远。"

她连忙给父亲解释，父亲听后，也不理睬她。她又问母亲想吃点什么，母亲说现在什么也不想吃。

紧接着，她便向母亲的主治医生打听情况，医生告诉她："你妈是病毒性感冒，需要住院治疗一段时间。"

"严重吗？"

"刘乡长，你放心，治疗一段时间就会好起来的。"

"那我就放心了。"

她从医生办公室出来，安慰母亲："妈，你只是重感冒，医生会治好你的病的，你安心治疗。"

她从口袋中掏出一些钱给母亲，但黄冬梅不肯要，她只好强行放在母亲的枕头下，对母亲说道："妈，我给你弄点吃的去。"

她从乡卫生院出来，心里堵得慌，家乡人不理解自己，连自己最亲的父母都对自己有看法，如何是好啊，但这个事又不能改变，那就只能让时间证明自己做的事是对的。

第五十三章
修通公路

　　刘芳华的母亲在高家坪乡卫生院住院治疗期间，作为女儿的刘芳华，每天一有空闲时间就去照顾母亲，通过乡卫生院及时治疗，黄冬梅的病情有了缓解，就要求回家。刘芳华好说歹说，母亲才同意在她的宿舍住几天。待体力稍许恢复后，又坚决要求回家，她只好送母亲回去。母女俩走了好几个钟头，才到老家。

　　她将母亲送回去交给父亲，就急急忙忙下山。走到半山腰，遇到背着一包肥料在天梯上爬行上山的凡志远，凡书记将这包肥料背上来后，又下天梯再背第二包肥料上来。看见刘芳华，他一屁股坐在地上，用衣袖揩一下汗水后，对刘芳华说道："刘乡长，你自己看看这些乡亲们，挑担东西上山多么不容易，我请求你，找一下自己的关系，无论如何要给本村找个后盾单位来。"

　　她一眼望去，肩挑背驮的乡亲们，三三两两在陡峭的天梯上艰难跋涉，刘芳华眼睛湿润了，一口答应下来。

　　之后，她去县城开会时，就去找分管的副县长，领导告诉她要分步实施，她也只能等待。

　　有一次，关于建整扶贫工作，又一轮县直单位被安排到贫困村去，县扶贫办主任与发改局局长在一起开会，扶贫办主任问了一句："你们发改局在高家坪乡工作环境怎么样？我们扶贫办这次也要联系一个贫困村，去帮助修公路，高家坪乡乡长刘芳华曾经找过我，其他乡也有熟人找过我，到底去哪里，我自己心里先要有个底。"

发改局局长非常激动地介绍："高家坪乡的工作环境那真是没的说，特别是乡长刘芳华，一直在丛茂村里面协调，给我们解决了一切后顾之忧。"

发改局局长诚恳地对扶贫办主任请求道："有件事，我很感动，我们上次只有两个单位去扶持高家坪乡，刘乡长的老家白壁岩村硬生生被她推掉了，是目前高家坪乡唯一一个未通公路而又没有后盾单位扶持的村，你这次一定要选这个村。"

县扶贫办主任有点不相信地问道："有这样的事？"

"千真万确。"

没有多久，县扶贫办主任便带着项目资金下来了，点名要给白壁岩村修公路，当工作人员进驻到这个村里时，当地人欣喜若狂，讨论个不停：

"俗话说得好，好机会总是在最后，现在，终于轮到我们这儿了。"

"听说是县发改局局长介绍县扶贫办主任来的。"

"不管怎样，有人来修公路了，是天大的喜事啊。"

修公路要占地，许多村民趁机漫天要价，要补偿土地款，刘芳华及时召开群众会告诉老家人："乡亲们，我们盼星星盼月亮，终于盼来了县扶贫办来白壁岩村帮助修路，国家的项目资金只负责打水泥路面，路基要我们村自己搞好。现在，请挖掘机挖路基、请压路机压实路面，都是县扶贫办帮助筹的钱，我明确告诉大家，不仅占地没有一分钱补偿，我们自己还要按照承包田土出相应的义务工。"

经过她三番五次开会，逐户上门讲道理，全村统一了思想，大多数村民都同意按照技术人员所测量的线路，沿途修公路，占了谁的地，都没有钱补贴，义务工按承包的责任田土算到户。

修路在有序进行，村里安排老党员负责监工；民工们按照规划，用挖掘机挖土，砸岩石，干得热火朝天，他们边干工边开着粗俗的玩笑。虽然辛苦，但心情舒畅。

当公路修到一棵挂满刺槐的大树边时，工程停下来了。一个外村民工问是怎么一回事，白壁岩村的民工告诉他："你不知道吧，这棵树是黄卫军的。"

那些人趁休息时就议论起来："黄卫军命苦啊，儿子做了上门女婿，女儿出嫁到很远的地方。"

外村民工又问："那与动他这棵树有什么关系？"

白壁岩村的民工望了他一眼后，继续告诉他："他呀，是我们现任乡长刘芳华的亲舅舅，你不知道呀？"

另外一个本村人继续说道："哎，说起来老黄也很可怜，一个人孤苦地守着这棵果树过日子，每年刺槐熟了，他就挑下山去卖，换一点生活费。"

"那不是很可怜？"

"当然啦，刘乡长曾经多次要他下山，说是要他去城里单位守门，可是，老黄就是舍不得这里的田地，还有这棵老树，听人说，这棵老树是他老伴儿亲手栽种的。"

此事很快传入刘芳华的耳朵里，她匆匆赶回老家，看着舅舅家挂满果子的刺槐树，当时也为难，砍这棵树吧，确实有点可惜；不砍吧，公路又不能通行，思考一阵后，她还是决定给舅舅做工作去，希望他支持自己修路。

她带着包村干部，买好礼物来到舅舅家，一见面，舅舅就问她："华丫头，小外甥女多大了？恐怕都能走路了。"

"是的，路走得很好了，都开始说话了。"

"那就好。"

她看舅舅心情很好，就话锋一转："舅舅，县扶贫办好不容易来到我村修公路，我们作为村民要支持啊！"

舅舅摇摇头："华丫头，你不要说了，我全靠这棵果树过日子的，说什么我都不会同意砍这棵树的。"

"但现在修公路，是对大家有好处的事，要是不砍树，公路就不能修通，怎么办呢？"

舅舅无奈地说道："我也看见了，公路修到我家门口了，看样子要砍树才能通过，可是，刺槐还未成熟，现在砍树太可惜了，再说，这棵树就是我的摇钱树，砍了，以后就再也没有钱用了啊。"

她走出门，又看了一眼那棵刺槐树，舅舅跟着出门，手里摸着那些果实，默默流泪，她见状，心里也不是滋味，想了想后，就给某县直单位领导打了一个电话，然后继续劝老人："舅舅，我刚刚又给你找了一个单位干门卫工作，每月有固定收入，你都这么一大把年纪了，一个人住在山上，我们也不放心啊，这次一定要下山去，树不砍实在不行啊。"

舅舅黄卫军听她说到这里，便垂着头，又摇摇头。她看了一眼望着自己的那些民工，示意他们砍树，舅舅鼻子酸酸的，坐在角落里不再言语。

她见状，心一横，从舅舅家中拿出一把斧头，对着树根，用力去砍，舅舅跟着赶出来，怀抱着大树，老泪纵横道："老伴儿，村里要修公路，我保不住老刺槐树了啊！"

刘芳华的眼睛也湿润了，又接着砍一刀，那些修路的民工们便跟着砍起来，直到那棵树完全倒下。看着躺在地上挂满果实的刺槐树，他们由衷地发出感叹："刘芳华每次都从亲人开刀，不容易呢。"

"是呀，这乡长也不好当啊！"

就这样，这个村修路占地再也没有一个人有意见了，公路很快修通了。这时，人们欢欣鼓舞：

"白壁岩村通公路了啊。"

"我们以后上下山就方便多了。"

为此，她也得到了乡亲们的赞叹："之前，是我们错怪了刘芳华，其实，她心里还是有老家人的，要不是她找单位帮着修路，可能我们一辈子都要走山路。"

"刘乡长也不容易呢，作为全乡的行政一把手，她确实要全盘考虑，但不管怎么说，她都是我们白壁岩人的骄傲。"

"要不是刘芳华砍了黄卫军的刺槐树，他哪里舍得下山，现在，每天在城里上班，多好啊。"

"是呀，老黄因祸得福，一棵树换来一份工作，也算有个好的归宿了。"

不久后，舅舅休息时搭别人的便车回老家，老人高兴地将预备过独木桥时用于支撑的棍棒甩掉了，用于过悬天梯的棉手套也收了起来。看着七弯八拐宽敞的盘山公路通到了自己家门口，也露出了一丝不易觉察的笑容。

从此后，高家坪乡各村彻底结束了不通公路的历史。刘芳华由于在修路过程中工作出色，在县政府年终总结大会上，受到了县委、县政府的表彰，县委书记杨国庆亲自给她颁发了荣誉证书。

通了公路后，那耸立在悬崖峭壁上的悬天梯不见了，独木桥也撤除了，从下往上看，是弯弯曲曲的绕山大道，最宽处有五米，最窄处也有四米五，两辆车会车都很宽敞。白壁岩村村民有的买了手扶拖拉机，有的买了小四轮，有的买了小型货车，他们将山里的特产拖出去，将外面的物资运上山。人人脸上乐开了花。

过春节前几天，家家户户都置办了很多年货，他们叽叽喳喳个不停：

"通了公路多好啊，上下山买卖东西再也不用肩挑背驮了，下山时搭点东西出去，一趟就有不少钱，今年的收入见风长，年货一定要多买点。"

"是呀，以前一来没有钱买年货，二来买了年货背上山也背不动啊，而今，买再多货都可以搭车回家。我们白壁岩村的人，真的是今日不同往日了，日子越过越好啊。"

第五十四章
小女上学

一天早饭前，家住县城的周春燕身穿红色休闲装，在乡政府食堂门前闲谈：

"我侄儿今年四岁，已经上幼儿园中班了，他太搞笑了：我每次回去，他都要我去烘焙店请他吃蛋糕，我问他什么时候也请我吃一次，你猜他怎么回答的？"

站在她旁边的同事忙问："那他究竟是怎么回答的？"

周春燕笑着看看问话人，摇头晃脑地答道："他竟然说，因为你是我姑姑啊，等你几时叫我叔叔，我就请你。"众人听后哈哈大笑起来。

刘芳华听到这里，不由自主地想起与婆婆生活在一起的女儿来，丹丹已经五岁了，也喜欢吃蛋糕。如果在城里，早就应该上幼儿园中班了。可是，因为自己在城里没有房子，乡里也没有幼儿园，只能等到六岁时上学前班，读一年书后，在七岁时直接上小学。她时常觉得这样对孩子不公平，不行，得想办法。但自己只是一个乡干部，能有什么办法呢？

一个周末，刘芳华回家后，就孩子的上学问题与丈夫和婆婆商量，她揽住孩子，看着丈夫和婆婆，开口说道："丹丹已经五岁了，要上幼儿园了，可是，乡里没有幼儿园，怎么办？"

婆婆陈美玉嘴角一翘，讥讽道："我们又不是城里人，学城里的孩子干什么？"

丈夫李建设思考了一会儿，苦着脸答道："丹丹是应该上学了，可是，我们城里没有房子，更没有人帮忙带，如何是好？"

陈美玉看向自己儿子，接着说："小宝那么小，上什么学校？你小时候没有上过什么幼儿园，现在还不是照样教书。"

刘芳华看家人是这个态度，况且也确实有现实困难，就有点郁闷。但孩子上学是大事，其他事都可以将就，唯有这事不行。想到这里，她坚定地说道："再苦不能苦孩子，我们少花点，也不能让丹丹受委屈。"

第二天清早，她来到大学刚刚毕业分配在县城一个事业单位的妹妹的出租屋，开门见山地说道："丹丹要上幼儿园了，我想将她送进县城读书，可是，没有人照顾她，怎么办呢？"

妹妹望望自己住宿的地方，看了刘芳华一眼后，缓缓说道："我因为专业对口而来到这里搞设计，刚好上班时间不固定，如果丹丹上幼儿园实在没有人接送，我可以代劳。只是我在单位食堂吃饭，丹丹就要与我一起吃大锅饭，我主要担心食堂饭菜是不是合丹丹的口味。"

刘芳华听妹妹这样说，很高兴，带着歉意说道："丹丹什么都吃，没有问题的。我如果进城来了，也可以为你们偶尔改善一下伙食，只是，要辛苦妹妹你了啊。"

妹妹笑着说道："姐姐你说这话就见外了，说句良心话，如果没有姐姐你的帮衬，我怎么能顺利上完大学，做人要讲良心，能为姐姐做点事，确实是我的福分。"

搞定了丹丹在城里读书的监护人，她就去找学校，在城里那些幼儿园里这儿看看，那儿瞧瞧。然后与李建设商量具体定哪所学校，李建设建议："选择一个离妹妹上班近一点的幼儿园，这样，妹妹就少跑一些路，她虽然很多事可以在家里做，但毕竟一个人的精力有限。"

他们在妹妹上班的附近寻找幼儿园，最后找到一所私人办的幼儿园，走进一看，儿童玩的滑梯、沙滩、迷宫等游乐设施应有尽有。两人很高兴，找到校长，竟然发现是李建设的民师同学，同学热情地接待了他们，说到送丹丹进学校的事，同学满口答应下来。

就这样，在刘芳华的强烈要求与李建设的运作下，丹丹被送入县城一所幼儿园。丹丹第一天上学就遇上大雨天，刘芳华打着雨伞和妹妹一起将丹丹送到学校，交给班主任后，她就上班去了，妹妹也回到自己的出租屋。

丹丹因为五岁多了，他们与校长协商后，就直接进入幼儿园的大班，但她毕竟是才进校门的新生，她走进教室，看着比自己高一截的那些新同学，不敢讲话，她怕雨伞被人拿去，一直抱着雨伞不肯放手，这事被同学们笑了很长一段时间。

之后，妹妹早上送、晚上接丹丹上下学，只有在周末或者进城开会、办事时，刘芳华才照看一下女儿。她每次去妹妹租住的房子看丹丹时，都会给她们改善生活，给丹丹买许多玩具。

国庆节放假后，丹丹回到老家，带回来很多玩具，水泥地板上堆得五颜六色。丹丹双手按住红色遥控器，一辆黄色外壳的跑车在地板上来回奔跑。二叔的孙子来她家玩，看见这些玩具后，非常羡慕，就不自觉地伸手抓起这个玩具车一把抢了过去，丹丹不让，两个人抢来抢去，结果对方恼羞成怒，拿出自己放暑假时老师发的奖状，瞪着眼睛故意气丹丹："臭丫头，你有几个玩具有什么了不起的，你看，我有奖状，你没有吧，嗯？"

丹丹被气得哭了起来，陈美玉心痛得不行，就劝自己的孙女："我们放寒假时，在幼儿园也拿张奖状回来。"

过几天，就要开学了，陈美玉想起孙女哭得很伤心的情形，心里就很不舒服，她在暗暗与妯娌较劲："你孙子有奖状，难道我孙女就得不到奖状？"

一个周末，因为二叔家办喜事，刘芳华将丹丹接回了老家。趁孩子们在家，陈美玉轻轻咳嗽了一声，看向儿子，严肃地缓缓说道："开学了，你顺便去给你同学打个招呼，让班主任给我孙女也发一张奖状。"

听了陈美玉的话，儿子觉得奇怪，一向反对孩子去学校的老人怎么一下子想通了，竟然关心起孩子的表现来？是不是觉得将小孩送进学校后，自己轻松一些？也不对啊，老人压根儿就将这个孩子当成了自己生命的一部分。李建设便问母亲："妈，你怎么扯到奖状了？"

见儿子这样问话，陈美玉便将二叔家孙子将孙女气哭的情形跟儿子和儿媳妇和盘托出。

刘芳华与李建设交换了眼神后，赶忙安慰老人："妈，小孩子不懂事，亲戚家的，不要计较这些小事，不过，丹丹在学校的表现，确实要经常过问，她如果表现好，得了表扬，也是一种鼓励。"

李建设赶忙抢过话："妈，听芳华的，不与他们一般见识，我时常打听的，丹丹在县城幼儿园表现好着呢，放假时，老师肯定会给她发大红奖状的。"

陈美玉将丹丹揽入怀中，告诉孙女："在学校要好好表现，听老师话，才能拿奖状。"

丹丹眨巴着圆圆的大眼睛，高兴地告诉奶奶："我天天帮助老师抹小凳子、擦黑板，都得到好多小红花了，我们班上，我是最多的，放假时，我一定能够得到奖状，奶奶你放心好了。"

丹丹确实没有让奶奶失望，到了期末放寒假时，抱回了一张大红奖状。奶奶张开缺牙的嘴，笑呵呵地拿着奖状去旁边的二叔家，眼睛瞟向二叔家的小孙子，叫二婶一同欣赏起来。

第五十五章
开展销会

高家坪乡所有村都通了公路，这时，乡长刘芳华长长地松了一口气，她坐在自己的办公室里，面对自己所管辖的土地，欣慰地笑了。她自言自语道："这下好了，蔬菜可以运出去了，丛菌可以卖高价了，老家的树木也可以运出去换钱了。"

修通了公路，她就考虑全乡的经济怎么进一步发展。当时，高家坪乡根本没有农贸市场，通乡的公路两旁就是临时市场，逢场日这天，刘芳华为了给乡政府食堂买菜，就在乡政府旁边的市场上转悠。放眼望去，公路两旁摆满了货物，卖菜的、卖米的、卖鸡鸭的，都摆在一起，鸡鸭叽叽嘎嘎的叫喊声、小贩的讨价还价声，伴随着过往的汽车轰鸣声，都充斥着耳膜，极不协调。

"有小偷，可能就是前面使劲奔跑的那个小伙子。"

有人在高声叫喊，跟在她身后的办事员听见后，撒腿就去追，但因为市场里人太多，根本追不上，在人群中间挤两下就看不见对方的踪影了。她看见一个年纪较大的农妇坐在地上哭："我刚刚卖一背篓菜的钱被小偷偷去了啊，呜呜。"

旁边的人叽叽喳喳："这些小偷也太可恶了，什么钱都偷。"

"是呀，这是新农村的罗大婆，他男人常年生病，全靠她一个女人家种菜生活的，她卖点菜的钱被偷了，真是作孽。"

"这是准备给我丈夫抓药的钱啊，老头子生病后还睡在家里，卖完菜后准备去乡卫生院抓药的。"

"哎呀，那太可怜了啊。"

刘芳华看着这一幕，心里五味杂陈，说到底，还是没有一个好的市场环境引起的啊。

刘芳华边思考边走到那位老农妇身边，对她说道："大姐，你跟我来。"

刘芳华带那个农妇去乡卫生院，要那个女人拿出药单，自己出钱帮她抓药，农妇对此千恩万谢。

过后，这件事像一根针一样扎在刘芳华的心尖上。她就去找县工商局局长赵闯汇报工作："赵书记，高家坪乡集贸市场是什么样子你最清楚，你走后，环境更加恶劣了。如今，小偷猖獗，特此央求老领导帮忙筹点资金，在高家坪乡建一个像模像样的农贸市场。"

赵书记望望她，笑着回答："你总是时不时想出新点子，这个事，我还要给分管领导汇报一下。"

"那我先代表高家坪乡人民感谢你，让老领导费心了。"

通过不懈努力，赵闯给她打电话通知："芳华，征得领导同意，可以在高家坪乡建一个大型农贸市场，你先将方案、征地等前期工作做好。"

"好的，好的，感谢老领导帮衬。"

项目落实后，从选址、征地，再到监工，她都亲力亲为。刘芳华通过多日走访，看上了与乡政府隔着一条小溪的罗家坪村的一个废弃小学操场，她马上去与乡联校校长协调："校长好，我来与你商量一件事，我乡想建一个大型的农贸市场，看上了罗家坪村一个废弃学校的操场，想得到你的支持。"

校长望了望她后，为难地答道："刘乡长，你说的这所学校与高家坪村小合并后现在确实空闲着，可是，这块地是罗家坪村的啊，我们学校管不了的。"

刘芳华笑着答道："这我知道，我自然会去协调，因为这地一直是教育部门用着，现在改变了用途，也要与你打个招呼啊。"

从乡联校出来后，刘芳华又去罗家坪村协调，村书记听了她的话后，没有出声，村主任说道："刘乡长，你是知道的，我们村还很穷，现在，又取消了各种税费，就更加没有任何收入了，既然乡政府看上了这块地，能不能给一点钱征收？"

她听见这话，马上回答道："确实，以前学校占地都是集体划拨的，而现在，村小合并了，土地当然是村集体的，可是，修市场也是方便老百姓，适当给一点钱算了。"

得到了这块地后，刘芳华就成立了修建市场工作组，他们自己购买建材，施工时进行招标，从几个竞争者中选出了一个信誉好、价格相对合理的工程队。施工时，刘芳华带领修建市场工作组成员，既要负责建材又要监督施工质量。经过差不多一年时间，高家坪乡的农贸市场终于建成了。

新修的农贸市场，分为粮食作物区、牲畜区、土特产区、蔬菜区，都是敞开式样的建筑，粗大的钢筋柱子上面搭建有很高的钢架大棚，用钢筋水泥柱子隔开，分成多个区域，一个区域中间划分很多摊位。

周边几个村的村民知道高家坪乡有这样好的农贸市场后，都前来赶场。他们看到设施齐全的新农贸市场后，兴奋不已，按照所划分的区域摆放自己的货物后，就叨叨个不停：

"高家坪乡政府做了一件大好事，我们现在再也不用将东西摆在公路上卖了，而且还不用日晒雨淋，真是方便了我们啊。"

"是呀，东西摆在公路上卖，一点也不安全，小偷太多了，现在好了。"

"听说是刘乡长向上级讨的钱？"

"恐怕是的，什么事到了她手上，就容易干好。"

人们很长时间都在议论这件事。刘芳华仍继续干她的工作。有一次，恰巧她又到分管经贸的副县长那里汇报工作，看见县经贸局局长也在那里，那个局长见她是熟人，也就没有避开她，给副县长汇报了关于选一个乡镇市场搞展销会的事。

她听了这事后，就真诚地请求县经贸局局长："我代表高家坪乡政府，欢迎县经贸局将展销会放在我们高家坪乡市场召开，我们那里刚刚修了农贸市场，周边有几个村的村民都来这里赶场，人气很旺。如果县经贸局需要我们乡做什么准备工作，我们一定按要求不折不扣地完成。"

局长听她这么积极地争取这个事，就高兴地说道："我们这个展销会，主要是推销经贸局所辖几个商场的东西，包括床上用品、衣物等，要拖到市场上去卖，希望乡长您支持。"

"那是一定的，这种双方都有好处的事，肯定支持啊。"

经贸局局长定睛看着她，轻轻说道："唉，我们以前也在别的乡农贸市场开过展销会，有一部分人专门偷展销会的东西，他们有一伙人，有的专门砍价，趁我们将注意力集中在讲价时，身后的人就偷偷摸摸拿东西。"

"竟然有这样的事？不过请你放心，我们一定会维护好商家利益的。"

副县长听了两人的对话后，好像想起了什么，对他们笑着说道："说到这里，我觉得还有一件事可以一起办。"

他们几乎异口同声地问道："什么事？我们一定全力照办。"

副县长便缓缓地说道："县农业局也想选一个乡搞展览会，但是需要那个乡搞出特色来，最好是有特色产品，譬如野果之类的供人品尝，然后搞推广种植试验。"

她听后，忙将这件事揽过来，对副县长承诺："我老家白壁岩村有很多野生产品，特别是当前，猕猴桃、八月瓜正是成熟季节，可以安排山上人弄些来，到时候供游人品尝。"

经贸局局长一听她是白壁岩村人，就连连点头，马上帮腔："我之前去过白壁岩村，知道那里有野生八月瓜，现在正是成熟季节。"

副县长见二人配合如此默契，便马上给县农业局局长打电话，建议他们将展览点定在高家坪乡。

就这样，她在副县长办公室落实了县经贸局和县农业局的展区。县经贸局主要是卖自己库存的东西，这不用她帮什么忙，现在，最关键的是帮助县农业局采摘野果。

从副县长办公室出来，她心里想着自己几个在白壁岩村的老年直系亲属，姑妈招工了，舅舅找了个守门的工作，唯有大伯与伯母还在山上，虽然有几个儿子，但基本上也没怎么管老两口。经销店前不久刚刚也被自己带人撤除了，当时自己掏腰包给过他们一点钱，但肯定用不了多久，何不为大伯寻找一些收入来源呢。

　　主意拿定，她又来到大伯家，一见面，大伯因为她曾经撤除了自己的小房子，就不愿与她说话，伯母更是不停地讲怪话。她没有理睬这些，单刀直入地问道："大伯，你知道哪些地方有野果采摘吗？"

　　大伯被问得莫名其妙，但他听清楚了她问的是野果，这可是自己的特长，小时候放牛、挖药材，哪座山没有爬过，哪座山有什么野果，他搞得清清楚楚的，大伯因为上次撤除小屋的事，虽然对她有怨气，但碍于面子，还是与她搭了腔："我知道很多生长猕猴桃、八月瓜的地方，那又怎样？要我带你去采摘吗？还是摘些给小外孙女带去吃？"

　　看大伯误会了自己，她便笑笑，对他说道："县农业局准备在我们乡开展览会，需要一些野果，是按斤两给钱的。"

　　大伯听后，情绪马上缓解了，觉得野果可以变成钱，那为何不赚，老人便高兴地一口应承下来："我明天就上山采摘野果去，我采摘好后，用麻袋装好，你们请车来拉。"

　　过了几天，她请车来拉这些野果，大伯笑嘻嘻地装车，几麻袋上车后，他将一小袋递给刘芳华："这是给小外孙女特别挑选出来的野果，你给她带回去吃。"

　　刘芳华没有推辞，笑嘻嘻地收下了。

　　展销会如期举行，县经贸局、县农业局都在自己的展区内展览自己的特色产品，县经贸局用那些花花绿绿的被子、床单、衣物，将自己的展区布置得满满的，使人眼花缭乱。县农业局在自己的展区内摆了从白壁岩村收来的野果，工作人员大声招呼着来展区观看的人免费品尝。这一天，高家坪乡市场里人山人海，热闹非凡。

　　刘芳华带来乡派出所和乡政府所有工作人员在农贸市场上来回巡逻，眼睛始终盯着那些在布料前企图有不轨行为的人，帮助来客协调矛盾，为好几个自行开展销会的单位保驾护航。人们喜笑颜开，奔走相告：

　　"今天，市场上好热闹啊，各种东西都有卖的，还可以免费品尝野果。"

　　"是呀，听说那些野果是白壁岩村出产的，很好吃啊。"

经贸局的人也很高兴："我们今天在这里没有丢失一件东西，所有东西都变成了现钱，太好了啊，下一个逢场日，我们还来。"

几个单位来的领头人先后握住刘芳华的手，连声道谢："刘乡长，今天非常顺利，谢谢你啊，希望我们下次再合作。"

"那是必须的。"

因为这次展销会的成功举办，为高家坪乡农贸市场赢得了好声誉，从此后，市场人气越来越旺，货物更加齐全。这样一来，老百姓产的东西变现更快。人们个个喜笑颜开。

第五十六章
制止偷树

　　县经贸局、县农业局的展销会在高家坪乡农贸市场成功举办，乡长刘芳华给前来这里开展销会的单位的干部职工留下了良好印象。送走了那些客人，她刚刚回到乡政府，乡林管站站长便急匆匆跑来，向她汇报工作："刘乡长，我们的工作人员在乡木材市场，发现白壁岩村那个之前送信的袁红兵老头在偷树卖。因为要他拿出砍伐证，他拿不出来，想没收他的卖树收入，他就一屁股坐在地上不起来，与工作人员耍赖。"

　　她很吃惊地问道："什么？你是说那个'红老头'竟然偷树卖？"

　　"是呀，起初我也不相信，但我跑去现场确认了，确实是他呀。"

　　刘芳华听了这话后，陷入深深的思索中，这个袁红兵，之前白壁岩村未通公路时，他负责上下联络，乡邮局给他开了一点工资，他每次从乡邮局取出报纸和信件，装入绿色的帆布袋后，总会跑去乡政府办公室一趟，主动问办公室主任："乡政府有给白壁岩村的村干部下的通知没有？"

　　"有啊，明天就要召开各村村干部会议了，正愁找不到人去送啊，你来得太及时了，不过今天晚上一定要送到凡书记家里。"

　　"那肯定的，你放心，哪怕爬到后半夜，我也会将通知送到的。"

　　"我知道你从未误过事，那就拜托你了啊。"

　　就在去年，大家都认为袁红兵多年来为乡政府免费送通知确实难能可贵，政府决定表彰他，自己还给这个被乡干部亲切地称为"红老头"的人颁过奖。

　　想到这些，她心里不愿意承认袁红兵会偷树卖的事实，但乡林管站站长又说得如此恳切，她决定当面去与袁红兵沟通一下。为了搞清楚具体情况，她与乡林管站站长马上开车回老家，通过与人座谈，她了解到，现在白壁岩村通车了，村民去乡里来往频繁，都是自己在乡邮局取信，乡干部去村干部家里，也可以开车上去，再也不用袁红兵送通知了。而且凡志远的儿子在外地打工，给他买了部"大哥大"，有什么事都是通过凡书记传达的。"红老头"失业了。

他们来到袁红兵家，彼此都是老熟人了，简单地寒暄几句后，刘芳华便直接进入主题："袁老伯，你以前心甘情愿地为大家付出，我们从内心都很感激你，我知道，你其实是很讲道理的一个人，但有人反映，你最近竟然偷树卖，有这回事吗？"

袁红兵叹了一口气，慢慢地说道："我为大家送信干了多年，但始终是一个临时工，现在老了，也没有退休金，我免费为乡政府带通知给村里，也没有要一分钱的补助，现在，我干不起重活，没有办法了，才偷树卖的。"

"你这样天天砍树卖，自己山场的树砍完了，还偷别人家的，山上的树就要砍光了，怎么能这样干呢？"

她反复给他讲道理，袁红兵生气地将头扭向一边，不再理她。他眼眶中满是泪水，嘴角抽动了几下，边哭边感叹道："命运捉弄人啊，我现在老了，你们清楚的，我没有子女，妻子也不知道怎么回事，竟然疯了，我真的是没有出路了啊，要不然，我哪会去干这丢人现眼的事，你要罚款，要钱没有，要命有一条。"

说完这些话，袁红兵有点不好意思，双手搓来搓去。刘芳华一抬头，一个坐在角落里的老妇人披头散发，正对着他们傻傻地笑。袁红兵看一眼老伴儿，便开口说道："你们也看到了，我现在没有了收入，又没有子女供养我们，两个老人要吃饭啊。"

说完这话后，袁红兵就再也不答话了。刘芳华看袁红兵家境确实困难，又联想起"红老头"的称呼，心中很尊敬他，但这样偷树卖毕竟不是正道啊。她心里尽管同情他，但偷了树总要处罚啊，她想了一会儿后，有了主意，便问袁红兵："你自己去种树，抵消你的罚款可好？"

袁红兵听到这话后，顿时愁容消散，眉头舒展开来："种树？好，我小时候就种过树。"

"那你这段时间就上山种树去，作为偷树的惩罚。今后再也不能砍树卖了啊。不然我就叫人守着你，没收你好不容易弄下山卖树的钱了。"

袁红兵脸涨得通红，连连点头称是。她见袁红兵确实可怜，况且，他这样一心为公的人都沦落到要靠偷树卖维持生活的境地，影响也不好啊。

而要让这个人发挥特长，最好的解决办法就是为他找点出路，让他有收入来源。她在头脑中想了各种办法，又一一推翻，过了一会儿后，她扫了一眼袁红兵，问道："你愿意守山吗？"

他眼睛睁得很大，很惊讶，然后，不假思索地答道："当然愿意。"

她便对乡林管站站长说道："你们林管站拿出一点钱来，要'红老头'守山。这样他既有收入，乱砍滥伐的现象又可以得到制止。"

"红老头"听到这里，便连连点头。

她见袁红兵动了心，为了使他一心一意守山，刘芳华又给乡卫生院打电话，要他们想办法将老妇人接去治疗。

之后的很长一段时间，袁红兵天天在山上种树。山里人知道后，觉得袁红兵交了好运，遇到了好人，他们逢人便说："袁红兵运气好啊，若不是遇到刘芳华，可能还在偷树卖，'老红头'的名称要被'小偷'取代了啊。"

"红老头"有了固定收入，守山尽职尽责，每天拿着柴刀上山，他不仅不允许无砍伐证的人砍树，还将树林下面的杂草砍得干干净净的，将那些用材林、野果树、有观赏价值的树木留着。这样一来，白壁岩村再也没有人偷树卖了。

袁红兵守山时，看着那些曾经被自己和偷树人砍下的树桩非常心疼，就将那些空隙处又补种了一些树苗。看到现在这个情景，老家人个个称赞刘芳华：

"刘芳华确实有办法，不仅制止了乱砍滥伐，保护了山上的树，重新栽种下很多小树苗，还给袁红兵找到了生活出路。"

"是呀，乡卫生院还把他老伴儿接去免费治疗了。"

"刘芳华做得对,她这样做,也让那些一心一意为公家办事的老人心里感到温暖呀。"

"像这样既种树又守山,要不了几年,白壁岩村就会绿树成荫,为子孙后代造了福啊。"

第五十七章
笔试入围

制止了白壁岩村的偷树行为,"红老头"也得到了妥善安置,刘芳华心里特别轻松。

她在高家坪乡从一般干部干到乡长,干一行爱一行,最终赢得了全乡老百姓的交口称赞。很多人曾经当面赞扬过她:"刘乡长,以你的能力,完全可以担当更大的重任。"

她听了这话后,微笑着回应:"我从一个农家子弟成长为国家干部,确实已经很不错了,但如果有机会的话,我还是会凭自己的实力尽力争取一下的。"

恰在此时,整个市所辖的区县,都在传播一些消息:

"这次要在全市公开招考后备领导干部了,想进城的乡干部机会来了啊。"

高家坪乡政府大院,消息灵通人士在传播这些消息,茶余饭后,很多乡干部在大院里面议论这件事。

刘芳华在思考这个消息到底是真是假。到了晚上,乡党委书记胡国安主持召开全体乡干部会议,安排工作后,胡书记眉开眼笑,他环视着自己的下属,轻轻咳嗽一声,然后故作神秘地向大家传达一个好消息:"同志们,我今天在县里开会得知,市里决定在所辖的三区两县中,公开招考后备领导干部。其中党外九人,笔试入围取二十七人;妇女九人,笔试入围取二十七人。"

当刘芳华确定这个消息是真的时,觉得老天好像有点眷顾自己。她向乡党委书记详细打听具体招考条件,当她确信是从全市所有行政、企事业单位在岗在编人员中招考时，便有点动心了。

当时，她的女儿正在城里上学前班，由在城里上班的妹妹照看着。眼看着就要上小学一年级了，她与丈夫都在乡下，双方的父母又都是农民，女儿的户口进不了城区，女儿也就进不了好学校，怎么办？孩子上学是摆在全家人面前的头等大事。

那时，乡政府干部很多是小县城里的人，孩子读书当然不成问题，就连那些不是城里人的乡干部，都在想方设法将孩子送入城里去读书。有的将孩子寄养在亲戚朋友家，有的在城里租房子，有的干脆两口子中抽一个人停薪留职陪读。

之前，她与丈夫李建设商量过这件事，李建设也觉得要想办法改变现状，准备在下半年丹丹快上一年级时，在县城租个小房子居住，好供女儿读书。

她得到这个公开招考的消息后，便奔回家与家人商量，李建设怕她有思想负担，就安慰她："你参加考试是好事，但不要将这件事看得太重，别到时候为这事搞垮了身体，实在划不来。"

婆母也跟着帮腔："是呀，你整天往村里跑，哪有时间复习，就怕没有考上，还累得一身病。"

她看家人都安慰自己，更加觉得要奋力一搏了。为了给女儿创造一个好的学习环境，也为了担当更大的责任，更为了有更多资源可以为家乡人民办实事，她孤注一掷了，买来有关书籍，奋力复习。

眼看离开考只有七天时间了，刘芳华每天还有繁重的工作任务，只有到了晚上，才有时间看书。白天劳累后，晚上看书经常打瞌睡，这时，她就用冷水洗一把脸，再将湿毛巾敷在额头上，如此反复。

她潜心复习，一字一句强记硬背。一本书大致内容记得差不多了，就再背第二本书，一本又一本，乡政府大院的一间小房子里面，她在灯下拿着笔和本子，将重点内容记下来，摇头晃脑，默默背诵。

尽管几乎是拼着老命去复习有关功课，她去县城参加考试时，看到本县那么多人去了考场，还是有点心虚。但她转念一想，既然已经上了考场，就要尽量考出好成绩。

于是，她深深吸了一口气后，沉着冷静地答题，先做那些一眼看去就能够做出来的题目，再做较难的，最后半小时才写作文，她结合这段时间强记下的书本知识，再联系自己多年来所从事的工作，下笔时有理有据，一气呵成。

考完后，她继续在高家坪乡政府工作。后来，办公室主任周春燕接到通知，刘芳华竟然入围了。在入围的二十七名妇女干部中，她排名第八。听到这个消息的一刹那，刘芳华简直不敢相信自己的耳朵，直到周春燕恭喜她时，她才确信这事是真的。

小县城里到处都在议论这件事：

"我县高家坪乡有个叫刘芳华的乡干部入围了，真是没有想到啊。"

"是的，听说还是个乡长，平时工作好多的，哪有时间复习啊。"

"要知道，这次入围的二十七名妇女干部中，除她外，全部是市直单位和县直单位的工作人员，她作为唯一一个乡干部，在众多考生中脱颖而出，真是不简单呢。"

她这次能够公选入围，无异于在平静的水面上投下了一块大石头，消息不胫而走，人们茶余饭后都在议论这件事，大多数人都替她高兴。

第五十八章
魔鬼训练

刘芳华笔试入围后，在县、乡干部中引起了轩然大波，他们茶余饭后议论了很长一段时间，倒是她自己很坦然，因为她知道，这次公选与历次不同，这次是公选的后备领导干部，没有固定岗位。而且笔试成绩只占总分的四分之一。要想成功，还有几道硬性关卡要闯过，最终能否如愿，还是个未知数，她也没有因为这件事而影响工作。

一天晚上，她刚刚从村里回到乡政府，周春燕就告诉她："刘乡长，我下午接到市委组织部的电话，通知你参加市委党校的强化训练，时间是两个月，要求脱产学习。"

刘芳华得到这个信息后，马上到乡党委书记办公室请假，胡书记想了想后，对她说道："你这一去就是几个月，我的担子更重了，还真不习惯，但既然市委组织部有要求，不去是不行的，况且，对你的前途也有好处，你安排好手上工作就去吧，毕竟机会难得，再努力一次，争取最后成功。"

刘芳华召集几个副乡长开了一个乡长办公会，将目前当紧的几项工作安排好后，就去市委党校报道学习去了。

市委党校坐落在一个小山包上，一条宽阔的公路通往校门口，走进大门后，是一个宽大的停车场。放眼望去，绿树成荫，在一条条林荫道旁，开满了不知名的鲜花，还有许多盆景和人造的假山、喷泉。一幢教学楼高耸在绿树碧水间，后面是住宿的地方和食堂。

刘芳华来到这里后，看到很多人在相互问候，只听见那些入围在一起感叹不已：

"我没有想到这样忙里偷闲地复习，竟然入围了。"

"是呀，我也是抱着试一试的心理参加考试的，没有想到还能入围。"

"那咱们以后就要在一起学习了。"

"是的，这是缘分啦。"

刘芳华报到后，被安排在一个三人间的小房子里面，放下简单的行李后，就去了写有"公选班"字样的教室。刚刚坐定，班主任讲完开场白后，就进行开班典礼，这时，市委组织部长亲自来到班上讲话："今天，我代表市委组织部恭喜各位入围了，你们给干部公选工作带了个好头，我感谢你们。"

领导和气的几句话，迅速活跃了严肃的气氛，这时，部长继续说道："接下来的两个月，就是一系列的魔鬼训练：每天上完理论课后，要马上拟出几个自己的观点，然后，当着全班人的面，一一解答。每间隔一天，市委组织部还会请专业评委来评审，到时，你们还要当着那些评委的面，按要求答题。然后各位会被分到各区县进行实习，写调查报告。"

同学们听到这里后，开始轻声议论起来："那怎么搞得好啊？"

"慢慢适应，一天天提高，我相信，一个月后，你们人人都是能说会道的高手；两个月后，个个都是统领百万雄兵的大将。"

组织部长的讲话，激励着公选入围的这些人。领导讲完话后，班主任又强调了有关学习和生活纪律："我们一定要按照市委组织部的要求，统一上课，统一住宿，统一开餐，没有万不得已的急事，不准请假。"

之后，紧张的强化训练便开始了。俗话说得好，"上了花椒树，就别怕麻。"刚刚开始时，刘芳华尽管当过乡镇主要领导，经常上台讲话，但去临时考场答题的路上，她一双腿还像筛糠似的，路都走不稳。开始那一次，她完全是别人搀扶着走进答题场所的。

她知道，在这一轮魔鬼训练中，每次答题，都是要计入总分的，理论分也占公选总分的四分之一，所以答题时，她都小心翼翼的，经过几次训练后，才慢慢适应。魔鬼训练结束时，她由于开始那次答题时紧张，分数太低，便将整个理论分拉得很低。

这样一来，这时的笔试和理论分加起来，在二十七人排名时，她从第八名迅速滑到了第十一名。得知这一结果，她很失望，但她还是坚持着，想在下面两项竞争中努力多拿点分。

得知她在这一阶段的排名后，之前那些嫉妒她的人，就更加得意了，还借机笑话她。

那些连讥带讽的话，她也多多少少听到一些，但她没有退缩，而是按照组织安排，在全市统一理论培训后，又强迫自己打起精神，去永利县进行交叉实习。

她和分配在农业组的那个男党外干部，每天拿着市委组织部开出的介绍信，到永利县的涉农单位，与工作人员座谈，了解当地的实际情况，查找有用资料。

这样的日子过去一个多月后，他们分别结合永利县实际，写出了翔实的调查报告。这个调查报告，同样占总分的四分之一。她分配到的调查报告内容是写有关农业方面的。

她熟悉农业，再加上这些天时时往有关单位跑，笔记记得密密麻麻的，数据准备得很充分，资料也很翔实。她结合永利县实际，从基本情况、现状、存在问题、建议等方面引经据典，很快就写好了调查报告，她觉得，自己在这个环节肯定会得高分。特别对自己最后建议方面提出的几个新观点很满意。

但是，一个分配在公共事务组的同学知道她是学农的，又长期与农业打交道，写调查报告就是强项，就时时接近她，在一次她修改调查报告时，看到了这个报告的内容。刘芳华觉得两人所写的方向不同，也没有在意别人看见。

后来，那个同学先于她向市委组织部交上了调查报告。当她交上自己所写的调查报告时，市委组织部带队的工作人员扫了几眼最后所提的建议，眼神复杂地看了看她。最后，她的调查报告没有得高分。后来，她从小道消息中得知，她之所以没有得高分，是因为所提出的建议与那个同学雷同。最终的结果是，她三项成绩加起来，总分并不高，排在第十二名。

第五十九章
面试成功

公选进行到第三阶段，刘芳华的名次不仅没有上升反而往下滑了，面对这个现状，她也只能尽力了。她觉得，既然参加了公选，不到最后关头，绝不能放弃。假如最后这次面试成绩不理想，这次公选就算了吧。如果面试成绩好，说不定就成功了呢。从第十二名到第九名，是有先例可循的，自己无论如何要拼一次。

这时，丈夫李建设劝她："所谓面试，有很多搞关系的因素在内，你不要太执着了。"

她反驳道："不排除人为因素，但更多的是靠自己的实力。"

他笑笑："我知道，你是不撞南墙绝不回头的。"

她找来有关面试的书籍，刻苦钻研。她仔细分析那一大本面试资料，认为整个市，包括面试前所实习的永利县，都是农业大市和大县，那自己就在农业领域多做文章。

有些消息灵通的好友告诉她："这次面试，评委所问的题目都是与自己实习所在地有关的。"

她听到这话后，告诉好友："我那时被分配在永利县实习，那就准备与永利县农业有关的问题。况且，我写的调查报告，也是与永利县农业有关的情况。"

主意拿定，她精心准备了与永利县及农业有关的面试题，还准备了与弱势群体等有关的几个题目。

面试之前，她做了一身衣服，红上衣、黑裤子。面试那天，当她穿着这身衣服等待面试时，她看见那些与她一样的面试者，都穿着从品牌店中购买来的套装和套裙，她觉得自己落伍了。

这样的意识让自己更加紧张，当喊到她的名字时，她的心突突直跳。她深吸了一口气，才稳住情绪，慢慢走上面试席，扫了一眼评委，感觉没有一个认识的。再次深吸一口气后，她握住笔，等待评委们问话。评委们一个一个问她问题，都是与永利县农业有关的。有的题目她准备得充分些，就详细回答；有的问题她似曾相识，就简短回答。

面试正在有序进行，猛然间，其中一个评委好像专门要考察她的实力似的，问了一个超出范围的问题："假如你是安定县一名分管农业的副县长，你如何做？"

刘芳华以为自己听错了，又问了一下评委题目，当确信是这个题目时，她一头雾水，心想这下完了，没有准备这个内容啊。其他评委听到这个问话后，也面面相觑。

面对这种情况，刘芳华迅速调整好情绪，在头脑中搜寻着安定县的现状，安定县与永利县一样，都是农业大县，除一些基本数据说不清楚外，还是与自己的专业挂上了钩。主意拿定后，她缓缓答道："假如我是安定县一名分管农业的副县长，我首先会摸清楚情况，再选好一支队伍，因地制宜制定好本县的农业规划……"

当刘芳华答完这个题目后，规定的面试时间已经到了，她之前曾经听说过，面试是当场亮分的，但是这次，评委们竟然没有当场给出她的面试分。她感觉自己这次彻底完了，就失望地走出考场。

她苦闷、彷徨，不知道未来的出路究竟在哪里。她没有方向地在外面走来走去。而这时，下一个面试者还未上来，统分的间隙，那些评委在争论：

"这个面试者还真有两下子，面对困境竟然能够扭转乾坤，真心不错。"

"没有按照所问的回答，东扯西拉，回答得不是很规范。"

"你也不问问自己，为什么要问这个超出范围的问题，她其实答得不错。"

"她是唯一一个从乡镇考上来的，将来的发展空间更大，还不是想考考她的实力，既然大家都认为她回答得好，那就给出高分。"

刘芳华从考场出来，走了一会儿后，便无意识地坐在外面的草地上，等待着命运对自己做最后宣判。面试虽然只有那么短短的十多分钟，对于她而言，仿佛经历了几个世纪那么漫长。

不一会儿，工作人员当场宣读了她面试的得分，竟然是全场最高分，这样，她的综合成绩从第十二名迅速上升到第七名。她成功了。

知道这个消息后，刘芳华喜极而泣。要知道，这对于其他人而言，可能只是一次工作与职务的转换，可对于她与她家而言，就是一次命运的转机啊。她当时的唯一想法是，丹丹终于可以在县城读书了。

公选过后，有消息不断传入她的耳中。那入选的十八人，大部分提了职，有的直接担任了县直单位的一把手。高家坪乡党委书记胡国安曾经给她建议：如果组织部门来人征求意见，你一定要说自己愿意挑更大的担子。

没过几天，县委组织部来人考察她了，那些同事都说她有能力，为人也好，并举例说她管了多年的食堂伙食，账目清楚明白，食堂伙食是良心账，大伙儿交相同的钱，不同的人管理，开餐的标准怎么样，每人心里都有一杆秤。

当征求她的意见时，她说只要进城，行政或者参照公务员管理单位，任何职务都无所谓。

没想到，考察后的第二天，困扰她多年的胆结石发作了。刘芳华不得不去医院治疗。在市人民医院，由内科转入外科，外科主任观察她的病情后，要求她必须马上手术，而且不能在市医院做，要立即去省医院。在市人民医院外科主治医生的帮助下，她当晚请车去了省医院。李建设拿出家中全部积蓄，还借了乡政府的一些钱，为她治疗。

这时候，有人趁机告她的状，说她身体有问题，不能胜任更大的职务，只能安排一个清闲单位，过养老般的日子。

组织部门又来人调查，看她到底得的是什么病，当得知只是胆结石，而且已经治疗好了时，就认为她身体没有大的毛病，可以担当适合她身份的职务。

第六十章
环境恶劣

刘芳华公选成功了，她很高兴，终于就要进城了，孩子入学眼看就有着落了，但真正要离开自己的家乡，她又有点舍不得，趁组织部考察、公示的间歇，她想为家乡多做一点事。

当时，其他地方的旅游都发展起来了，面对生养自己的白壁岩村，她觉得一定有文章可做。刘芳华清楚地记得，自己老家的后山上，有一大片杜鹃树，每逢"五一"前后，都会开花，粉红色的、紫红色的、大红色的、白色的，应有尽有。曾经有一年"五一"期间，她回老家办事，亲眼看见一个队旗上写着"星光大道户外运动俱乐部"的户外队伍，组织了几十个人来山上游玩。他们在花树间流连忘返。

白壁岩村有好几个山头遍布杜鹃树，她想在这些树上做文章。

主意已定，她来到白壁岩村，与几个村干部商量："我看很多地方旅游业发展起来了，我们这里有满山的杜鹃树，能不能在这些树上做一下文章？"

那些村干部望着她，疑惑地问道："怎样在杜鹃树上做文章？"

她扫视了在场的村干部，缓缓地说道："我有个建议，不知道可行不？"

"什么建议？"

"从村里工作经费中拿出一点钱，给袁红兵适当补助。将那几个山头的杜鹃树专门留出来，再利用媒体宣传出去，来年一定会有人来看花。"

"会有人来看花吗？"

"肯定有。"

拿定主意后，她便带着老家的村干部去山上找到袁老头，袁老头听了她的规划后，也很高兴，说自己马上就可以搞起来。

袁老头夜以继日地砍掉杂树，一段时间过去，杜鹃树终于从杂树丛中显现出来了。此后，杜鹃树周边的农户看到了商机，纷纷办起了农家乐。取名"灿漫山花农家乐""杜鹃花树农家乐""漫山红遍农家乐"等。

看别人的农家乐办起来了，罗有利也跟风，将自己的房屋改装后，也办了农家乐。仗着家中有几弟兄，有一天，他故意挑衅，借机将其中一户办农家乐的农户打伤，伤者去县医院治疗后，他不闻不问，刘芳华得知情况后，就带着包村干部去调解，但罗有利哪里肯听，他们调解了好几次，他还是不听。

她想，要对付罗有利，必须下狠招。刘芳华带着伤者在治疗的县医院做了伤情鉴定，结果是轻伤。为了慎重起见，她又拿着病历去找法医，得到的结果与县医院相符合。她又去派出所找刘利民所长，翻看罗有利的案底，并一一记在随身携带的一个小本子上。

掌握了第一手材料后，她带着乡司法员再去白壁岩村，找罗有利协调，乡司法员问他："罗有利，你知道自己做错什么了吗？"

"我没有做错什么。"

刘芳华拿出法医鉴定书的复印件，对他严厉地说道："罗有利，你最好自己找律师咨询一下，你还有别的案底，数罪并罚，要坐多少年牢。"

罗有利的母亲照常喋喋不休地骂人，他们懒得理睬，说完这些话后，就走出了罗家大门。

他们刚刚从山上下来回到乡政府，牛角湾村主任匆匆忙忙来找她："刘乡长，我村正在办一个红薯粉丝加工厂，合同中规定，建厂房完全由投资商负责，但本村的村民要参工，农用车要强行参运，希望你去帮着解决一下。"

她又带着乡司法员，急忙随牛角湾村主任去村里调解，在路途中，她问村主任："老书记呢？他的工资有着落了吗？"

村主任哭丧着脸，告诉她："唉，有明书记的任职年限当时算错了，我们已经去县委组织部核实清楚了，现在，他每月有点固定补贴，村里面聘请他为治安员，也给他开了一点工资，基本生活应该没有什么问题的。前天，他生急病住医院了，他要是在家，那些人哪里敢胡闹啊。"

几个人才进入村口，就听见叽叽喳喳的吵闹声：

"这厂房是我的承包地，我的大货车说什么都应该参加运建材。"

"这公路占了我的承包田，我为什么不能参运？"

"他们运东西要从我门前过，我为什么不能在这里干活？"

一辆装满水泥的大货车开进厂房附近，这时，从一家农户中走出一个年轻男子，将一张饭桌搬出来堵在了货车必经的公路上。大货车眼看就要撞上桌子了，司机一个紧急刹车才停下来。后面的车辆紧跟着急刹车，不一会儿，车辆停靠着排起了长龙。之前那些围着建筑工头吵闹的人都随着来到堵车的地方。

刘芳华一行人赶到时，车辆已经排了不少，司机、村民、厂方的人，已经将公路围得水泄不通。她一看围桌子者是唐新贵，就劝他将桌子搬开，但是他哪里肯听，还讥笑她："我们打交道也不是一次两次了，刘乡长，你都是要走的人了，还管这些闲事干什么？"

"我在这一天，就要管一天的事，我劝你将堵车的饭桌撤了，不然，你要负法律责任的。"

司法员也跟着她劝说："是呀，有什么事好好说，不要搞这种事，你看后面的车辆都堵在这里，像什么话，再说，你这样强行堵车，也是要负法律责任的。"

后面的司机、车辆中间的人都在大声喊叫："堵了这么久，我还要去办急事啊。"

这些人吵吵嚷嚷时，刘芳华还在继续给他讲道理，众人猛然听到一声大吼："谁允许你们私设栏杆的？赶紧放行，我才出去几天，你们就无法无天了是不是？"

那人边吼边跑到桌子边，不管不顾地将那张桌子掀开了。

村主任一看掀桌子的人是王有明，非常高兴："老书记回来就好了，我终于可以松一口气了。"

关于处理牛角湾村农户阻工一事，刘芳华问老王书记是否需要帮忙，老王书记大手一摆，但刘芳华觉得仅仅制止了这一件事还不行，当场碍于老书记的面子，她忍着没有说话。待公路畅通后，刘芳华就这事与老王书记商量，必须以此为契机，召开全村群众大会。老王书记思考了一阵后，也觉得有必要。

当天晚上，牛角湾村主任将村里红薯粉丝加工厂周边的群众召集起来，刘芳华带着乡司法员向所有人宣讲有关法律，并将阻工特别厉害的唐新贵由乡派出所带到现场，现身说法。

他们从牛角湾村回来，听见乡政府干部在食堂吃晚饭时，议论纷纷：

"很多人反映我们这里的线路车上小偷好多，经常发现钱被偷，我今天在乡派出所办点事，就看见好几个人报案说自己的钱被偷了。"

"是的，听说还是团伙。"

"他们不光在车上偷，还在逢场时，专门往人多的地方挤，刚刚整顿好的市场环境又恢复到过去的老样子了。"

"我还听说有一帮专门打群架的，也来到我们乡了。"

"那得好好治理了。"

"怎么治理?"

那些人看她来吃饭，就遗憾地说道："刘乡长，可惜你要调走了。"

"怎么一回事?"

"我们刚刚说到小偷猖獗，还有一帮专门打群架的，要是你还在这里工作就好了，那些人就能得到治理了。"

"啊?对我这么有信心?"

"那肯定的啊，只可惜你要走了。"

第六十一章
主动严打

刘芳华听到乡干部们说的这些话后，陷入深深的思索中，她在纠结：自己马上就要走了，不管这些麻烦事任何人都能理解，但她反过来一想，正因为自己要走了，为什么不能为这个生养自己的乡留下一个好的治安环境呢？对比在这里长期工作的同事，自己更有优势打击黑恶势力。

从近段时间连续发生的这些事中，她觉得本乡的黑恶势力实在太猖獗了，必须严厉打击。说干就干，她立即去县委向县政法委书记反映这个情况，县政法委书记看她一眼后，问她："你是马上要离开的人了，为什么还要主动管这些棘手的事？"

"正因为要走了，我想给高家坪乡留下一个好的治安环境。"

县政法委书记赞许地点点头，马上答复她："刘乡长，你调查一下你们全乡的具体情况。"

"好的。"她坚毅地答道。

当时，乡党委书记临时到外地学习去了，她主持工作，便及时召开乡干部会议，在大会上，她严肃地对同事们说道："同志们，今天将大家召集起来，就一件事，那就是我们乡村两级，务必摸清黑恶势力的底子，希望大家抱着对党对人民高度负责的态度，实实在在摸清情况。"

她扫了一眼台下，郑重告诫："各位，在摸底子时一定要掌握好尺度，千万不要漏掉一个作恶多端的坏人，也不能趁机打击报复那些曾经与自己意见不一致的好人，对村干部报上来的情况要一个个排查、把关，拜托大家了。"

那些参加会议的乡干部听到这话后，就叽叽喳喳议论起来：

"这不是政法部门该做的事吗，怎么安排我们这些人干？"

"那些坏人是应该遭到打击。"

她用手势制止他们，缓缓地说道："不错，这确实是政法部门应该管的事，但他们要打击的对象从哪里来？他们平时确实也掌握了一些情况，但是否全面？据我所知，肯定是不全面的，所以，拜托大家务必深入各村组去翔实地摸清情况，在两天之内，将整理出来的情况统一交到乡政府办公室主任周春燕手里。各包村干部务必搞好这项工作。"

散会后，乡干部们都迅速投入到自己的村开展工作。两天后，各村都将情况送到了高家坪乡政府办公室，并要周春燕签收。

刘芳华到办公室查看全乡的统计数据，不看不打紧，一看吓一跳，全乡的黑恶势力五花八门：有村霸路霸，要在工程中强行参工参运的；有打架斗殴的；有偷盗的。她要周春燕进行详细分类，然后对照着上报资料，分别将乡干部安排到各村。

她做完这些准备工作后，就去找县政法委书记：

"书记，这是我们高家坪乡黑恶势力的所有名单，请求领导给我们支持，一举铲除这些危害社会的毒瘤。"

县政法委书记翻看着这些详细名单，还有每个村安排的乡干部，就笑着告诉她："小刘，你今天来得正是时候，我们准备在一个乡突击进行严打示范，既然你已经摸清了底子，又有细致的安排，那我们就从你们乡开始。"

书记又仔细翻看了一下她的安排表后，对她说道："你也准备好了，那我们就事不宜迟，干脆就定在明天晚上七点半吧，关于严厉打击黑恶势力工作，你要做的事是——保密，并组织好配合政法人员的工作人员，到时，你们各村还必须有村干部带路去抓捕对象家。"

她从县政法委书记办公室出来后，马上召集乡干部开会，要他们明天迅速分赴到各村去通知有关村干部，务必在晚上七点前赶到乡政府开紧急会议。那些乡干部忙问："有什么紧急任务？"

"到时候就知道了。"

乡干部都去了自己所联系的村通知，刘芳华也去了自己联系的樟树岗村，当她通知村书记和村主任开会时，他们疑惑地问她："刘乡长，是什么紧急事？这么着急开会？"

"晚上就知道了。"

第二天晚饭后，村干部三三两两来到会议室，七点钟，所有得到通知的村干部都到齐了，他们相互询问到底有什么紧急任务，所有参会人员都摇头表示不知道。

不多一会儿，县政法委书记带着一大帮公安干警也来到高家坪乡会议室，政法委书记一到场，马上向刘芳华交代几句，然后，她便严肃地向大家宣布：

"请参加会议的人员将通信工具统统交到主席台来。"

听见她所说的这句话后，所有人便拿出自己的手机交到前面，工作人员按照到场人员一一进行了登记。

做完这项工作后，她按照以前分配好的乡干部，每个村再配齐刚刚来的政法人员，然后将人员名单拿给政法委书记，书记看了后，点点头，才开始宣布："今天，把各位请来，是突击抓捕危害乡村的违法犯罪分子，严厉打击黑恶势力。"

说完这话后，他示意刘芳华宣布去各村的工作人员以及各村的临时负责人。

她将每个工作人员对应的抓捕对象名单，交到刚才安排的各村临时负责人手上，然后便将这些人分别送上车，一一奔赴下村。

刘芳华在乡政府办公室坐镇指挥，随时处理反馈上来的矛盾。办公室主任周春燕始终守在电话机旁，以便及时给她汇报情况。不多一会儿，各村纷纷传来战果：

"白壁岩村的罗有利被抓捕归案了。"

"牛角湾村的唐新贵收审了。"

……

大约一个小时后，全乡行动结束，绝大部分黑恶势力都被抓捕归案了。然后，那些工作人员以及村干部才来乡政府取回手机。

消息迅速传开，人们欢欣鼓舞：

"这次的行动搞得好，神不知鬼不觉，将那些坏人都抓走了。"

"是呀，抓捕时，那些人还不知道是怎么一回事，就被戴上了手铐。"

"听说刘乡长早就接到通知，安排得妥妥帖帖的。"

"有可能，她干事历来漂亮。"

几天后，她又组织了一次这样的严打，就这样，高家坪乡的黑恶势力逐渐消除，整个乡风清气正了。

这时，高家坪乡的人们更加高兴了："刘乡长都是要调走的人了，为了给家乡留下一个好的治安环境，简直豁出去了。"

"是呀，外面办场、搞投资的人也可以放心大胆地来了。"

第六十二章
居有定所

刘芳华公选经历了理论学习的魔鬼训练，去邻县实地学习，撰写调查报告，面试，体检，政审等相关程序。可谓过五关斩六将，终于取得了成功。

现在正在公示期，马上就会调入县城工作。这段时间，刘芳华组织严打黑恶势力，为高家坪乡创造了一个好的治安环境，老百姓过了一个平安年，全乡大多数人对她赞不绝口。

女儿的学校也有了着落，全家人都很高兴。可是，举家迁往县城，住在哪里？这是她家面临的现实问题，唯一的解决办法只有寻找房源。

关于这件事，刘芳华征求李建设的意见："我们到底是买房子还是租房子住啊？"

李建设思考了一阵后，果断回答："还是买房子住，这样一劳永逸，一个家搬来搬去很麻烦，如果要租就租政府的廉租房。"

主意已定，他们就开始行动。周末的一天，刘芳华和丈夫李建设在县城大街的墙面上、电线杆上、公路边的树上寻找那些卖房广告。看到临护城河有间房子，价格不是很贵。他们统计一下手中的积蓄，虽然还远远不够，但想着可以贷款，就决定看一下去。

两人商定好后，就对照着号码打了电话。对方告知了他们房子的具体位置。两人骑着自行车赶过去。一个女人站在公路边接他们。

三个人一起来到这栋楼房的大门口，径直走进去，刘芳华抬头一看，楼梯间的白色墙壁已变成了暗绿色，而且大斑块一块连着一块。她心里微微有些不快。

主人开了旁边一楼的房门。他们走进屋一看，是个两居室，每间房子的墙面都有暗绿色的斑块。房子里面脏兮兮的，没有一件家具。她见状，就小心问道："这房子是不是被洪水淹过？"

那个房子的女主人见瞒不住，就如实回答："是的。"

刘芳华透过窗户玻璃往外望去，护城河水静静流淌。房子离河岸很近，河岸没有防洪堤。她自言自语道："不一定什么时候洪水就会来啊。"

女主人发出轻蔑的笑声："你不知道这样的洪水是百年难遇的？怎么可能有第二次？"

李建设与妻子交换了一下眼神后，坚定地说道："你这房子再好，我们也不要了。"

又是一个下雨天的晚上，刘芳华和李建设经人介绍来到一栋小高层的住宅。刘芳华一眼望去，左边在建高楼大厦，右边是大商场，这栋楼房插在中间很扎眼。

介绍人在三楼敲门，主人打开门，与介绍人打了招呼后，就将他们让了进去。主人叫他们坐，刘芳华发现客厅里只有一张单人沙发，摆了一张小餐桌后，已经没有多少空间了。

那两居室，每间也刚够摆下一张床。厨房只有一个单孔液化气灶，一个木质的小碗柜挂在墙上。一个小角落的厕所墙上挂着喷头。多来几个人，房间就转不过身，他们觉得这样小的房间太压抑了，就推说钱不够。

又过了一天，同样是晚上，他们来到县农业局单位宿舍。据中间人介绍，这栋房子前几年刚刚折价卖给了个人，主人刚刚按揭买了新房子，准备卖掉这栋房子。

他们和介绍人一起来到这个集体宿舍，远远看到一个大院子，有绿化带、公用停车场。面对这样的居住环境，他们很满意。

他们来到四楼，介绍人轻轻敲响房门，一个戴眼镜的中年人出来开了门，中间人给他们介绍："这是县农业局办公室的胡主任。"

胡主任叫他们坐，他们看见房间很干净，也较宽敞，堆放着很多已经打了包的东西，刘芳华见状，就问道："胡主任，准备搬家了？"

中年人推了推眼镜，笑笑："是的。"

双方谈好了价格，他们就筹钱去了。又过了两天，当他们再次来到胡主任家时，胡主任不在家。当他们说是送房款时，女主人感到莫名其妙。刘芳华便做自我介绍，当说到这个房子时，女主人很气愤地告诉他们："啊，我明白了。告诉你们吧，我侄儿快结婚了，明明没有房子，我家老胡还想着卖掉，我与他吵了一架，给再多的钱都不卖了，要留给我侄儿结婚用。"

他们只好悻悻而归，继续满大街找房子。最后，听说有人转手廉租房，只好花钱转得一处廉租房，一家人才搬进小县城，安顿下来。

女儿随刘芳华将户口迁入了城市，顺利入学。虽然住的是花钱转来的廉租房，但总算在城里面有一个落脚的地方了，一家人自然很高兴。因为这事，很多人又有了饭后谈资：

"她进了城，女儿读书的地方也有着落了，真是好极了啊。"

"你还别说，刘芳华还真考上了，她确实有几把刷子。像这种考试，四次的成绩加起来才算总成绩的，确实值得佩服。"

亲朋好友都向她祝贺：

"恭喜恭喜，过五关斩六将，不容易呢，现在，守得云开见月明了。"

"一家人有了固定居所，确实可喜可贺。"

李建设笑嘻嘻地说："面试那天，我为你捏着一把汗，没有想到你还真成功了。"

婆母也笑得合不拢嘴："我老了老了，还当了一回城里人。"

女儿翘起小嘴问她："妈妈，我真的可以在城里的学校上小学吗？"

"当然。"

父母知道后，买来发财树，带着弟妹们来到她的新家道喜："这下好了，外孙女有好地方读书了。这房子虽然旧点，但在市中心，买什么都方便。"

为了联系方便，她将原来那部经常修的旧手机换掉，买了一部新手机。

第六十三章
土地确权

春节过后,刘芳华如愿进了城。当她去县委组织部取调令时,县委机关很多认识她的人都恭喜她:"芳华,你从乡镇进了城,还担任了大单位的正职,值得庆贺。"

她真诚地回答:"承蒙组织关心、朋友帮衬。"

她拿着调令,满心欢喜地去了安定县农业局报到。

她一走进县农业局,几乎所有班子成员都在办公室等着她的到来。胡主任看见县委组织部长送她来后,很惊讶:"你就是大名鼎鼎的刘局长?以后多多关照。"

即将调离的杨局长,以前办展览会时就与她合作过,看她来了,便告诉她:"我就要走了,以后这个县的农业就看你的了。"

她谦逊地回答:"我才疏学浅,有很多东西还要向老领导请教。"

她觉得自己肩上的担子更重了,有很多东西还需要学习。向书本学,向同事学。

上任伊始,她就下到各站所,分别找副职和各站所负责人谈话,在很短的时间内,就基本了解了本部门的现状。然后,她将班子成员和全体干部进行了大体分工,放权给那些副职。

她刚刚将人员安排好,上级就通知她去市里开会,在会议上,上级领导安排了工作:"同志们,春节刚过,今天把大家叫来,是有一项非常重要的工作,那就是土地确权。所谓土地确权,具体就是对农户的承包田地进行登记后，予以颁证。这项工作时间紧，任务重。希望大家抓紧时间，保质保量完成任务。"

刘芳华回来后，及时召集班子成员开会，传达会议精神，那些副职很不理解，嘀嘀咕咕：

"这不是归国土部门管的事吗，怎么到我们头上来了？"

"是呀，又不是种什么作物，宣传什么新技术。"

她将领导在大会上说的话转告了这些人，之后，关于怎么将本单位干部职工分配到各乡镇，她再次征求了大家的意见，这时，参加会议的人又七嘴八舌议论开来：

"各乡镇情况不一样，有的田土多、山场广，有的相对来说少一些。"

"是呀，如果到户了，情况更不同，有的已经将承包田地修了房子，更有人将承包田卖给了别人，问题五花八门。"

"是的，问题千头万绪，每个乡镇的工作量也不同。"

她听了这些话后，轻轻咳嗽一声，对副职们说：

"这项工作时间紧，任务重，我们每个干部职工都要分赴下去，联系指导乡镇开展好这项工作，班子成员更要带好头。"

"我们是指导单位，执行的主体应该是各乡镇政府吧？"

"不错，主体是乡镇政府，但是，如果我们不沉下去，怎么去指导？"

那些副职看她说得坚决，就沉默了，她继续说道：

"同志们，土地，可是老百姓生存的根本，我们一定要指导各乡镇掌握好政策，把握好尺度，公平对待所有人。"

"刘局长，我们从哪里开始下手？"

她扫视了一遍那些下属，缓缓说道："我们先在县档案局找出各乡镇每个村原来分到户时承包田土的底子，下去后，依照这个底子填写土地承包确权证。再按照现有土地实际情况，绘制出田地的真实图形。"

她对照着全局干部职工名单，按照分管其他事务的多少、职务的高低、年龄的大小，分别安排乡镇的远近。然后告诉参加会议的人，自己主抓这项工作，并带头搞好高家坪乡的土地确权。

那些副手和各站所负责人看她自己事情那么多都主动承担一个乡镇的任务，就很爽快地答应了所分配的乡镇。

说干就干，刘芳华率先在自己工作过的高家坪乡办试点，带着专业人士，依照原来"三山变一山"时的底子，对山场进行绘图，先弄清楚这个村与邻村的分界线，再绘制农户之间的界址。每天忙得几乎没有喘息的机会。

她在工作之余，还注重学习，学业务，学用人。

她将这项任务分配下去后，不光自己带头在乡镇搞试点，还抽空去各乡镇不定期检查，帮助解决实际问题。

以前分田时，同样的人没有一样的面积，老百姓知道这次要确权了，就要求重新丈量田土，她之前工作过的高家坪乡樟树岗村，其中一个组的大部分土地都租给了别人，有的办砖厂，界址填埋了；有的租给别人种大棚蔬菜，田坎也毁坏了。她带着专业人员，对照底子，按照老百姓对自己田地的描述，还原以前的田地形状，绘制出现有的图形。

经过她亲力亲为，带动了县农业局一大批人。大家共同努力以及各乡镇的配合，终于完成了全县的土地确权任务。分管的副县长得到了县长的肯定，她也同样得到了分管领导的欣赏，她很满足。人们又在赞扬她：

"这次的土地确权，若不是刘芳华这样盯着搞，哪能这么快就完成任务。"

"是的，她什么事都干得漂亮。"

"那是她责任心强，时时将这事放在心上。"

"她处理问题将良心放在正中间，非常公平。"

农户更加欢喜，逢人便说：

"有了这个小红本，别人再也争不去我的田土了。"

"是呀，这下界址清清楚楚的了。"

第六十四章
发展经济

　　刘芳华带领县农业局一帮人搞好了各乡镇村农户的土地确权后,全国上下正在搞精准扶贫,他们当然也积极行动起来。县农业局首先带头承担全县贫困户的农业技术培训和推广,发展新型农业合作组织等。

　　当她在县政府开会后,回来在班子成员和各站所负责人会议上传达会议精神时,一些人有点不相信似的:"什么?要我们人人参与扶贫,那不是有专门的机构吗?"

　　"我们到农户家去扶贫,我们能为他们做什么事?"

　　她解释道:"贫困户不脱贫,小康社会就难以实现,我们县农业局本身就是与'农'字打交道的,去扶贫,也不是完全脱离专业。况且,这是上级的要求,全县统一行动的,我们的主要任务就是对贫困户进行农业技术培训、新技术推广,引导贫困户发展产业。"

　　会后,领导成员、各站所负责人都分配到相应村的农户家进行一对一帮扶。之后,还要求所有干部职工帮扶贫困户,干部职工下去后,感觉没有什么合适的项目进行帮扶,就向她反映这个现状。她反复思考后,觉得大家说的话有一定道理,确实,干部入户后,不知道从哪里抓起,养鸡、养猪这些适合老百姓的传统项目都是县畜牧局统管的,现阶段,县农业局还没有适合老百姓的项目。

　　于是,她向分管的副县长汇报,建议农口战线搞一个自己的项目,领导要她做一个方案,她决定去农口专家周洋那里讨教,周洋见到她后,感叹不已："时间过得真快啊,你都当局长了。"

周洋看身为局长的刘芳华亲自上门讨教,非常激动,当即给出建议:"可以对发展种植业达到一亩以上的,实行奖励。"

"那就叫'一亩园经济'怎么样?"

"很好,所谓奖励,就是无偿供应果树苗、化肥、种子等物资。"

刘芳华得出一个好名字后,作为农业局一把手,就紧急召开各乡镇分管农业的副乡镇长大会,她在这个大会上首先发言:"同志们,发展'一亩园经济',是我们的本职工作,也是为广大贫困户做的一件大好事,我们一定要本着对全县贫困户高度负责的态度,按照要求,不折不扣地完成任务,首先要对各乡镇有需求的贫困户进行登记。然后按照登记的数字发放这些物资。登记时,大家千万要掌握一个原则,那就是在贫困户中进行,请切记。"

她刚刚说完,有的人就问:"刘局长,什么是'一亩园经济'?"

她看着台下的参会人员,缓缓答道:"所谓'一亩园经济',就是农户或者大户发展种植业达到一亩以上的,实行奖励,给他们无偿供应果树苗、化肥、种子等物资。"

"只要种植作物达到一亩以上就有奖励?我没有听错吧?"

"对,千真万确,但这项优惠政策要在贫困户中进行。"

各乡镇分管领导回去后迅速发动。当时,所有的贫困户都有人帮扶,几乎每个干部都深入到自己联系的贫困户家中进行登记。刘芳华与随行的办公室胡主任也来到自己的帮扶村高家坪乡樟树岗村进行入户登记:

"大婶,你准备种什么?"

"大叔,你要哪种树苗?"

她正忙得不可开交时,接到了一个电话:"刘局长,我向你反映一个事,我们这里有人平均分配树苗。"

"哪里?""牛角湾村。"

那人一说完这话就挂断了电话,她不确定这事是不是真的,但她还是担心,万一是真的怎么办?她在心里纠结了一阵后,给自己的联系户交代了几句,又安排其他干部继续按规矩办事,就急忙叫上司机,与办公室胡主任一起赶往牛角湾村。在村部门口，村秘书媳妇碰上她，笑嘻嘻地对她说道："刘局长，感谢你给我们村这么多水果树苗。"

办公室胡主任趁机问道："你们是怎么分配的？"

"按承包田土分的，家家都有份啊。"

她得到确切信息后，就径直往村委会走去，到门口一看，村组干部正在开会，村秘书拿着一个名册在念："一组承包田土五百二十亩，分梨树苗五万两千株；二组承包田土……"

"慢着。"

随着她这一声大吼，众人都转过头来望着一行三人，异口同声打招呼："刘局长，你们怎么来了？"

她也不答话，胡主任见状，一把抢过村秘书手中的名册，气愤地责问道："乡政府干部是怎么给你们传达会议精神的？就是叫你们这么分配的？"

那些人你看看我，我瞅瞅你，没有一个人出声，过了一会儿，村书记才轻声解释道："我们村委会觉得按承包田土分配公平一些，就这么干了。"

她怒视着这些人，快速说道："全县都将果树苗分给了贫困户，你们村可好，开的什么头？"

有个组长看她这样说话，就索性一不做二不休，豁出去问她："刘局长，我一个大老粗，也许问得不对，但是，既然说到这个份儿上了，我还是想问一下，全村一样分的田地，那些人为什么穷？都是因为懒惰造成的。"

随行的胡主任耐心地回答组长："也不能这么说，有的没有劳力，有的自然条件差，有的智力有问题，还有的是遇到了大病、受到天灾。"

村主任站起来，问刘芳华："这是村组干部会上确定好了的分配方案，现在怎么办？"

"怎么办？收回这个方案，再按贫困户的实际需要，重新入户登记。而且，对你们这种行为还要处罚。"她掷地有声地回答。

针对这种情况，刘芳华作为扶贫指挥部行业部门的主要领导，觉得有必要以儆效尤。高家坪乡牛角湾村的这种现象虽然没有酿成实质性的大祸，但必须制止。对于这次事件她写了专题报告，在脱贫攻坚指挥部主要成员大会上，她说出了自己的观点。其他行业部门的领导纷纷赞同。就这样，牛角湾村的村主干受到了全县通报批评。其他乡村因为这个处分，都认认真真执行上级决议了，准备平均分配的个别村也打消了念头，再也不敢了。

之后，县直单位的帮扶人员来了，村组干部协助他们入户登记，大多数勤劳、因为家中受灾的贫困户见树苗、菜种、肥料都是免费的，就借着这股东风，将自己的田土计划种上'一亩园经济'项目所要求的品种，将需要项目的表格登记得满满的；有个别贫困户在帮扶干部入户登记时，自己不想干工，只象征性地登记一点点。

帮扶干部在一个贫困户家中走访时，看那人只要几株果树苗，就问他："你怎么登记这么一点点？"

作为这个村里的联系人老书记王有明再一次问道："你确定以后不会后悔？"

"后悔什么？这是我自己计划的数字，绝对不会怪别人的，请你们放一百二十个心。"

发放果树苗和农用物资这一天，很多贫困户来领那么多免费的农用物资，笑嘻嘻地运回家栽种去了。而个别只登记几株果树苗的贫困户就不停吵闹："为什么别人可以领那么多免费树苗和化肥，而我只有这么一点点？"

他村里的联系人老书记王有明没好气地问他："你登记时干什么去了？现在瞌睡睡醒了？"

那个人觉得自己理亏，不再吵闹了。

帮扶人见自己的联系人这么懒惰，也没有心思帮扶他们了，只是例行公事，每月来一次所联系的贫困户家里，问一下情况。

看见这种情况，那些想种植特色品种的一般农户就意见很大，有人得知是县农业局主管这个事，就向她反映这个情况。

一天早上，她刚刚走进办公室，牛角湾村的一个村民找到她，问她："刘局长，这个'一亩园经济'，为什么想搞的人不能搞，不想搞的人逼着人家干？"

"没有呀，都是自己报数目的。"

"我是说，为什么这项惠民政策只能贫困户享受？"

"现在只是从贫困户中先推行，如果没有项目帮扶，他们怎么脱贫致富？"

他们进行了很长时间的对话，她反复给那个人解释，那人才慢慢理解了这项政策。从这些对话中，她也捕捉到很多有用的信息，一一记录了下来。

面对这种情况，刘芳华觉得必须改变。于是，在脱贫攻坚指挥部例行工作商讨会上，她提出了自己的观点："建议对全县所有贫困户进行大清理，然后对确定下来的实实在在的贫困户带领他们发展'一亩园经济'；对因为自己懒惰而导致贫困的，取消享受'一亩园经济'的资格；对于由于实在没有劳力等原因而导致生活无着落的，想办法兜底，每月由县财政给予一定的生活保障。对于帮扶干部实行严格的考核制度，与贫困户的脱贫绑在一起。"

她的建议得到了认可，并在全县推广。'一亩园经济'安排到各乡镇后，刘芳华时时督查，由于措施得力，'一亩园经济'很快在全县的贫困户中推广开来。

因为有这样的好项目，很多贫困户脱了贫。那些脱贫了的农户对她大加赞赏："若不是刘局长要我们发展'一亩园经济'，我们要脱贫致富，不知道要到什么时候。"

"是呀，还要多亏了国家的好政策啊！"

就这样，她从乡村走到城市，无论干什么工作，都尽心尽力，搞得有声有色。单位的变动、职务的升迁，都没有改变她朴实无华、一心为民办实事的秉性，她浑身上下都散发着泥土芳香。

后　记

继去年长篇小说《苍山作证》出版发行，《碧水为凭》交给出版社后，这本《泥土芳香》也即将出版了。

之所以写这本书，是因为自己在乡镇工作过十二年，亲身经历了乡干部群体带着满腔热情，怀着改变农村贫困面貌的美好心愿，在农村这个广阔天地里，战严寒，斗酷暑，在恶劣的工作环境下，为农村改善基础设施，替农民办了一件又一件实事，在推行工作中，克服了一个又一个困难，最终，赢得了老百姓的信任和交口称赞。

小说从二十世纪八十年代的三山变一山写到如今的精准扶贫。主角刘芳华作为一个乡干部，由一个中专毕业生逐步成长为能独档一面的科级单位一把手的故事。

小说想通过刘芳华的成长经历，反映农村几十年的发展历程。

在写作中，得到了许多支持，指导老师深藏悉心指导、点评。

《泥土芳香》这本书完稿时，张家界市文联名誉主席、一级调研员刘小平，忍受着身体的不适为我写序，而且序言还在文艺报上发表，他还主动为我联系出版社。

感谢各级文联，作协。湖南省文联、作协将《苍山作证》评为梦圆2020主题文学征文活动三等奖。湖南省作协还将我吸收为会员。

市文联党组书记、主席覃文乐，市文联党组专职副主席彭毅，市文联党组成员杨次洪等领导都分别给予我鼓励。

市作协的石绍河主席，黄真龙秘书长，也经常过问我的写作情况，哪怕有一点点成绩，都及时推介。

我们的区委副书记程漫，为我解决现实困难，支持我写作。

所在单位的周叙鹏主任，刘任生、吕方规两位副主任，他们不仅从精神上鼓励，而且从物质上支持我写书。

永定区文联党组书记、主席鲁帮福，经常过问我的写作情况。

感谢我的家人，一直支持我完成人生梦想。

感谢我的家乡，给予我无尽的写作源泉。《苍山作证》中的苍山，《碧水为凭》中的天界山，《泥土芳香》中的白碧岩，都有我老家崇山的影子。

每次写作时，过去所认识的很多人，就会到我面前，与我倾心交谈，所经历很多事，都会历历在目。尽管有的情节是有原型的，但需要声明的是，这毕竟是小说，千万不要对号入座。

由于自己写作水平有限，许多想表达的东西，写不到位；有些想写的人，特色不明显，总感觉力不从心。文字中错误和疏漏不少，敬请读者谅解。

田润

2020年7月15日